中华古诗文吟诵

◎ 姚蓉 主编

上海大学出版社

图书在版编目(CIP)数据

中华古诗文吟诵 / 姚蓉主编. -- 上海：上海大学出版社，2025.3
ISBN 978-7-5671-4552-8

Ⅰ.①中… Ⅱ.①姚… Ⅲ.①古典诗歌-中国-通俗读物②古典散文-中国-通俗读物 Ⅳ.①I211-49

中国版本图书馆CIP数据核字(2022)第208035号

责任编辑　贾素慧
封面设计　缪炎栩
技术编辑　金　鑫　钱宇坤

中华古诗文吟诵
姚　蓉　主编
上海大学出版社出版发行
(上海市上大路99号　邮政编码200444)
(https://www.shupress.cn　发行热线021-66135112)
出版人　余　洋

＊

南京展望文化发展有限公司排版
句容市排印厂印刷　各地新华书店经销
开本710mm×1000mm　1/16　印张24　字数259千
2025年3月第1版　2025年3月第1次印刷
ISBN 978-7-5671-4552-8/I·668　定价　136.00元

版权所有　侵权必究
如发现本书有印装质量问题请与印刷厂质量科联系
联系电话：0511-87871135

前言

吟诵,是介于朗诵和歌唱之间的一种读书法,是中国语言依字行腔发音特点造就的中国式读书法。以吟诵的方式来读古人之诗文,能够更贴切地走近文人创作时的心境,感受诗文之韵味与情感,从而得到审美的愉悦与享受。可以说,吟诵是我们了解传统文化、触摸传统文化精髓的一座桥梁。因此,吟诵流传至今,有着悠久的历史和重大的文化价值。

一

翻开中国宏大的文学史、文化史,我们可以看到无数关于先贤们吟诵的记载:

  子路弹琴而歌,孔子和之,曲三终,匡人解甲而罢。(《孔子家语·困誓》)

  诗言志,歌永言,声依永,律和声。(《尚书·尧典》)

  屈原既放,游于江潭,行吟泽畔。(《楚辞·渔父》)

  唐试士初重策,兼重经,后乃觭重诗赋。中叶后,人主至亲为披阅,翘足吟咏所撰,叹惜移时。(《唐音癸签》)

故而,首先有必要梳理吟诵的发展历史。

先秦时期,诗、乐一体,"吟诗"之"吟",有"歌吟"之意,指借律吕来曼声咏唱。后随着时间的推移,诗、乐逐渐分离,彼此独立,但诗、乐两种艺术并非完全隔绝,依然可以融通互观,"诗为乐心,声为乐体",诗是沉淀下来的乐,传递着声音的力量。

发展至魏晋六朝,文学进入自觉时代,更加重视文采和声音。受印度梵音学的影响,沈约、王融等人倡四声八病之说,强调诗歌的声律之美。刘勰在《文心雕龙》中虽设《明诗篇》和《乐府篇》，看似将诗、乐分离，但在阐述时注意诗与乐的密切关系。声律论的兴起和佛道两教音乐的影响，使得吟诵诗文的声腔更加丰富多彩，刘善经《四声论》描述了这种盛况："从此以后，才子比肩，声韵抑扬，文情婉丽，洛阳之下，吟讽成群。"再加上当时统治者的大力提倡，南北朝时期吟诵之风大兴。

唐代，吟诵达到辉煌时期。随着诗歌创作进入百花争妍、万紫千红的黄金时代，吟诵也广泛展开。韩愈《答李翊书》说："气盛则言之短长与声之高下者皆宜。"柳宗元《答韦中立论师道书》则说："抑之欲其奥，扬之欲其明，疏之欲其通，廉之欲其节，激而发之欲其清，固而存之欲其重。"韩、柳都以声音之道来阐述作文之要法，颇得吟诵之要领。这一时期，上至皇帝，下至臣僚，无不以能写诗能吟诵为乐事，笔不停挥，口不辍吟，共同缔造了一个诗歌盛世。

吟诵发展到宋元明清四代，如锦上添花，更加发扬光大。不仅印行了大批有关吟诵的启蒙读物，而且出现了吟诵的理论研究，提升了吟诵的专业化程度。明代李东阳《怀麓堂诗话》说："若往复讽咏，久而自有所得。得于心而发之乎声，则虽千变万化，如珠之走盘，自不越乎法度之外矣。"清人沈德潜《说诗晬语》也说："诗以声为用者也，其微妙在抑扬抗坠之间。读者静气按节，密咏恬吟，觉前人声中难写、响外别传之妙，一齐俱出。"通过吟诵，诗歌的意韵与声韵之美，更能深入人心。相较与诗，词更强调音乐性，更适合吟唱。张炎《词源》说："句法中有字面，盖词中一个生硬字用不得，须是深加锻炼，字字敲打得响，歌诵妥溜，方为本色语。"炼字不仅要求其精彩，更需要以音度之，歌诵于词必不可少。桐城派作家们"因声求气"的散文理论，同样适用于吟诵，更是吟诵理论研究的重要成果。

然而到了近代,吟诵受到欧风美雨的侵蚀,濒临灭绝。1905年沿袭千年的科举选士制度被废除,作为启蒙发智的私塾教育逐渐衰落,特别是新式学堂的出现与推广,延续数千年的"终日咿唔,不求解悟"的教授方式被现代教学方式所取代,吟诵失去生存的土壤,受到严重的打击。加之1919年新文化运动之后,旧体诗词文的创作为白话文所取代,日渐边缘化,吟诵被人们逐渐遗忘。近现代著名语言文字学家、教育家魏建功先生也说:"自学校国文改为国语以来,国语的读法未定,而国文的读法已坏。"与此同时,西学东渐的历史背景下,朗诵因话剧的推广,逐渐受到教育界的重视,当时曾引发如何以朗诵的方式诠释汉语文学作品的讨论。抗日战争时期,朗诵逐渐取代吟诵,成为读汉语文学作品的主要方式,甚至是唯一的方式。解放以后,再加上建国后文革的影响,大陆的吟诵更是近乎绝学。

改革开放以来,随着国学逐渐受到重视,一些有识之士出于对吟诵濒危的担忧,开始呼吁传承吟诵,吟诵之学也渐渐为人们所重视。2008年"常州吟诵"被列入国家级非物质文化遗产名录。2009年,在全国政协会议上,以郑欣淼先生为提案人,二十多位政协委员联名提交了"关于抢救、恢复和发展吟诵传统的提案",说明了恢复传承吟诵的重要性和紧迫性,讨论了传承、发展、推广吟诵的七项建议。

在20世纪30年代初,朱自清先生就指出:"现在多数学生不能欣赏古文旧诗、词等,又不能写作文言,不会吟也不屑吟恐怕是主要的原因之一。"(《论朗读》)叶圣陶先生亦认为:"吟诵的时候,对于讨究所得的不仅理智地了解,而且亲切地体会,不知不觉之间,内容与理法化而为读者自己的东西了,这是最可贵的一种境界。学习语文学科,必须达到这种境界,才会终身受用不尽。"(《精读指导举隅·前言》)可见吟诵教学对语文学科学习的重要意义。

总之,吟诵源于我国诗乐一体的传统,在历史发展过程中,吸收诸多声腔元素,成为古诗文创作、传播、接受的自然方式,在唐宋时期发展至顶峰,五四新文化运动之后渐趋式微。叶嘉莹先生总结到:"吟诵衰微的原因在于人为割裂,而非自然淘汰。"20世纪90年代以来,吟诵重新得到重视,渐呈中兴之象。今天,吟诵已成为活态的非物质文化遗产,它可以使我们与古代先贤们心灵相通,"达到一种更为深微密切的交流和感应"。今天,在党和国家提倡文化自信和传承中华优秀传统文化的大背景下,我们应该将"吟诵"这门古老的人文艺术重新挖掘和发扬光大。

二

首先,我们来辨析几个概念:朗诵,吟诵,吟唱。很多人会把"吟诵"称为"吟唱",之所以如此称呼,大约是因为吟诵出来的诗文或短促或拉长,高低跳跃形成声调,所有的诗词文赋就能如同活了起来,也仿佛音乐一般有了节奏和旋律。然而,称为吟唱是不准确的。唱歌是照谱定声,吟诵却没有固定的谱子,可以相对自由灵活地处理发音。同一首诗,或同一篇文,因吟诵者声腔各异,会产生旋律不同的现象,因此吟诵最能充分显示吟诵者的创作个性。

"吟诵"与现在的"朗诵"也有相通之处,都是以抑扬顿挫、高低疾徐的声音达意传情,感染听众,然而同中有别。朗诵是通过定音节与疾徐,以声传情达意的方法,适宜于读现代诗文,因为它重视的是语言的节奏,以吐字清晰为主;吟诵则不同,它重视音乐的节奏,声腔复杂,以旋律优美为主,所以声音拉得较长,听之如唱歌。虽无谱可依,但将每人的吟诵声腔记录下来，便是感人的乐谱。因此，吟诵方法最适合读古典诗文。

从概念辨析中，能够发现吟诵这门古老的传统艺术有以下特点：

其一，吟诵的调子具有不确定性。在古代，吟诵是文人的基本技能，如同现代人读书时高声朗诵，古代人是吟诵着读书、甚至吟诵着写作的。吟诵这门技巧主要通过师生口耳相传，耳濡目染，进行传授，所以没有人去刻意记谱写谱。而且，古往今来涌现的无数优秀作品，创作者千差万别，接受者也有不同的个性，知识储备、音色高低甚至男女长幼的不同，都会影响吟诵效果，可以说少年吟诵，似月台轻唱；中年吟诵，似江畔高歌；老年吟诵，似林间长啸。通过声音表达出的对作品的阐释，因人而异，这是值得提倡的，自然不能用固定的曲谱来限制。因此，吟诵本身具有随意性、不确定性。

其二，吟诵的目的是"悦己"而非"悦人"。这一点可以分两个方面来说，一是诗人以吟诵的方式进行创作，是"悦己"。中国自古以来的优秀诗歌往往都是"情动于中而形于言"，即看到外界的景物、世事使内心有所感触，然后用诗歌表达出来。所谓"气之动物，物之感人，故摇荡性情，形诸舞咏"（钟嵘《诗品序》）。二是读者以吟诵的方式品味诗歌，更是"悦己"。吟诵诗歌主要贵在能将古人创作诗歌时所用的韵律与自己读诗时的感情融合在一起，使自己的体悟和诗人的艺术生命结合起来，从而真切感受诗歌中的精神与情感，李白的恣肆、杜甫的忧患、苏轼的达观，都能在吟诵中与之无限接近，这就是情通古人。曾国藩有言："君子有三乐。读书声出金石，飘飘意远，一乐也。"他也是桐城派传人，每日以琅琅吟诵为乐。这正是古代文人吟诵的基本状态。

从上述吟诵的概念和特点中，可以体悟吟诵的作用在于：

首先，吟诵是古诗文创作的入门途径，是文人推敲诗文的重要手段。古之君子，陶性灵、韵情思、启秀章，莫不吟诵。古人创作时，一边进行艺术构思，一边吟哦推敲作品的音节。诗人是伴随着吟咏来作诗的，如"山宜冲雪上，诗好带风吟"（姚合《武功县中》）、"吟罢低眉无写处，月光如水照缁衣"（鲁迅《无题》）。曾国藩提出："尔欲作五古七古，须熟读五古七古各数十篇。先之以高声朗诵，以昌其气；继之以密咏恬吟，以玩其味。二者并进，使古人之声调，拂拂然若与我之喉舌相习，则下笔为诗时，必有句调凑赴腕下。诗成自读之，亦自觉琅琅可诵，引出一种兴会来。"（曾国藩《谕纪泽》）

其次，吟诵作为我国诵读古典文学作品的特有方式，也是读者学习、欣赏诗词文赋的最佳途径。有学者提出："诗写下来不是为了看的，而是为了'吟'的。"（王力《诗词格律十讲》）在诗文吟诵中，依字行腔产生旋律和节奏，声音之高下、强弱、长短、清浊变换，自然会迸发出文字和语言以外的许多美感特质。因此，吟诵是一种既高效又优美的读书、学习方式，有助于对诗词的记忆、接受和升华。

第三，吟诵也是诗词文教学必须运用的方法。黎锦熙先生曾指出："诵读不讲，欣赏和写作都受影响。"可见，吟诵应该作为文学教育者的基本技能，也是一种重要的教学方法，在吟诵教学过程中，学生会对古代诗词文自然生发出属于自己的独特理解，最终学会发现美、认识美并能够审视美。

那么，应该如何吟诵呢？这就涉及吟诵的规则。前文说过吟诵无定谱，诗词文赋各种体裁的吟诵规则可能不一样，南北东西各个流派的吟诵规则也可能不一样。但吟诵是体现汉语语音特点的一种读书方式，只不过是将汉语的语音之美充分表现出来而已，故有一些统一的规则可以遵循。

（一）依字行腔。汉语发音具有一字一音节的特点，两个音节就形成一个节拍，故而汉语中双音节词最多，且重音往往在第二字上。古典诗歌往往是齐言形式，如四言诗第二字、第四字为节奏点，相当于两拍子的音节节奏；五言诗以三拍子为基调，七言诗以四拍子为基调，读起来都有鲜明的节奏感。加上汉语中乐音居多，与节奏一起，可以造成汉语语音本身的旋律感。

（二）平长仄短。平仄是指是将汉语的四种声调分为平、仄两大类。今天的普通话有"阴平、阳平、上声、去声"四声，古代汉语的四声却是"平、上、去、入"。平仄是在四声基础上，将上声、去声、入声规定为仄声，其余的规定为平声，这就是四声的二元化。明朝释真空的《玉钥匙歌诀》指出四声的发音特点，说：

平声平道莫低昂，上声高呼猛烈强，

去声分明哀远道，入声短促急收藏。

平声因为发音较平，所以适合拉长，故而"平长仄短"是最基本的吟诵规则之一。清人徐大椿《乐府传声》指出："四声之中，平声最长，入声最短。""盖平声之音，自缓、自舒、自周、自正、自和、自静，若上声必有挑起之象，去声必有转送之象，入声之派入三声，则各随所派成音。故唱平声，其尤重在出声之际，得舒缓周正和静之法，自与上去迥别，乃为平声之正音。"由此可见，四声的发音还有"平直仄曲"的特点。此外，古代四声又有阴阳之分，诵读时多遵循"阴高阳低"的规则。这些发音特点，造成了汉语吟诵时高低起伏的变化，亦使得音调抑扬顿挫。

（三）情通古人。古代的诗文，尤其是诗词，多吟咏情性之作。我们吟诵古人的作品，是为了获得审美体验，故应该披文以入情，读懂作品的情感基调,读懂作者要表达的情感。古人认为,不同韵部的字音,都有各自不同的情感基调,如清人周济说:"东真韵宽平,支先韵细腻,鱼歌韵缠绵,萧尤韵感慨,各具声响,莫草草乱用。"(《宋四家词选·目录·序论》)叶嘉莹先生也说吟诗,"一定要有内心的体验和自由","因为你每次读一首诗都可以有不同的感受,而且不同的人读这首诗感受也不同,吟诵的时候一定要把对这首作品的体会和情意用自己的声音表现出来。"(《古典诗歌吟诵九讲》)

总之,吟诵作为一门传统艺术,经过三千多年的历程,如老树新生,历久弥新。在多元艺术存在的今天,传统吟诵以其强大的生命力可以与歌唱、朗诵并驾齐驱。而且,在体现古典诗歌原本的行腔韵味上,吟诵更加具备优势。

三

近年来,学界关于抢救、整理、传承中华传统吟诵的呼声越来越高,也有越来越多的学者加入到研究吟诵理论、创新吟诵方法的行列中来。而在诸多传统吟诵调式中,影响最大、流传最广的,莫过于唐文治先生所开创的"唐调"。

唐文治(1865—1954),字颖侯,号蔚芝,别号菇经堂主,是著名的理学家、文学家、教育家。光绪十八年(1892)中进士,任户部江西司主事。光绪三十三年(1907)八月,任邮传部上海高等实业学堂监督,也就是后来的上海工业专门学校校长,上海工业专门学校即今上海交通大学和西安交通大学的前身。1920 年,唐文治因目疾加深,辞去上海工业专门学校校长职务。是年夏,担任私立无锡中学校长。年底,又应聘任无锡国学专修馆馆长,即后来的无锡国学专修学校校长。这时他已双目失明,但仍亲自授课。诵读古文,抑扬顿挫,时称"唐调"。

唐文治先生一生治学广博,所涉猎的领域淹贯汉宋,融通经史百家,尤其在理学、文学上成就最大,弟子推之为"性理兼考亭姚江之长,文章继昌黎庐陵而起"。然而,在唐先生众多成就中,独具一格且为后人津津乐道的,便是他的读书调。唐文治先生称自己的读书调为"读文法",是根据清代第一文派——桐城派古文理论,在江南调的基础上所创造。早在1901年,唐文治就以文章请教曾国藩四大弟子之一、时任京师大学堂总教习的桐城派大师吴汝纶。吴先生讲授了"阴阳刚柔"之道和"因声求气"之说,并亲自示范了吟诵法。唐文治深受启发,经过数年的潜心探索,将自己所掌握的江南吟诵调,融合桐城派读文法的气韵精髓,而在错综复杂的结构中形成有规律的调式,创造出了流传至今的"唐调"。

唐调吟诵的内容十分丰富,几乎涵盖了古代文学的大多数体裁,既有古文,又有诗词;时间跨度从先秦一直到清代,可以算是传统吟诵集大成之调。唐调吟诵具有以下三大特色:

(一)针对不同文体,在吟诵腔调上不尽相同。唐调吟诵具有很强的文体意识,读文法随文体而不同,如《诗经》《楚辞》和古体诗,这类文体句法整齐,结构前后重复,读法上调子比较固定,主要在表达出韵味来;上古散文,以经书为主,因写法古朴,读法也比较庄重而拘谨;后世散文和骈文等,随着文体的多样发展,不仅句法变化多,文章结构变化也多,相应地读法也变得错综复杂,讲究气韵结合,以情传神。

(二)唐氏读文法的另一特色,是它的音乐性。唐文治先生最早录制的读书唱片发展至今,能够在各类吟诵调式中脱颖而出,产生极大的传播效果,得益于他吟诵调式的音乐性。在唐调的《诗经》《楚辞》吟诵中,每首诗虽然根据情感抒发而有轻重缓急和高低长短的区别,但因采用相对固定的套调而成,顾及了情感上的起承转合,朗朗上口,宛若歌唱,容易记忆。

(三)唐文治先生的读文法,除随文体不同而采用不同的调式,也会随文章性质而改变音调及节奏。他曾说:"读法有急读、缓读、极急读、极缓读、平读五种。大抵气势文急读、极急读,而其音高。识度文缓读、极缓读,而其音低。趣味、情韵文平读,而其音平。然情韵文亦有愈读愈高者,未可拘泥。"唐先生根据文章不同性质特征,注重因声求气,将文章之内在气韵通过音节、字句的发声恰当地表达了出来,做到了缘情发声,因声达意。

唐文治先生在上海工业专门学校、无锡国专期间大力提倡吟诵,1934年和1948年曾两次录制吟诵录音,发行《唐文治先生读文灌音片》。该唱片是目前所能听到最早的中国人读书声。灌音片共有十片,内容包括《诗经》《楚辞》等上古韵文,《吕相绝秦》等上古散文,《秋声赋》《丰乐亭记》等后世散文,《水调歌头》《满江红》等诗词作品。这一套灌音片保存了唐文治先生所读各种体裁、各类风格的古典文学作品,可以说弥足珍贵。

同时,唐文治先生还培养了以陈以鸿先生为代表的一大批唐调吟诵传承者。陈以鸿,字景龙,1923年生,江苏江阴人,上海交通大学退休编审,是唐文治先生的亲授弟子,一直致力于唐调的传承。陈以鸿先生保留了唐文治先生的读文灌音片,在日常生活与教学中经常模仿研习,并参照唐调总结出近体诗和词曲的吟诵规则。他还在推广普通话吟诵方面做了大量工作,把唐文治先生的吴语吟诵转化为普通话吟诵,便于不同语言背景的吟诵爱好者学习吟诵,对于中华传统吟诵的推广颇有意义。

现就陈以鸿先生总结和发展的唐调吟诵方法简单介绍如下:

其一,陈先生根据唐文治先生吟诵《诗经》《楚辞》的录音资料,总结出唐调吟诵上古韵文的大致规律。其四言诗吟诵的基本调式参考简谱为:$\underline{6}\,1\,3\,\underline{5}\,|\,\underline{6}\,1\,3\,\underline{5}\,|\,\underline{2}\,\underline{2}\,1\,1\,|\,\underline{1}\,\underline{2}\,1\,\underline{6}\,\underline{5}\,|$。因各篇章表达的情感不同,可调整音节的先后顺序,如上述基本调,也可以改变顺序为:$\underline{2}\,\underline{2}\,1\,1\,|\,\underline{1}\,\underline{2}\,1\,\underline{6}\,\underline{5}\,|\,\underline{6}\,1\,3\,\underline{5}\,|\,\underline{6}\,1\,3\,\underline{5}\,|$。主旋律虽大致固定,但根据个人对诗歌的理解不同,吟诵时可读出声调高低、速度急缓、尾音长短的变化。《楚辞》的句式,往往比《诗经》更为参差不齐,五、六、七字句很多,故吟诵时在《诗经》四言调式的基础上,随着句式变化进行节拍的规律性递加,大致旋律为:$\underline{6}\,\underline{6}\,6\,1\,3\,\underline{5}\,|\,\underline{6}\,\underline{6}\,6\,1\,3\,\underline{5}\,|\,\underline{2}\,\underline{2}\,1\,1\,\underline{2}\,2\,1\,|\,\underline{1}\,\underline{1}\,1\,\underline{2}\,1\,\underline{6}\,\underline{5}\,|$。吟诵时,根据作品情感的起伏变化及每句字数的多少,可以对旋律的快慢和音符的多少加以调整和变化。此种吟诵《诗经》《楚辞》的基本调式,也可以用来套吟五言古诗、七言古诗等古体诗歌。

其二,陈先生根据唐文治先生吟诵苏轼《水调歌头》、岳飞《满江红》、唐若钦《迎春诗》《送春诗》的录音资料,推衍出吟诵近体诗和词曲的大致规则。总的原则是按照四声的发音规则吟诵,而传统四声读法参考简谱为:阴平 3 1 —,阳平 1 —,上声 5,去声 3 5,入声 3。根据上述发音特点,结合近体诗歌和词曲的音韵格律,吟诵时注意依字行腔、平长仄短、平直仄曲、阴高阳低等规则,自然就会有"大珠小珠落玉盘"一般的音乐美感。

其三,陈先生根据唐文治读文法,发现唐调吟诵上古散文和后世散文各有相对固定的尾腔，上古散文尾腔可以简谱记为 2 1 6̣，后世散文尾腔可以简谱记为 6̣ 1 5。均匀的节奏，加上固定的尾腔，使得唐调古文吟诵声韵谐美，朗朗上口，学习者也就不会望而生畏。

唐文治先生创新和发展了中国传统吟诵调式，并培养了一大批以陈以鸿先生为代表的唐调传承者。同时，社会上还流传着各种吟诵调式，还有着诸多热爱吟诵的人们。正是吟诵传人们致力于吟诵的普及和推广，积极投入到传统吟诵的抢救、整理和研究工作，这才有了近年来"吟诵"这一中华优秀传统文化被越来越多的人所熟知、被越来越多的人喜爱和学习的盛况。

四

2017年国家颁发《关于实施中华优秀传统文化传承发展工程的意见》提出"实施中华经典诵读工程，开设中华文化公开课，抓好传统文化教育成果展示活动"。为此，上海大学出版社与教材编撰团队抱着服务国家诵读工程的理念，发挥上海大学教育部吟诵基地的资源优势，汇聚沪上吟诵界众人之力，编著此吟诵教材，作为实现教书育人、传承普及中华优秀传统文化的切实举措。

本教材分为诗经、楚辞、乐府、五言古诗、七言古诗、五言律诗、七言律诗、五言绝句、七言绝句、词、散曲、文等12个板块，共选择中华经典诗文139篇，在赏析阐释诗文意蕴、介绍吟诵要点的同时，配以语音吟诵，是具有技术创新意义的新形态教材。所选篇目按以下体例编撰：

（一）原文。选文兼顾经典性和代表性，以思想积极向上且流传广泛的经典诗文为主，同时兼顾各种体裁、各个时代的代表性作品。

如七言古诗选入明代李东阳《自从行》、七言律诗选入明代于谦《咏煤炭》、七言绝句选入清代袁枚《马嵬》等作品,或许还不如李白《将进酒》、崔颢《黄鹤楼》、王维《送元二使安西》等诗歌流播广泛,但也是明清时期有特色的作品,具有代表性。所选诗文力求文字准确,尽量选用权威版本;如入选作品同时又见于中小学教材,则文字与教育部统编语文教材保持一致。

(二)整体赏析。为每篇入选诗文写作500—1000字的短文,介绍作者、主题,解释诗文中难懂的字、词、句,总括全诗或全文内容并分析其特色,以便读者更好地理解作品。

(三)吟诵示范。为每篇诗文配二维码,读者扫码就可以听到吟诵示范音频。为便于学习和普及,每篇作品均配以普通话吟诵示范。同时,为体现吟诵的地域色彩,若干作品亦配有江、浙、沪、闽等地方言吟诵示范,尤以沪语吟诵居多,体现了本教材的海派特色。

(四)吟诵指要。吟诵者每吟一篇作品,同时写作100—200字的短文,介绍所用吟诵调之来源,及吟诵时的情绪和语气变化,吟诵的轻重缓急等特征,以指导读者进行吟诵学习。因参与吟诵示范的老师们多受陈以鸿、萧善芗等唐调传人的指授,故本教材用调以唐调或参照唐调推衍而成者居多。其基本吟诵规则,在前言中已总体介绍,书中相关吟诵指要,不再重复描述。同时,本教材亦兼采其他诸家吟诵调,甚至是吟诵者的原创调,以体现吟诵"百花齐放"的局面。

(五)配图。全书配有与诗文意境相符合的插图,达到图文并茂的效果,既增加布局的丰富性和美感,又使读者更好地品味作品的意境。

本教材的编撰,凝聚了许多人的心血。上海大学出版社贾素慧老师主动策划此书的出版,并担任责编。教材诗文赏析由上海大学期刊社周丹丹,博士后王春、谢安松,博士生陈思晗、郭雪颖完成。吟诵示范和吟诵指要撰写由彭世强(上海师范大学附中)、须强(上海市安亭小学)、孙蕴芳(上海市中原中学)、张妍群(上海市中原中学)、杜亚群(上海市市北中学)、徐静(上海市复旦实验中学)、窦广娟(上海戏剧学院附中)、张赟华(上海市杨浦区工农新村小学)、李小凤(上海市梅陇中学)、苑建华(上海市新杨中学)、郭繁荣(上海市新杨中学)、王星(上海外国语大学苏河湾实验中学)、刘丽(上海市第四中学)、陈嘉祎(上海市徐汇区"唐调非遗保护与传承工作室"副助理)和笔者分别承担。吟诵示范中所有篇名、作者等信息的朗读,由北京外国语大学附属上海闵行田园高级中学银文老师完成。从教材的最初选目,到文字和录音的最终审定,则由笔者三易其稿而成。在此过程中,特别感谢王伟勇教授(台湾成功大学)、黄仁生教授(复旦大学)、王兆鹏教授(四川大学)、丁迪蒙老师(上海大学)等前辈的扶持和奉献。王伟勇教授和兆鹏师慷慨提供吟诵录音,作为教材吟诵示范;黄仁生教授为教材审读目录、解疑释惑;沪语专家丁迪蒙老师帮忙反复审听教材中的上海方言吟诵。是诸位专家和教材编撰团队对诗文吟诵和传统文化的热爱,促成了这本新质、新态的教材面世。当然,因为是初次尝试新形态教材的编撰,如有舛误,责任在我。

(文章前三部分根据笔者主讲线上课程"中华古典诗词吟诵"第一章讲稿整理,有修改。)

姚 蓉

2024 年 9 月

目　录

诗经 ………………………………………………………… 1

　　周南·关雎 ……………………………………………… 2

　　周南·桃夭 ……………………………………………… 5

　　卫风·木瓜 ……………………………………………… 7

　　魏风·伐檀 ……………………………………………… 9

　　唐风·鸨羽 ……………………………………………… 12

　　秦风·蒹葭 ……………………………………………… 15

　　小雅·鹿鸣 ……………………………………………… 18

楚辞 ………………………………………………………… 21

　　离骚（节选）　战国／屈原 …………………………… 22

　　湘君　战国／屈原 ……………………………………… 26

　　湘夫人　战国／屈原 …………………………………… 30

乐府 ………………………………………………………… 35

　　江南　汉／汉乐府 ……………………………………… 36

长歌行　汉/汉乐府	38
短歌行　东汉/曹操	41
燕歌行　魏/曹丕	45
行路难(其一)　唐/李白	48
将进酒　唐/李白	50
子夜吴歌·秋歌　唐/李白	53
关山月　唐/李白	55

五言古诗 57

饮酒(其五)　晋/陶渊明	58
登幽州台歌　唐/陈子昂	60
望岳　唐/杜甫	62
游子吟　唐/孟郊	64
精卫　清/顾炎武	66

七言古诗 69

白雪歌送武判官归京　唐/岑参	70
渔翁　唐/柳宗元	73
明妃曲(其一)　宋/王安石	75
自从行　明/李梦阳	78

五言律诗 ······ 81

- 野望　唐／王绩 ······ 82
- 在狱咏蝉　唐／骆宾王 ······ 84
- 和晋陵陆丞早春游望　唐／杜审言 ······ 86
- 送杜少府之任蜀州　唐／王勃 ······ 88
- 从军行　唐／杨炯 ······ 90
- 望月怀远　唐／张九龄 ······ 92
- 过故人庄　唐／孟浩然 ······ 94
- 次北固山下　唐／王湾 ······ 96
- 山居秋暝　唐／王维 ······ 98
- 渡荆门送别　唐／李白 ······ 100
- 题破山寺后禅院　唐／常建 ······ 102
- 春望　唐／杜甫 ······ 104
- 春夜喜雨　唐／杜甫 ······ 106
- 商山早行　唐／温庭筠 ······ 108
- 风雨　唐／李商隐 ······ 110
- 鲁山山行　宋／梅尧臣 ······ 113
- 遇旧友　清／吴伟业 ······ 115

七言律诗 ······ 117

- 黄鹤楼　唐／崔颢 ······ 118
- 登金陵凤凰台　唐／李白 ······ 121

闻官军收河南河北　唐／杜甫 ………………………… 124

登楼　唐／杜甫 ………………………………………… 127

登高　唐／杜甫 ………………………………………… 129

左迁至蓝关示侄孙湘　唐／韩愈 ……………………… 131

西塞山怀古　唐／刘禹锡 ……………………………… 133

无题　唐／李商隐 ……………………………………… 135

锦瑟　唐／李商隐 ……………………………………… 138

戏答元珍　宋／欧阳修 ………………………………… 140

游山西村　宋／陆游 …………………………………… 142

过零丁洋　宋／文天祥 ………………………………… 144

咏煤炭　明／于谦 ……………………………………… 147

后秋兴之十三（其二）　清／钱谦益 ………………… 149

秋柳（其一）　清／王士禛 …………………………… 152

五言绝句 ……………………………………………… 155

登鹳雀楼　唐／王之涣 ………………………………… 156

宿建德江　唐／孟浩然 ………………………………… 158

春晓　唐／孟浩然 ……………………………………… 160

鸟鸣涧　唐／王维 ……………………………………… 162

相思　唐／王维 ………………………………………… 164

独坐敬亭山　唐／李白 ………………………………… 166

江雪　唐／柳宗元 ……………………………………… 168

寻隐者不遇 唐/贾岛 170

登乐游原 唐/李商隐 172

梅花 宋/王安石 174

寻胡隐君 明/高启 176

江亭 清/朱彝尊 178

七言绝句 181

回乡偶书(其一) 唐/贺知章 182

凉州词(其一) 唐/王之涣 184

芙蓉楼送辛渐 唐/王昌龄 186

出塞(其一) 唐/王昌龄 188

送元二使安西 唐/王维 190

九月九日忆山东兄弟 唐/王维 192

早发白帝城 唐/李白 194

黄鹤楼送孟浩然之广陵 唐/李白 196

江畔独步寻花 唐/杜甫 198

绝句 唐/杜甫 200

江南逢李龟年 唐/杜甫 202

逢入京使 唐/岑参 204

滁州西涧 唐/韦应物 206

枫桥夜泊 唐/张继 208

寒食 唐/韩翃 210

夜上受降城闻笛 唐／李益	212
乌衣巷 唐／刘禹锡	214
近试上张水部 唐／朱庆余	217
江南春 唐／杜牧	219
清明 唐／杜牧	221
嫦娥 唐／李商隐	223
泊船瓜洲 宋／王安石	225
惠崇春江晚景 宋／苏轼	227
十一月四日风雨大作(其二) 宋／陆游	229
四时田园杂兴(其三十一) 宋／范成大	231
晓出净慈寺送林子方 宋／杨万里	233
上京即事(其四) 元／萨都剌	235
白梅 元／王冕	237
茶陵竹枝歌(其七) 明／李东阳	239
席上鼓饮歌送元美(其二) 明／李攀龙	241
春日早起(其一) 明／陈子龙	243
秦淮杂诗(其一) 清／王士禛	245
竹石 清／郑燮	247
马嵬 清／袁枚	249
己亥杂诗(其五) 清／龚自珍	251

词 253

- 渔歌子　唐／张志和 254
- 长相思　唐／白居易 256
- 虞美人　南唐／李煜 258
- 浪淘沙令　南唐／李煜 260
- 渔家傲·秋思　宋／范仲淹 262
- 雨霖铃　宋／柳永 265
- 望海潮　宋／柳永 268
- 浣溪沙　宋／晏殊 270
- 踏莎行　宋／欧阳修 272
- 临江仙　宋／晏几道 274
- 江城子·乙卯正月二十日夜记梦　宋／苏轼 276
- 水调歌头　宋／苏轼 279
- 念奴娇·赤壁怀古　宋／苏轼 282
- 满庭芳　宋／秦观 285
- 如梦令　宋／李清照 288
- 声声慢　宋／李清照 290
- 卜算子·咏梅　宋／陆游 293
- 水龙吟·登建康赏心亭　宋／辛弃疾 295
- 永遇乐·京口北固亭怀古　宋／辛弃疾 298
- 扬州慢　宋／姜夔 301
- 浣溪沙·五更　明／陈子龙 304

点绛唇·夜宿临洺驿　清/陈维崧 ············· 306

卖花声·雨花台　清/朱彝尊 ················ 308

木兰花令·拟古决绝词柬友　清/纳兰性德 ······· 310

散曲 ································· 313

南吕·一枝花·不伏老(节选)　元/关汉卿 ······· 314

天净沙·秋思　元/马致远 ··················· 317

文 ··································· 319

论语(四则) ···························· 320

劝学(节选)　战国/荀子 ··················· 323

出师表　三国/诸葛亮 ····················· 326

五柳先生传　晋/陶渊明 ··················· 330

陋室铭　唐/刘禹锡 ······················· 332

岳阳楼记　宋/范仲淹 ····················· 335

爱莲说　宋/周敦颐 ······················· 339

附录 ································· 341

谈谈大学课堂上的吟诵教学 ················ 342

后记 ································· 355

诗　经

周南·关雎

关关雎鸠,在河之洲。窈窕淑女,君子好逑。

参差荇菜,左右流之。窈窕淑女,寤寐求之。

求之不得,寤寐思服。悠哉悠哉,辗转反侧。

参差荇菜,左右采之。窈窕淑女,琴瑟友之。

参差荇菜,左右芼之。窈窕淑女,钟鼓乐之。

【整体赏析】

《关雎》是《诗经》中的第一篇,在文学史上占有重要地位,作为一首爱情诗,它有着丰富的阐释空间,孔子称其"乐而不淫,哀而不伤",历代诸家的释义甚多,其中尤其以认为诗歌表达了"文王之化""后妃之德"等观念影响最大。就文本来看,此诗以贵族青年的爱情为中心展开,描写了"君子"对"淑女"的追求与思念。

"关关雎鸠,在河之洲"是起兴,朱熹《诗集传》对"兴"的解释为:"先言他物以引起所咏之辞也。""雎鸠"为一种水鸟,传说其情意专一,《淮南子·泰族训》说:"《关雎》兴于鸟,而君子美之,为其雌雄不乖居也。"看重的也是此种品性。"窈窕"指美好的样子,"淑"谓品德善良,

周南·关雎

关关雎鸠,在河之洲。窈窕淑女,君子好逑。

参差荇菜,左右流之。窈窕淑女,寤寐求之。

求之不得,寤寐思服。悠哉悠哉,辗转反侧。

参差荇菜,左右采之。窈窕淑女,琴瑟友之。

参差荇菜,左右芼之。窈窕淑女,钟鼓乐之。

【整体赏析】

《关雎》是《诗经》中的第一篇,在文学史上占有重要地位,作为一首爱情诗,它有着丰富的阐释空间,孔子称其"乐而不淫,哀而不伤",历代诸家的释义甚多,其中尤其以认为诗歌表达了"文王之化""后妃之德"等观念影响最大。就文本来看,此诗以贵族青年的爱情为中心展开,描写了"君子"对"淑女"的追求与思念。

"关关雎鸠,在河之洲"是起兴,朱熹《诗集传》对"兴"的解释为:"先言他物以引起所咏之辞也。""雎鸠"为一种水鸟,传说其情意专一,《淮南子·泰族训》说:"《关雎》兴于鸟,而君子美之,为其雌雄不乖居也。"看重的也是此种品性。"窈窕"指美好的样子,"淑"谓品德善良,

"逑"为"仇"的假借字,指配偶,这一章大意为:关关和鸣的雎鸠,相伴在河中的小沙洲上,美好贤淑的女子,是君子的佳偶。主要表现由看到水鸟雌雄和鸣而引起感兴,君子萌生了追求淑女的心绪。

"参差荇菜,左右流之。""参差",长短不齐的样子,"荇菜"是一种可食用的水草,"流"通"摎",摘取之意,与后文的"采""芼"意思相近,水中荇菜参差不齐,向左向右辛勤采集它。"窈窕淑女,寤寐求之。""寤寐"分别指醒着和睡着,这里可引申为日日夜夜。美好贤淑的女子啊,无论清醒还是梦中都在追求着她,表现君子对淑女的思念之深。

"求之不得,寤寐思服。悠哉悠哉,辗转反侧。""思"是语助词,"服"指"思念",也有注家认为"思服"两字为同义复词,均指思念。"悠哉悠哉"指思念的深远绵长,"辗转反侧"意谓君子翻来覆去,无法安眠。此章是说君子追求失败之后,白天黑夜都还在思念着淑女,这种感情深切悠长,令他难以入睡。

"参差荇菜,左右采之。窈窕淑女,琴瑟友之。""参差荇菜,左右芼之。窈窕淑女,钟鼓乐之。"这两章则是描写君子想象与淑女欢聚的场景,希望通过演奏琴瑟钟鼓与她亲近、使她快乐。

全诗将君子对淑女的爱慕之情书写得克制、动人,由见关雎而起兴到将美好情愫寄托于想象之中,章法上层层推进,历来广为传诵。

(王 春)

【吟诵指要】

本篇普通话吟诵源自陈以鸿先生总结唐调吟诵《诗经》《楚辞》调式推衍而成。

《关雎》吟诵时应节奏均匀,强弱变化,复沓涵咏,充分体现礼乐精神。前四句应吟得平和中正,体现起兴之意;"辗转反侧"表达彻夜难眠之苦,音节紧促。此句之后节奏又由急变缓,表达对爱情的无限企盼。

(姚 蓉)

周南·桃夭

桃之夭夭,灼灼其华。之子于归,宜其室家。

桃之夭夭,有蕡其实。之子于归,宜其家室。

桃之夭夭,其叶蓁蓁。之子于归,宜其家人。

【整体赏析】

　　这是一首恭贺女子出嫁的诗作,朱熹《诗集传》即指出:"然则桃之有华,正婚姻之时也。"全文分三章,皆以"桃之夭夭"起兴,姚际恒《诗经通论》说:"桃花色最艳,故以取喻女子,开千古词赋咏美人之祖。"足见评价之高。

　　"桃之夭夭,灼灼其华。""夭夭"一般释为少壮茂盛的样子,闻一多《风诗类钞》则认为其是屈申之貌。"灼灼"(zhuó)形容桃花鲜艳盛开之态,"华",即"花",开篇以繁盛鲜艳的桃花比喻年轻貌美的女子。"之子于归,宜其室家。""之子"意为这位姑娘,即诗中的新娘,"于归",指古代女子出嫁。"宜其室家"与后文的"宜其家室""宜其家人"意思接近,都有善于与配偶、家人相处之意。该章是说,桃树壮实茂盛,桃花鲜艳美丽,像桃花一样的姑娘出嫁了,祝福你与丈夫和和美美。"桃之夭夭,有蕡其实。之子于归,宜其家室。""有"是语助词,"蕡"(fén)为肥大的样子,"实"指桃子,此章是说,桃树壮实茂盛,枝头结满肥大的果实,如桃花一般的姑娘出嫁了,祝福你家庭幸福。承接第一章,由桃树开花结果预祝新娘早生贵子。"桃之夭夭,其叶蓁蓁。之子于归,宜其家人。""蓁蓁"(zhēn),树叶茂盛的样子。桃树粗壮茂盛,枝叶浓密,桃花似的姑娘出嫁了,祝你全家生活和睦。此章借桃叶茂密,祝福整个家庭兴旺发达。

全诗以桃树的"花""实""叶"形成递进结构,使诗歌的祝福之意层层推进,语言流畅明快,充满喜悦的气氛。

(王 春)

【吟诵指要】

本篇普通话吟诵依据陈以鸿先生总结唐调吟诵《诗经》《楚辞》调式推衍而成。

《桃夭》乃喜庆祝福之诗,吟诵时应节奏明快。全诗重章叠句的句式,配上每四句一反复的吟诵调式,造成平和中正、均匀整齐的吟诵效果。末句结尾时可适当拉长声音,给人余音绕梁之感。

(姚 蓉)

卫风·木瓜

投我以木瓜,报之以琼琚。匪报也,永以为好也!
投我以木桃,报之以琼瑶。匪报也,永以为好也!
投我以木李,报之以琼玖。匪报也,永以为好也!

【整体赏析】

　　此作一般被认为是男女互相赠答的定情诗,历来广为传颂。全诗三章,均以"匪报也,永以为好也"结尾,程俊英、蒋见元《诗经注析》认为:"看似重复,诗的精神却全从此二句出……露出作者之意,原不在物,仅欲表其爱慕之诚,以永结情好。这一转折,别开生面,有山重水复、柳暗花明之妙。"

　　"投我以木瓜,报之以琼琚。""投"有给予赠送之意,"木瓜"为一种落叶灌木的果实,椭圆形,色黄而香。"报",回赠、报答,"琼"本义是赤玉,后引申为形容玉美,"琚"是一种佩玉,"琼琚"即指珍贵的佩玉。"匪报也,永以为好也!""匪",通"非","永",永久,"好",喜爱。大致意思是,你将木瓜赠予我,我用琼琚作为回报,不是为了答谢你,而是为了表示永久相爱的情意。

第二章中"投我以木桃,报之以琼瑶","木桃",为果名,即榠子,比木瓜小,"瑶"是似玉的美石。第三章中"投我以木李,报之以琼玖","木李",又名木梨,一说即李子,"玖"是比玉稍次的黑色美石。从诗意上来说,均与第一章相近。

总之,全诗以重章叠句的形式,表现出男女之间的深情厚谊,是爱情诗中的名篇。

(王　春)

【吟诵指要】

本篇普通话吟诵依据陈以鸿先生总结唐调吟诵《诗经》《楚辞》调式推衍而成。

这首诗形式上重章叠句、音韵上一唱三叹。整体吟诵的时候以平和悠长为主,呈现出淡淡的又富有深意的美好。吟的时候"木瓜""木桃""木李"要有层次感,声音要重和短促,而"琼琚""琼瑶""琼玖"亦有层次感,但声音要稍显拖长。"匪报也,永以为好也"拖长,重吟"好",强化这种"投桃报李"的效果和境界。在第三个"好"字上应该加重语气和语势,拖长音。要表达情感心心相印,精神契合的美好。

(李小凤)

魏风·伐檀

坎坎伐檀兮,置之河之干兮,河水清且涟猗。不稼不穑,胡取禾三百廛兮?不狩不猎,胡瞻尔庭有县貆兮?彼君子兮,不素餐兮?

坎坎伐辐兮,置之河之侧兮,河水清且直猗。不稼不穑,胡取禾三百亿兮?不狩不猎,胡瞻尔庭有县特兮?彼君子兮,不素食兮?

坎坎伐轮兮,置之河之漘兮,河水清且沦猗。不稼不穑,胡取禾三百囷兮?不狩不猎,胡瞻尔庭有县鹑兮?彼君子兮,不素飧兮?

【整体赏析】

此诗一般被认为是伐木者之歌,旨在讽刺剥削者不劳而获,是《诗经》中脍炙人口的篇章,具有很强的现实主义批判色彩。

"坎坎伐檀兮,置之河之干兮,河水清且涟猗。""坎坎",象声词,形容伐木之声,"檀",檀树,可用来造车,"河之干",河岸,"涟",水面的波纹,"猗",语气词。砍伐檀树的声音坎坎作响,伐倒的树木堆放河岸,河水清澈,微波荡漾,这三句主要说明伐檀的场景及伐木人的辛劳。"不稼不穑,胡取禾三百廛兮?不狩不猎,胡瞻尔庭有县貆兮?""稼",耕种,"穑",收割,"胡",为何,"禾",百谷的通名,"廛"通"缠",束、捆之意,"狩"是冬猎,"猎"是夜猎,"瞻",望见,"庭",院子,"县"通"悬","狟"(huán)为兽名,即獾。这四句是说剥削者既不播种,也不收割,为何大量捆束好的禾谷被他们收取了? 既不冬猎也不夜猎,为何庭院中挂满野獾肉? "彼君子兮,不素餐兮?""素餐",白吃饭不做事,用反问句,讥刺剥削者的不劳而获。

第二章"坎坎伐辐兮,置之河之侧兮,河水清且直猗","辐"是车轮上的辐条,"侧"指河边,伐木人在坎坎声中砍伐檀树以作车辐,伐倒的树木在河边堆在一起,河水清澈直流有波纹。"不稼不穑,胡取禾三百亿兮? 不狩不猎,胡瞻尔庭有县特兮?""亿"指粮食数量之多,一说"亿"为"庚"的一音之转,粮谷堆在场上为庚,"特"指大兽。剥削者们不耕种不狩猎,却拥有大量的粮食和兽类。"彼君子兮,不素食兮?"用反问句谴责剥削者的不劳而获。

第三章内容与前两章相近,其中"坎坎伐轮兮,置之河之漘兮,河水清且沦猗","漘"(chún),水边,"沦"指水面的微波,伐木人砍伐檀树以作车轮,伐倒的树木在河边堆在一起,河水清澈且泛起波纹。"不稼不穑,胡取禾三百囷兮? 不狩不猎,胡瞻尔庭有县鹑兮? 彼君子兮,不素飧兮?""囷"(qūn),圆形粮仓,"鹑",即鹌鹑,"飧"(sūn),为熟食,这几句仍是对剥削者不劳而获进行鞭挞。

全诗三章在句式结构上基本一致,除字词略有不同外,语意上亦大同小异,通过反复歌吟,呈现出诗歌的节奏韵律,同时强化了其讽刺力量和感情色彩。

(王 春)

【吟诵指要】

本篇普通话吟诵源自萧善芗先生所传唐调。

本篇所写的是奴隶们砍伐檀树的同时,哼唱民歌直抒胸臆的场景。吟唱本篇务必注意要有沉重的节奏感,吟唱三段结尾句——"彼君子兮,不素餐兮""彼君子兮,不素食兮""彼君子兮,不素飧兮"——要有逐步加重对不劳而获的奴隶主的讥讽、抗争的语气。切忌平淡吟咏及无所区别的有声阅读。

(彭世强)

唐风·鸨羽

肃肃鸨羽,集于苞栩。王事靡盬,不能艺稷黍,父母何怙?悠悠苍天!曷其有所?

肃肃鸨翼,集于苞棘。王事靡盬,不能艺黍稷,父母何食?悠悠苍天!曷其有极?

肃肃鸨行,集于苞桑。王事靡盬,不能艺稻粱,父母何尝?悠悠苍天!曷其有常?

【整体赏析】

这是一首反对徭役制度的诗作,《毛诗序》曰:"《鸨羽》,刺时也。昭公之后,大乱五世。君子下从征役,不得养其父母,而作是诗也。"朱熹《诗集传》也说:"民从征役而不得养其父母,故作此诗。"都揭示了该诗主旨。

"肃肃鸨羽,集于苞栩。""肃肃"为鸟扇动翅膀的声音,"鸨"是野雁,"苞"指草木茂盛,"栩"为柞树,这两句是起兴,郑玄笺释为:"兴者,喻君子当居安平之处,今下从征役,其为危苦,如鸨之树止然。"描写野雁肃肃地拍打着翅膀,成群地落在柞树上的场景。"王事靡盬,不能艺稷黍,父母何怙?""王事"指征役,"靡盬"(gǔ)谓没有休止,"艺",种植,"稷",高粱,"黍",黍子,黄米,"怙"(hù),依靠,这三句是说征役的差事做不完,不能种植高粱和黍子,如何养活父母呢?"悠悠苍天!曷其有所?""曷",何,"所",处所,"曷其有所",就是何时才能够安居啊,通过对苍天的质问,表达了强烈的感情色彩。

第二章中,"肃肃鸨翼,集于苞棘","棘"是酸枣树,野雁肃肃地扇动羽翼,成群地落在酸枣树上。"王事靡盬,不能艺黍稷,父母何食?"王室的差役做不完,无法种植黍子和高粱,哪有粮食赡养父母呢?"悠悠苍天!曷其有极?""极",意为尽头,即反问这种痛苦何时才能结束。

第三章中,"肃肃鸨行,集于苞桑","行",行列,野雁肃肃地成行飞行,成群地落在桑树上。"王事靡盬,不能艺稻粱,父母何尝?"王室的征役做不完,无法种植稻子和高粱,如何给父母品尝?"悠悠苍天!曷其有常?""常",正常,质问苍天,这样的生活何时才能正常。

全诗以起兴开始,围绕征役辛苦无法养亲展开,在反复叠唱中书写了服役者的苦难和对剥削者的控诉,抒发了对安居乐业的平静生活的向往,具有很强的批判性和感染力。

(王　春)

【吟诵指要】

本篇普通话吟诵源自唐调。

唐调的《诗经》吟诵,从节奏角度讲,四字句采用"二、二"停顿,五字句作"二、三"停顿。从吟诵旋律角度讲,唐调《诗经》吟诵的基本特点是"一章四句三旋律",第一句起腔是旋律一,第二句是对第一句的重复,第三句声音上行高抛是旋律二,第四句声音由高往下滑,拖腔收结,这是旋律三。每章的收结字"所""极""常"拖腔稍长。尤其是第三章,"行""桑""粱""尝""常"五个韵脚字属于阳部韵,较前两章的鱼部韵、职部韵,开口更大,发声更为响亮,鼻腔的共鸣感更为强烈,再配上较长的拖腔,真好似被奴役者在呼叫苍天,发泄满腔怒火,吟之令人酸痛摧肝。

(须 强)

秦风·蒹葭

蒹葭苍苍,白露为霜。所谓伊人,在水一方。溯洄从之,道阻且长。溯游从之,宛在水中央。

蒹葭萋萋,白露未晞。所谓伊人,在水之湄。溯洄从之,道阻且跻。溯游从之,宛在水中坻。

蒹葭采采,白露未已。所谓伊人,在水之涘。溯洄从之,道阻且右。溯游从之,宛在水中沚。

【整体赏析】

这是一首爱情诗,抒写主人公思慕、追求意中人而不得的感情,恍惚缠绵,意境悠远,是千古名篇。

"蒹葭苍苍,白露为霜。""蒹",又称荻,是一种细长的水草,"葭",即初生的芦苇,"苍苍",淡青色,一说为茂盛的样子,这两句是起兴,诗人行至水边,触景生情。"所谓伊人,在水一方。""伊",指示代词,"伊人"即是人、这人之意,"一方",一边,这两句并非实指,而是自己与意中人隔绝的象征。"溯洄从之,道阻且长。溯游从之,宛在水中央","溯洄",逆着河流向上走,"阻",险阻,障碍,"溯游",沿着河流向下走，"宛"，好像。诗人逆流而上，道路充满险阻且绵长难尽，顺流而下，却发现所觅之人又好像立在水中，这四句描写了对"伊人"执着而艰难的追求，呈现的氛围隐约恍惚，表示作者渺然难寻所思之人。

第二章中，"蒹葭萋萋，白露未晞"，"萋萋"，湿润的样子，一说为茂盛的样子，"晞"，晒干，这句写河边芦苇繁密，清晨的露水尚未晒干，以景色描写开篇。"所谓伊人，在水之湄。""湄"，水与草相接的地方，即岸边，这句写自己的意中人仿佛在河岸边。"溯洄从之，道阻且跻。溯游从之，宛在水中坻。""跻"（jī），指地势升高，需要攀登，"坻"（chí），水中的小沙洲。逆流而上，道路充满险阻且难以攀登，顺流而下，却发现所觅之人又好像立在水中的小沙洲上。

第三章中，"蒹葭采采，白露未已"，"采采"，指众多的样子，"已"，止，"白露未已"就是说白露还没有完全干。"所谓伊人，在水之涘。""涘"（sì），水边，这两句写自己的意中人仿佛在河水的另一边。"溯洄从之，道阻且右。溯游从之，宛在水中沚。""右"，指道路弯曲迂回，"沚"（zhǐ），水中小沙滩。这两句写逆流而上去追求意中人，道路险阻曲折，顺流而下去寻找，却发现伊人又好像立在水中的小沙滩上。

全诗通过"白露为霜""白露未晞""白露未已"表现时间的推移，而"在水一方""在水之湄""在水之涘"，则代表空间的转换，从时空两个维度暗示"伊人"的渺不可即，这种恍惚迷离的感情充满象征意味，能引发读者丰富深远的联想，历来备受好评。

（王　春）

【吟诵指要】

本篇普通话吟诵源自萧善芗所传唐调。

这首短诗写了秋霜下的蒹葭,写了"我"在朦胧、凄冷、迷蒙的环境中渴求"伊人"。此处的求贤臣或求美人并不重要,而"溯洄""溯流"不畏艰难地"求",才是诗情词意的重点。本篇结构略有突破,尾句将原本的"四言"两拍节奏,突变为"五言"三拍,吟诵者应在突然减缓的节奏中,突出求之不得的遗憾之情。

(彭世强)

小雅·鹿鸣

呦呦鹿鸣,食野之苹。我有嘉宾,鼓瑟吹笙。吹笙鼓簧,承筐是将。人之好我,示我周行。

呦呦鹿鸣,食野之蒿。我有嘉宾,德音孔昭。视民不恌,君子是则是效。我有旨酒,嘉宾式燕以敖。

呦呦鹿鸣,食野之芩。我有嘉宾,鼓瑟鼓琴。鼓瑟鼓琴,和乐且湛。我有旨酒,以燕乐嘉宾之心。

【整体赏析】

这是一首在宴会上歌唱的诗,全诗三章,首章赞美嘉宾赠礼物、献忠言,第二、三章描述奏乐、饮酒的宴会欢乐,表现出宾主尽兴的状态,同时可以帮助我们了解先秦宴飨概况。

"呦呦鹿鸣,食野之苹。""呦呦",拟声词,鹿叫的声音,"苹",藾蒿,这两句为起兴,鹿群在原野上吃着藾蒿,不时发出呦呦的鸣叫声,悦耳动听。"我有嘉宾,鼓瑟吹笙。""嘉宾",即佳客,我的美好宾客们,在弹瑟吹笙地奏着乐。"吹笙鼓簧,承筐是将。""簧",笙中的舌片,一说为一种乐器,形似摇鼓,"承",捧上,"筐",是盛币帛的竹器,亦称筺,

"将",送,献,吹着笙管鼓动簧片,将筐中礼品献给嘉宾。"人之好我,示我周行。""人",指客人,"好我",即爱我,"周行",本义是大路,引申为处事所应遵循的正道,这两句说的是人们待我很友善,向我指示着处事的正道。

第二章中,"呦呦鹿鸣,食野之蒿","蒿",菊科植物,又名青蒿、香蒿。鹿群在原野上吃着青蒿,不时发出呦呦的鸣叫声。"我有嘉宾,德音孔昭。""德音",善言,"孔",甚,很,"昭",明,这句赞美宾客有光明的品德和言语。"视民不恌,君子是则是效。""视",同"示","不恌",不为偷薄之行,"恌",同"佻","是",代词,指嘉宾,"则",法则、楷模,"效",学习,这两句意谓嘉宾能够以不恌的榜样昭示人民,君子贤人以他们为楷模加以学习。"我有旨酒,嘉宾式燕以敖。""旨酒",甘美的酒,"式",语助词,"燕",同"宴",宴饮,"敖",同"遨",舒畅快乐,意谓我有甘甜的美酒,嘉宾在宴会上可尽情欢乐。

第三章中,"呦呦鹿鸣,食野之芩","芩"(qín),草名,蒿类植物,鹿群在原野上吃着芩草,不时发出呦呦的鸣叫声。"我有嘉宾,鼓瑟鼓琴。鼓瑟鼓琴,和乐且湛。""湛",同"耽",深厚,意味我的美好宾客们,在弹琴弹瑟奏着乐,尽兴欢乐。"我有旨酒,以燕乐嘉宾之心。""燕",宴,我以美酒宴请嘉宾,使他们心情安乐。

全诗三章之间形成递进,最后宾主达到"和乐且湛"的欢宴高潮,层次清晰,是一首广为流传的宴飨之乐。

(王 春)

【吟诵指要】

本篇普通话吟诵依据陈以鸿先生总结唐调吟诵《诗经》《楚辞》调

式推衍而成。

《鹿鸣》诗为三章,章八句,为重章组合,仅二章第六句、第八句为六言,三章第八句为七言,句式在大致整齐的基础上产生了长短变换。吟诵时套用唐调吟诵上古韵文的基本调,六言、七言处又略有变化,回环往复之中增加了节奏错落之感。

(姚　蓉)

楚 辞

离骚(节选)

[战国] 屈　原

　　余既滋兰之九畹兮,又树蕙之百亩。畦留夷与揭车兮,杂杜衡与芳芷。冀枝叶之峻茂兮,愿竢时乎吾将刈。

　　虽萎绝其亦何伤兮,哀众芳之芜秽。众皆竞进以贪婪兮,凭不厌乎求索。羌内恕己以量人兮,各兴心而嫉妒。

　　忽驰骛以追逐兮,非余心之所急。老冉冉其将至兮,恐修名之不立。朝饮木兰之坠露兮,夕餐秋菊之落英。

　　苟余情其信姱以练要兮,长顑颔亦何伤？擥木根以结茝兮,贯薜荔之落蕊。矫菌桂以纫蕙兮,索胡绳之纚纚。

　　謇吾法夫前修兮,非世俗之所服。虽不周于今之人兮,愿依彭咸之遗则。长太息以掩涕兮,哀民生之多艰。

　　余虽好修姱以鞿羁兮,謇朝谇而夕替。既替余以蕙纕兮,又申之以揽茝。亦余心之所善兮,虽九死其犹未悔。

【整体赏析】

　　屈原(约前340—前279),名平,字原,战国时楚国文学家、思想家、政治家,楚怀王时任左徒,参议国事,遭令尹子兰、上官大夫靳尚等谗毁,被黜为三闾大夫,流放汉北,顷襄王时再度流放江南。楚国郢都被秦军攻破后,自投汨罗江而死,著有《离骚》《九歌》《九章》《天问》等作,收录于《楚辞》。

选文是《离骚》中的经典部分,主要表现诗人对美好品格的追求。

"余既滋兰之九畹兮,又树蕙之百亩。""滋""树",都是种植之意,"畹""亩",均为土地面积单位,"九畹""百亩"言栽种之多,诗人说自己种植了很多兰草的同时,又栽培了百亩的秋蕙。"畦留夷与揭车兮,杂杜衡与芳芷。""畦",五十亩为一畦,用作动词,种植之意。"留夷""揭车""杜衡""芳芷"均为香草之名,即在田地中培植了留夷与揭车,又把杜衡与芳芷套种其间,前四句是用种植香草来比喻培养人才。"冀枝叶之峻茂兮,愿竢时乎吾将刈。""冀",希望。"峻茂",茂盛。"竢"(sì),同"俟",等待。"刈"(yì),收获。作者希望这些芳草能够枝繁叶茂,等到收获时便来割取,借此比喻人才成长,能够及时收用。"虽萎绝其亦何伤兮,哀众芳之芜秽。""萎绝",枯萎衰落。"芜秽",长满荒草。芳草枯萎了也不算什么,痛心的是它们的秽朽,这两句以香草荒芜比喻贤才凋零。"众皆竞进以贪婪兮,凭不厌乎求索。""竞进",争相钻营。"贪婪",贪敛财利。"厌",满足。"求索",追求索取。众人都竞相钻营贪婪,索求财物永不满足,暗示国家奸臣小人众多。"羌内恕己以量人兮,各兴心而嫉妒。""羌",楚人发语词,相当于"乃"。"量",揣摩。"兴心",起意。小人们放纵自己苛求别人,勾心斗角并嫉妒贤能。"忽驰骛以追逐兮,非余心之所急。""驰骛",狂奔乱跑。"追逐",追求权势和财富。"所急",急迫的事情。匆忙逐利并非我所热衷的事情。这两句表明诗人与小人们的不同。"老冉冉其将至兮,恐修名之不立。""冉冉"，渐渐。"修名"，美名。意谓诗人感到渐渐年迈，担心美好的名声不能树立。"朝饮木兰之坠露兮，夕餐秋菊之落英。"早上饮木兰上的露水，晚上用飘落的菊花充饥。露水与菊花象征诗人品行高洁。"苟余情其信姱以练要兮，长顑颔亦何伤？""信姱"(kuā)，美好。"顑颔"(kǎn hàn)，因吃不饱而面黄肌瘦的样子。诗人感慨只要情感坚贞，因饥饿而形容消瘦又有什么关系呢？

"擥木根以结茝兮，贯薜荔之落蕊。""擥"(qiān)，牵引，采摘。"茝"(chǎi)，一种香草。"贯"，串联。用香木的根须编织茝草，用薜荔穿起落下的花蕊。"矫菌桂以纫蕙兮，索胡绳之纚纚。""胡绳"，一种蔓生香草。"纚纚"(xǐ)，纠结连属的样子。这两句是说用菌桂的枝条来连结蕙草，把胡绳编织得又长又好。"謇吾法夫前修兮，非世俗之所服。""謇"(jiǎn)，句首语气词。"法"，效法。"前修"，前贤。"服"，从事。意谓自己向古代的圣贤学习，这不是世间俗人所能做到的。"虽不周于今之人兮，愿依彭咸之遗则。""周"，相容。"彭咸"，殷代贤臣。诗人知道自己与现在的人不相容，但仍愿意依照彭咸的遗教行事。"长太息以掩涕兮，哀民生之多艰。"诗人发出长叹，不觉泪下，悲伤民众生活之艰苦。"余虽好修姱以鞿羁兮，謇朝谇而夕替。""鞿(jī)羁"，指约束。"谇"(suì)，责骂。"替"，废弃。诗人虽爱好修洁严于律己，但却遭到责骂而被罢官。"既替余以蕙纕兮，又申之以揽茝。""纕"(xiāng)，佩戴。"揽茝"，采茝草以为佩。因为佩戴蕙草而被免职，又因采摘茝草而被申斥，强调诗人因为中正而见黜。"亦余心之所善兮，虽九死其犹未悔。"只要是诗人心中所追求的东西，纵然付出生命的代价也无怨无悔。

选段表现了诗人政治理想虽失败，但对美好品行的追求仍至死不渝,屈原的这一形象成为后世无数仁人志士的楷模,他的"亦余心之所善兮,虽九死其犹未悔"的精神,被不断地歌咏、怀念和效仿。

（王　春）

【吟诵指要】

本篇普通话吟诵依据陈以鸿先生总结唐调吟诵《诗经》《楚辞》调式推衍而成。

吟诵本篇,应在反复的咏叹间,融入诗人面对君主昏庸、小人排挤,却矢志不渝,坚持"美政"、至死不悔的坚定决心。"哀""怨""悔"等表达诗人情感的词语应加重语气。

（郭繁荣）

湘　君

[战国] 屈　原

君不行兮夷犹,蹇谁留兮中洲?

美要眇兮宜修,沛吾乘兮桂舟。

令沅湘兮无波,使江水兮安流。

望夫君兮未来,吹参差兮谁思?

驾飞龙兮北征,邅吾道兮洞庭。

薜荔柏兮蕙绸,荪桡兮兰旌。

望涔阳兮极浦,横大江兮扬灵。

扬灵兮未极,女婵媛兮为余太息。

横流涕兮潺湲,隐思君兮陫侧。

桂棹兮兰枻,斫冰兮积雪。

采薜荔兮水中,搴芙蓉兮木末。

心不同兮媒劳,恩不甚兮轻绝。

石濑兮浅浅,飞龙兮翩翩。

交不忠兮怨长,期不信兮告余以不闲。

朝骋骛兮江皋,夕弭节兮北渚。

楚　辞

　　　　鸟次兮屋上，水周兮堂下。
　　　　捐余玦兮江中，遗余佩兮醴浦。
　　　　采芳洲兮杜若，将以遗兮下女。
　　　　时不可兮再得，聊逍遥兮容与。

【整体赏析】

　　此诗为《九歌》中的一首，是祭祀湘水之神"湘君"的乐歌，全诗以湘夫人的视角切入，表达了盼望湘君到来的复杂情感。

　　"君不行兮夷犹，蹇谁留兮中洲？""君"即湘君。"夷犹"，犹豫之意。"蹇"（jiǎn），发语词。"谁留"，为谁停留。这两句意为湘君你犹豫不前行，是谁在沙洲中将你挽留？"美要眇兮宜修，沛吾乘兮桂舟。""要眇"，美好的样子。"宜修"，善于修饰。"沛"，疾行。"桂舟"，桂木做的船。表现湘夫人已梳妆打扮完毕，乘舟以迎接湘君。"令沅湘兮无波，使江水兮安流。""沅""湘"是两条水名，"江"指长江。谓湘夫人欲使沅、湘二水风平浪静，以便顺利前进以迎湘君。"望夫君兮未来，吹参差兮谁思？""夫君"指湘君。"参差"，排箫。写湘夫人盼望湘君到来，因其未至而思念不已。

　　"驾飞龙兮北征，遭吾道兮洞庭。""飞龙"，龙舟。"遭"（zhān），回转。写湘夫人绕道洞庭北上，以寻觅湘君。"薜荔柏兮蕙绸，荪桡兮兰旌。""薜荔柏"，"柏"通箔，以薜荔香草织为帘箔。"蕙绸"，以蕙兰织成的帷帐。"荪桡"（náo），以荪草饰楫。"兰旌"，以兰为旌。均为舟上的陈设。"望涔阳兮极浦，横大江兮扬灵。""涔（cén）阳"，地名。湘夫人翘首眺望涔阳的边际，横渡大江扬帆前进。"扬灵兮未极,女婵媛兮为余太息。""婵媛",忧虑怨恨。前行却未抵达尽头,侍女为湘夫人的多情忧虑而叹息。"横流涕兮潺湲,隐思君兮陫侧。""潺湲",形容泪流不止。"陫侧",悲伤惆怅。此二句表现出湘夫人不遇湘君的哀伤。

"桂棹兮兰枻,斲冰兮积雪。""棹"(zhào),长的船桨。"枻"(yì),短的船桨。"斲"(zhuó),砍。二句写湘夫人冒雪乘舟,迎接湘君。"采薜荔兮水中,搴芙蓉兮木末。"二句表现徒劳之感,薜荔缘木而生,却要采之水中;芙蓉开于水中,却要取之树梢。"心不同兮媒劳,恩不甚兮轻绝。"写湘君不与自己同心,媒人也只能徒劳,恩爱不深,便会轻易绝情。

"石濑兮浅浅,飞龙兮翩翩。""石濑"(lài),指浅滩。清水在浅滩飞速流淌,龙船在水面起伏前行。"交不忠兮怨长,期不信兮告余以不闲。""交不忠",指爱情不忠实。"期不信",指约会不守信用。这句写湘夫人因湘君未至而疑虑丛生。"朝骋骛兮江皋,夕弭节兮北渚。""朝"与夕相对,指早晨。"骋骛",奔驰。"弭节",慢慢停下来。早上在江边匆匆奔驰,傍晚慢慢停靠北岸。"鸟次兮屋上,水周兮堂下。""次",栖止。鸟儿在屋檐上栖息,厅堂下流水环绕。"捐余玦兮江中,遗余佩兮醴浦。""捐",弃。"玦",玉佩,与"诀"同音,古人以赠玦表示诀别或断绝关系。"佩",身上佩玉。将身上的佩玉丢弃在醴水之畔。"采芳洲兮杜若,将以遗兮下女。""杜若",香草。"遗",赠送。在芳草丛生的小洲上采摘杜若,把它赠送给侍女。"时不可兮再得,聊逍遥兮容与。""容与",游戏之态,此为祷祝语。美好的时光不可再得,惟愿悠游欢度此良辰。

此诗虽为祭歌,但写得迷离恍惚,充满浪漫色彩,是不可多得的佳作。

(王　春)

【吟诵指要】

本篇普通话吟诵源自唐调,以陈以鸿先生沪语版本为参照。

从内容上看,写湘夫人久盼湘君不来而产生的思念和怨伤之情,因此时在吟诵要注意应从低处起调。同时,要注意突出其悲伤、惆怅之感,速度平稳趋缓为宜。另有"扬灵"二句,承上启下,吟诵时应从快转慢体现层次的递进,并突出"太息"之情。使用节奏变化来表现由失望到怨恨的转变。结尾部分应降速,缓缓收尾,通过加强归韵的方式延伸湘夫人的无限哀愁。

(陈嘉祎)

湘夫人

[战国]屈 原

帝子降兮北渚,目眇眇兮愁予。
嫋嫋兮秋风,洞庭波兮木叶下。
登白薠兮骋望,与佳期兮夕张。
鸟何萃兮蘋中,罾何为兮木上。
沅有茝兮澧有兰,思公子兮未敢言。
荒忽兮远望,观流水兮潺湲。
麋何食兮庭中,蛟何为兮水裔。
朝驰余马兮江皋,夕济兮西澨。
闻佳人兮召予,将腾驾兮偕逝。
筑室兮水中,葺之兮荷盖。
荪壁兮紫坛,播芳椒兮成堂。
桂栋兮兰橑,辛夷楣兮药房。
罔薜荔兮为帷,擗蕙櫋兮既张。
白玉兮为镇,疏石兰兮为芳。
芷葺兮荷屋,缭之兮杜衡。

楚　辞

> 合百草兮实庭，建芳馨兮庑门。
> 九嶷缤兮并迎，灵之来兮如云。
> 捐余袂兮江中，遗余褋兮澧浦。
> 搴汀洲兮杜若，将以遗兮远者。
> 时不可兮骤得，聊逍遥兮容与。

【整体赏析】

　　此诗为《九歌》中的一章，与《湘君》是姊妹篇，同样是祭神曲，描述湘君来到约定的北渚，却不见湘夫人的惆怅之情，表达祭者期望湘夫人临飨之诚。

　　"帝子降兮北渚，目眇眇兮愁予。""帝子"，指湘夫人。"眇眇"，形容望眼欲穿的样子。"愁予"，使我哀愁。这句写湘君想象湘夫人已经到达北渚，但自己却并未遇到，因此心生哀愁。"嫋嫋兮秋风，洞庭波兮木叶下。""嫋嫋"，形容清风吹拂。秋风阵阵吹拂，洞庭湖碧波荡漾，树叶纷纷飘落。"登白薠兮骋望，与佳期兮夕张。""白薠"（fán），水草名。"骋望"，纵目眺望。"夕张"，于夜间铺张陈设。湘君登上白薠丛生的湖岸远眺，铺张陈设好等待与湘夫人的约会。"鸟何萃兮蘋中，罾何为兮木上。""罾"（zēng），渔网。为何鸟儿聚集于水草，渔网张在树梢。表现对湘夫人未至的愁怨。

　　"沅有茝兮澧有兰，思公子兮未敢言。""公子"，指湘夫人。沅水边长满茝草，澧水边长满蕙兰，湘君思念着湘夫人却不敢明言。"慌惚兮远望，观流水兮潺湲。"湘君神思迷茫地眺望远方，只见流水潺潺而去，暗示在等待中时光流逝。"麋何食兮庭中，蛟何为兮水裔。"

以麋不在山林而在庭院觅食,蛟龙不在深渊而处于水边这两种反常现象,再次强调湘君期待湘夫人到来,却事与愿违。"朝驰余马兮江皋,夕济兮西澨。""江皋",水边高地。"澨"(shì),指水涯。湘君从早到晚地在江边奔驰,表现等待心绪的焦急。"闻佳人兮召予,将腾驾兮偕逝。""偕逝",共同前往。湘君仿佛听闻湘夫人召唤,将与她一起乘车远去。

"筑室兮水中,葺之兮荷盖。"将房屋建筑在水中,上面用荷叶覆盖着。"荪壁兮紫坛,播芳椒兮成堂。""荪(sūn)壁",用荪草筑的墙壁。"紫坛",用紫贝铺砌的庭院,一说紫为草名,即茈。这句写荪草作墙,紫贝铺院,厅堂撒满香椒。"桂栋兮兰橑,辛夷楣兮药房。"以桂树为栋梁,以木兰为屋橑,以辛夷之木为门楣,以芍药装饰房屋。"罔薜荔兮为帷,擗蕙櫋兮既张。""擗"(pǐ),掰开。"櫋"(mián),檐间木。写以薜荔结为帷帐,以蕙草编为屏风,悬挂在屋檐。"白玉兮为镇,疏石兰兮为芳。"用白玉镇压座席,用石兰芬芳气氛。"芷葺兮荷屋,缭之兮杜衡。"用白芷修葺荷叶做的屋顶,又使杜衡环绕四周。"合百草兮实庭,建芳馨兮庑门。"庭院中百草汇集,门廊内香气弥漫。"九嶷缤兮并迎,灵之来兮如云。""九嶷",山名。写九嶷山的众神都来迎接湘夫人,神灵的出现如漫天云海。

"捐余袂兮江中,遗余褋兮澧浦。""袂",衣袖。"褋"(dié),内衣。此首与《湘君》结尾一样,通过丢弃"袂""褋"表达不愿分离之情。"搴汀洲兮杜若,将以遗兮远者。时不可兮骤得,聊逍遥兮容与。"末四句写采摘洲中的杜若,以便赠送远方的恋人,欢乐的时光虽不能立即获得,但仍要悠游地度过良辰。

诗歌抒情缠绵悱恻,超越了一般祭神曲的宗教意味,比兴手法的运用和所表现的执着追求精神,都使诗作富于感染力。

(王　春)

【吟诵指要】

本篇普通话吟诵源自唐调。

《湘夫人》一诗吟诵的基本调式虽简单,但却朗朗上口,韵味十足,婉转尽致地表现了湘君对湘夫人的深切思慕之情。需要注意的是,湘君对湘夫人的情感是随着时间的推移不断起伏变化的,与之相应,吟诵时诗中各节的节奏和旋律也应随着情感的起伏变化而有所变化。

(姚　蓉)

湘君

君不行兮夷猶蹇誰留兮中洲美要眇兮宜修沛吾乘兮
桂舟令沅湘兮無波使江水兮安流望夫君兮未來吹參差
兮誰思駕飛龍兮北征邅吾道兮洞庭薜荔柏兮蕙綢蓀橈
兮蘭旌望涔陽兮極浦橫大江兮揚靈揚靈兮未極女嬋媛兮
為余太息橫流涕兮潺湲隱思君兮陫側桂櫂兮蘭枻斲冰
兮積雪采薜荔兮水中搴芙蓉兮木末心不同兮媒勞恩不
甚兮輕絕石瀨兮淺淺飛龍兮翩翩交不忠兮怨長期不信兮
告余以不閒朝騁騖兮江皋夕弭節兮北渚鳥次兮屋上水
周兮堂下捐余玦兮江中遺余佩兮澧浦采芳洲兮杜若將
以遺兮下女時不可兮再得聊逍遙兮容與

湘夫人

帝子降兮北渚目眇眇兮愁予嫋嫋兮秋風洞庭波兮木葉
下登白薠兮騁望與佳期兮夕張鳥何萃兮蘋中罾何為
兮木上沅有茝兮澧有蘭思公子兮未敢言荒忽兮遠望
觀流水兮潺湲麋何食兮庭中蛟何為兮水裔朝馳余馬兮
江皋夕濟兮西澨聞佳人兮召予將騰駕兮偕逝築室兮水
中葺之兮荷蓋蓀壁兮紫壇匊芳椒兮成堂桂棟兮蘭
橑辛夷楣兮藥房罔薜荔兮為帷擗蕙櫋兮既張白玉兮
為鎮疏石蘭兮為芳芷葺兮荷屋繚之兮杜蘅合百草兮
實庭建芳馨兮廡門九嶷繽兮並迎靈之來兮如雲捐余
袂兮江中遺余褋兮澧浦搴汀洲兮杜若將以遺兮遠者時
不可兮驟得聊逍遙兮容與

正德十二年丁丑二月乙未停雲館中書

乐 府

江 南

[汉] 汉乐府

江南可采莲,莲叶何田田。
鱼戏莲叶间,鱼戏莲叶东,
鱼戏莲叶西,鱼戏莲叶南,
鱼戏莲叶北。

【整体赏析】

此诗为汉乐府民歌,郭茂倩《乐府诗集》将其收入《相和歌辞·相和曲》,主要描写江南人采莲时欢乐的生活场景。

"江南可采莲,莲叶何田田。""田田",形容莲叶茂盛的样子。这两句描绘了江南水乡莲叶密布的美丽风光。"鱼戏莲叶间,鱼戏莲叶东,鱼戏莲叶西,鱼戏莲叶南,鱼戏莲叶北。"以复沓的形式表现水中鱼儿的畅游状态,颇具动感,这种自由活泼实际上也是采莲人心态的象征。全诗欢快质朴,生机盎然,浑然天成。

(王 春)

【吟诵指要】

本篇吟诵有彭世强普通话版、刘丽上海方言版和王星普通话版。

彭世强普通话版和刘丽上海方言版为彭世强原创调。其中上海方言版吟诵旋律,渗有沪地音乐的特色。

吟诵者可以想象自己是一名采莲人,面对田田荷叶及袅娜盛开的荷花,抹一把汗,昂首放歌!四句"鱼戏……"的吟诵,打破常规处理。将"莲叶东""莲叶西"的节奏突然加快,两个平声字"东""西"的长音,改为短促之音,用以突现"鱼戏"的欢跃。结尾的"北"字是仄声字,仍用仄逼的短音处理,加上一个语气词"呵呵——"更显采莲人丰收喜悦的心情。

(彭世强)

王星普通话吟诵版,根据萧善芗先生所传唐调五言古体诗吟调推衍而成。

前三句"莲""田""间"三个韵脚连续押韵,吟时拉长,尤其是"间"字,给人一种视线无限延伸的感觉。后面"鱼戏莲叶东"四句,以"东、西、南、北"贯穿,全不押韵,读出轻松愉悦之感,仿佛人的视线随鱼儿转移。入声字"叶"要吟得短促,表现鱼的灵动。"北"也是入声字,出口即收,有戛然而止的效果,颇具情趣。

(王 星)

长 歌 行

[汉] 汉乐府

青青园中葵,朝露待日晞。

阳春布德泽,万物生光辉。

常恐秋节至,焜黄华叶衰。

百川东到海,何时复西归。

少壮不努力,老大徒伤悲。

【整体赏析】

此诗属乐府诗《相和歌·平调曲》,共三首,这是第一首,是劝人珍惜青春、及时努力的名篇。

"青青园中葵,朝露待日晞。"园圃中植物茂盛,郁郁葱葱,清晨的露水在太阳下即将蒸发殆尽,隐喻时光和青春易于流逝。"阳春布德泽,万物生光辉。"和煦的春光照耀,使万物都焕发生命的光彩。"常恐秋节至,焜黄华叶衰。""焜黄",指植物枯黄的样子。秋天一到,欣欣向荣的植物便难逃衰歇凋残的命运。"百川东到海,何时复西归。"感叹时光如百川东流,一去不返。"少壮不努力,老大徒伤悲。"结尾二句鼓励青少年应努力奋斗,这样到老了才会没有遗憾悔恨。

全诗朴素自然,却感人至深,尤其后四句是千古警句,成为莘莘学子的座右铭。

(王 春)

【吟诵指要】

本篇普通话吟诵依据陈以鸿先生总结唐调吟诵《诗经》《楚辞》调式推衍而成。

唐调吟诵《诗经》《楚辞》的基本调式,是四句一反复,此诗亦是如此。末尾只剩"少壮不努力,老大徒伤悲"两句,因此吟诵两遍,以达成调式上的完整,也达成不断提醒世人珍惜光阴的效果。需要说明的是,"焜黄华叶衰"之"衰",为押韵计,此处读为"cuī"。

(姚 蓉)

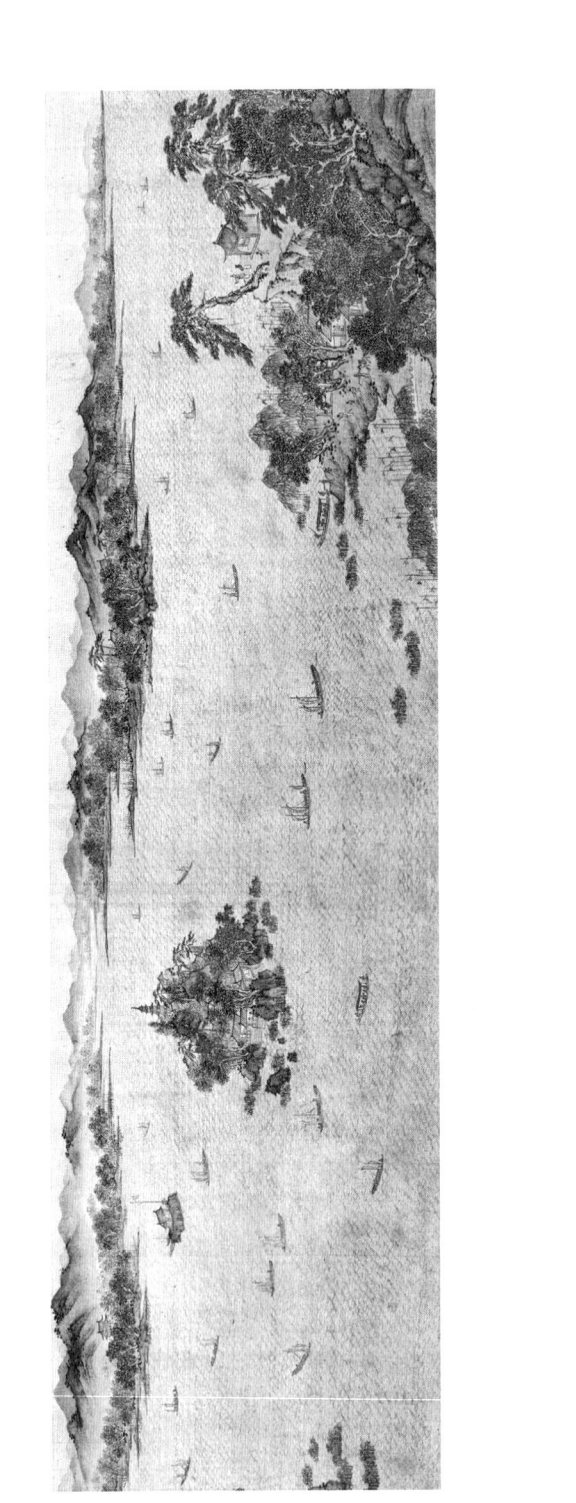

短 歌 行

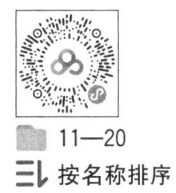

[东汉] 曹 操

对酒当歌,人生几何!譬如朝露,去日苦多。慨当以慷,忧思难忘。何以解忧?唯有杜康。

青青子衿,悠悠我心。但为君故,沉吟至今。呦呦鹿鸣,食野之苹。我有嘉宾,鼓瑟吹笙。

明明如月,何时可掇。忧从中来,不可断绝。越陌度阡,枉用相存。契阔谈䜩,心念旧恩。

月明星稀,乌鹊南飞。绕树三匝,何枝可依?山不厌高,海不厌深。周公吐哺,天下归心。

【整体赏析】

曹操(155—220),字孟德,沛国谯县(今安徽亳州)人,三国时期杰出的政治家、军事家、文学家,事迹见《三国志》卷一本纪,今有《魏武帝集》。

余冠英先生认为这是一篇用于宴会的歌辞,属《相和歌·平调曲》,其中包含感伤乱离、怀念朋友,叹息时光消逝和希望得到贤才帮助自己建功立业等复杂思想。

"对酒当歌,人生几何。"诗人对酒高歌,感慨人的一生又能有多少时光。"譬如朝露,去日苦多。"光阴不过如同露水一样易逝,诗人因已过时日太多而深感痛苦。"慨当以慷,忧思难忘。"席上歌声慷慨激昂,忧郁的情感却难以忘怀。"何以解忧?唯有杜康。""杜康",人名,相传他是开始造酒之人,这里用作酒的代称,诗人自问自答,什么可以用来排解忧愁呢?只有痛饮美酒了。"青青子衿,悠悠我心"是《诗经·郑风·子衿》中的成句,表达诗人对贤才的思慕,并通过"但为君故,沉吟至今"来深化此种渴望,即正是因为渴慕贤才的缘故,诗人才沉吟到现在。"呦呦鹿鸣,食野之苹。我有嘉宾,鼓瑟吹笙。"用《诗经·小雅·鹿鸣》中的成句,表示自己愿意招纳贤才并将予以很高的礼遇,体现曹操的热诚。"明明如月,何时可掇。忧从中来,不可断绝。"空中悬挂的明月,何时可以将它摘取,诗人的忧思也像月光一样,无法阻断。"越陌度阡,枉用相存。"古代谚语有"越陌度阡,更为客生"之句,是说朋友之间互相过从的事情,诗人借成句说明贤士远道来投,屈尊光顾我这里。"契阔谈䜩,心念旧恩。"在宴会上畅叙离别之情,心中顾念着旧日的情谊。"月明星稀,乌鹊南飞。绕树三匝,何枝可依。"月色明亮,星光稀疏,乌鹊向南飞去,绕着树木飞行了三周却没有停留,哪个枝干才是它们的栖身之地呢?诗人以飞鹊比喻那些尚在徘徊犹豫中的人才。"山不厌高,海不厌深。周公吐哺,天下归心。"《管子·形势解》中说:"海不辞水,故能成其大;山不辞土,故能成其高;明主不厌人,故能成其众;士不厌学,故能成其圣。""山不厌高,海不厌深"即由此化出,表示自己愿意尽可能地接纳人才。末尾以周公自比,说明求贤士建功业的理想。

全诗感情富于变化,境界阔大,尤其是"山不厌高,海不厌深。周公吐哺,天下归心"四句,使诗歌超越了开篇的悲哀气氛,慷慨激昂,具有一种雄壮之美,富于感染力,展现了曹操的雄才大略和精神追求,是千古传唱的警句。

(王 春)

【吟诵指要】

本篇普通话吟诵依据陈以鸿先生总结唐调吟诵《诗经》《楚辞》调式推衍而成。

诗人用汉乐府中的《短歌行》为诗,短歌即是诗句较短,四言诗,每句节奏"二二"式,四句一章换韵,循环往复。诗中"日""鹿""瑟""月""掇""绝""越陌""契阔""月""鹊""匝""不"为入声字,吟诵短促。边吟边感悟诗人之忧,忧时光易逝,忧贤才难得,忧功业未成,及建立伟业的抱负与悲慨。

(张妍群)

燕 歌 行

[魏]曹 丕

秋风萧瑟天气凉,草木摇落露为霜。
群燕辞归雁南翔,念君客游思断肠。
慊慊思归恋故乡,何为淹留寄他方?
贱妾茕茕守空房,忧来思君不敢忘,
不觉泪下沾衣裳。
援琴鸣弦发清商,短歌微吟不能长。
明月皎皎照我床,星汉西流夜未央。
牵牛织女遥相望,尔独何辜限河梁?

【整体赏析】

  曹丕(187—226),字子桓,谯县(今安徽亳州)人。曹操次子。建安二十五年(220)受禅登基,以魏代汉,在位七年,谥文帝。曹丕为建安文学代表作家之一,诗、赋、文皆有成就,尤擅五言诗,与曹操、曹植并称"三曹",著有《魏文帝集》。

  曹丕《燕歌行》是中国文学史上第一首完整的七言诗,在诗歌发展史上有着重要的地位。《燕歌行》为乐府诗,多赋征戍离别之情,主要以役夫妻子的口吻,表达了对远方丈夫的思念和无尽战争的哀怨。

开篇化用宋玉《九辩》中的名句:"悲哉,秋之为气也!萧瑟兮草木摇落而变衰。"通过对秋风萧瑟,天气转凉,草木摇落,白露为霜的描绘,营造了萧索凄凉的氛围。"群燕辞归雁南翔,念君客游思断肠。"燕、雁均为候鸟,候鸟南归,而征戍的丈夫却不能归来,对此情景,思妇怎能不肝肠寸断。"慊慊思归恋故乡","慊慊",不满、不平的样子。这里是设想丈夫身处远方,思念家乡的情形。"何为淹留寄他方","淹留",长期滞留,表明妻子对丈夫久居他乡的担心。"贱妾茕茕守空房,忧来思君不敢忘,不觉泪下沾衣裳。""茕茕",孤独的样子。这三句谓妻子独守空房,思念不已,不觉泪沾衣裳。"援琴鸣弦发清商,短歌微吟不能长。""援琴",取琴。"清商",乐府曲调名,多凄清悲凉之音。这两句谓妻子只能低吟浅唱,不能放声长歌。"明月皎皎照我床",化自《古诗十九首》中名句"明月何皎皎,照我罗床帏",谓皎洁的月光照在妻子闺中的床上。"星汉西流夜未央","星汉"即银河,银河向西移动,夜渐转深,妻子目睹着星光的变化,暗示她因为忧思而无法入睡。"牵牛织女遥相望,尔独何辜限河梁?""何辜",有何罪过。化用牛郎织女的故事,妻子对着牵牛星、织女星感叹:你们隔着银河遥遥相望,是因为何种罪过而被分开呢?表面上是感慨牛郎织女的无法团圆,实际上是对自己夫妻异地的哀怨。

全诗一韵到底,音节和谐,情意深婉,将相思之情表现得缠绵悱恻,凄楚动人,是一首千古传唱的杰作。

(王 春)

【吟诵指要】

本篇普通话吟诵依据陈少松先生所传《春江花月夜》吟诵调推衍而成。

开头起调较高,吟出一幅深秋的肃杀景象。"慊慊"二句低回婉转,有期待,有疑虑,也包含着无限的思念。随后再次高起,表现主人公的寂寞忧思到达了极点,最后拉长慢收仿若临风浩叹,时而抚琴低吟,凄凉哀怨。

(郭繁荣)

行路难(其一)

[唐]李 白

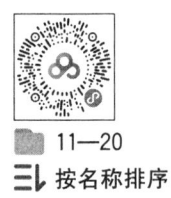

金樽清酒斗十千,玉盘珍羞直万钱。

停杯投箸不能食,拔剑四顾心茫然。

欲渡黄河冰塞川,将登太行雪满山。

闲来垂钓碧溪上,忽复乘舟梦日边。

行路难,行路难,多歧路,今安在?

长风破浪会有时,直挂云帆济沧海。

【整体赏析】

李白(701—762),字太白,号青莲居士,四川江油人,祖籍陇西成纪(今甘肃秦安东)。开元十二年(724)只身出四川,开始四处漫游。唐玄宗天宝元年(742)供奉翰林。天宝三年(745)离开长安。至德元年(756),入永王李璘幕,永王被杀,李白获罪流徙夜郎,后遇赦。晚年漂泊江南一带,病卒于当涂。诗风雄奇飘逸,与杜甫并称"李杜"。有《李太白集》。

"行路难"为乐府《杂曲歌辞》旧题,《乐府古题要解》云:"《行路难》备言世路艰难及离别伤悲之意,多以'君不见为首'。"李白原作共三首,此为第一首。

首句中"斗十千",即一斗价十千。"直万钱",即值万钱,以夸张的手法表现酒食之奢侈。"停杯投箸不能食,拔剑四顾心茫然。"面对珍美酒食,作者通过"停""投""拔""顾"等一系列动词,暗示诗人内心的苦闷抑郁。"欲渡黄河冰塞川,将登太行雪满山。"正面描写"行路难",冰塞黄河、雪满太行阻止了诗人的前行,作者用这两个景象代表人生道路上的艰难险阻。"欲渡""将登"凸显了事与愿违。"闲来垂钓碧溪上,忽复乘舟梦日边。"此句用典,相传吕尚(姜太公)未遇周文王时,曾在磻溪(今陕西宝鸡东南)垂钓;伊尹见汤之前,梦到乘舟经过日边。诗人通过历史故事自我安慰,他不甘现实困顿,仍对未来有所期待,但他意识到"行路难",作者重新陷入迷茫,前路崎岖坎坷,自己终究该选取哪条道路呢?"长风破浪会有时,直挂云帆济沧海。"这两句用宗悫的典故说明自己有远大理想,且相信必将实现。

此诗以忧闷无助始,以乐观自信终,于苦闷彷徨中,终于奏出昂扬乐观的强音,后二句,成为鼓舞后人执着追求理想的力量源泉。

(王 春)

【吟诵指要】

本篇普通话吟诵依据魏嘉瓒先生传调推衍而成。

这首诗一共八十二个字,在七言歌行中只能算是短篇,但十分整齐、押韵,而且节奏感强,读起来朗朗上口,增强了表现效果。全诗随着韵脚的转换,平仄的交替运用,前呼后应,层出不穷,节奏感强烈而优美。同时"行路难,行路难"的反复使用,不仅毫无累赘之感,反而增强了气势,形象地显示了诗人复杂的感情变化。到结尾二句时,经过前面的反复回旋以后,境界顿开,要读出高昂乐观的调子。

(苑建华)

将　进　酒

［唐］李　白

君不见,黄河之水天上来,奔流到海不复回!

君不见,高堂明镜悲白发,朝如青丝暮成雪!

人生得意须尽欢,莫使金樽空对月。

天生我材必有用,千金散尽还复来。

烹羊宰牛且为乐,会须一饮三百杯。

岑夫子,丹丘生。将进酒,杯莫停。

与君歌一曲,请君为我倾耳听。

钟鼓馔玉不足贵,但愿长醉不愿醒。

古来圣贤皆寂寞,惟有饮者留其名。

陈王昔时宴平乐,斗酒十千恣欢谑。

主人何为言少钱? 径须沽取对君酌。

五花马,千金裘。呼儿将出换美酒,与尔同销万古愁。

【整体赏析】

《将进酒》为乐府《鼓吹曲·汉铙歌》旧题,内容多描写饮酒放歌,本诗为李白开元二十三年(735)应元丹丘之邀,至嵩山时所作。

全诗以两个排比句开篇,气势恢宏。"君不见,黄河之水天上来,奔流到海不复回!君不见,高堂明镜悲白发,朝如青丝暮成雪!"二句分别对空间和时间进行夸张描写,悲叹光阴易逝,人生短暂。"人生得意须尽欢,莫使金樽空对月。"人生得意,便应尽情欢乐,切莫让酒杯空对着明月,辜负韶华。"天生我材必有用,千金散尽还复来。"作者的自信与豪情跃然纸上。"烹羊宰牛且为乐,会须一饮三百杯。"以烹饪来助乐,不痛饮决不罢休,诗人及时行乐,追求极致的欢宴。"岑夫子,丹丘生。将进酒,杯莫停。"诗人劝岑勋和元丹丘这两位朋友也不要停杯,这四个短句近乎口语,颇有紧迫感,使诗歌节奏富于变化,强化了及时行乐的思想。

"与君歌一曲,请君为我倾耳听。"对着诸君高歌一曲,请仔细听我道来,自此二句以下,借饮酒作歌抒写心曲。"钟鼓馔玉不足贵,但愿长醉不愿醒。""钟鼓",指权贵人家钟鸣鼎食,"馔玉",珍美如玉的食品,二者代指功名富贵,这在诗人眼中不算尊贵,诗人只愿长醉而不清醒。"古来圣贤皆寂寞,惟有饮者留其名。"自古以来圣贤都是寂寞的,只有善于饮酒的人才会名声长存,此是李白酒后激愤之语。"陈王昔时宴平乐,斗酒十千恣欢谑。""陈王",即曹植,其《名都篇》云:"归来宴平乐,美酒斗十千。""平乐",观名。诗人追思当年陈王曹植在平乐观设宴,千金美酒纵情畅饮的场面。"主人何为言少钱?径须沽取对君酌。"主人何必扫兴说钱不够呢?尽管打酒来让我们继续举杯。"五花马,千金裘。呼儿将出换美酒,与尔同销万古愁。"承接上句,诗人牵来他的五花马,脱下他的千金裘,让侍僮拿去典当了置换为美酒,以便与众人一醉解千愁,这四句长短结合,脱口而出,颇有慷慨不平之气。

诗人在畅快饮酒的铺陈之中,其实有着很深的忧愤,诸如"但愿长醉不愿醒""古来圣贤皆寂寞""惟有饮者留其名"都是愤慨之语,表达了自己的失意和不遇。整体上看,全诗豪迈奔放,雄快之中含有忧愤。

(王　春)

【吟诵指要】

本篇普通话吟诵源于台湾成功大学王伟勇教授所传鹿港调。鹿港调的声韵来自中原古韵,由河洛传至福建泉州,再传至鹿港,至今已历数百年。鹿港调尾韵悠扬,音韵浑厚极富感情,适合抒情诗词的吟唱。

《将进酒》的汉乐府古辞只有六个字:"将进酒,乘大白。"就是劝酒的意思。李白以古题作诗。怎么来吟诵这首诗呢?王教授强调吟诵时一定要注意辨别入声字,他引用了《康熙字典》前面载有的一首名为《分四声法》的歌诀:"平声平道莫低昂,上声高呼猛烈强。去声分明哀远道,入声短促急收藏。"即吟诵时要掌握依字行腔、入短韵长这一规律,就是把入声字挑出来读得短一点,然后把韵字读得长一点。普通话入声字的读法,一种叫短读,一种叫顿挫。快速、高兴时短读,慢速、压抑时顿挫。然后就是依义行调,最难的一点就是依义行调。古体诗吟诵的好坏,关键就是依义行调。理解得对吟诵就对,理解得好吟诵就好,就是这样的关系。

(张赟华)

子夜吴歌·秋歌

[唐]李 白

长安一片月,万户捣衣声。

秋风吹不尽,总是玉关情。

何日平胡虏,良人罢远征?

【整体赏析】

《子夜吴歌》为南朝乐府,属《清商曲辞》,李白之作共四首,分别写春夏秋冬四时,此为第三首。

"长安一片月,万户捣衣声。"开篇写景,用语自然而气象阔大,"长安"即今陕西西安。"捣衣",古人裁制衣服前必先捣练,秋天要赶制寒衣给远戍边关的亲人,因此文人多借捣衣以写闺思。"秋风吹不尽,总是玉关情。"秋风送来捣衣的砧声,绵延不尽,每一声中都蕴含着对出征玉门关的亲人的深情。"何日平胡虏,良人罢远征?"感慨何时才能平定外患,征夫安全归来,表达了作者对和平的渴望。

全诗情景交融,借捣衣之声抒发思念征夫的心声。

(王 春)

【吟诵指要】

本篇普通话吟诵据萧善芗先生所传唐调五言古体诗吟调推衍而成。

这首诗是李白沿用乐府旧题创作,押"庚"韵,深沉而幽远。首句要起得比较平缓,平静之中蕴含痛苦。中间两句读得深情,"玉关情"可拉长,读出思念征夫之苦。最后两句"罢远征"可拖音,读出闺妇深远的期盼,结句应意远悠长。

(王 星)

关 山 月

[唐]李 白

明月出天山,苍茫云海间。

长风几万里,吹度玉门关。

汉下白登道,胡窥青海湾。

由来征战地,不见有人还。

戍客望边色,思归多苦颜。

高楼当此夜,叹息未应闲。

【整体赏析】

《关山月》是乐府旧题,属《鼓角横吹曲》,多用来书写征戍离别之情。

"明月出天山,苍茫云海间。长风几万里,吹度玉门关。"此四句最广为流传。明月从天山上升起,在苍茫的云海之中悬照大地,长风掠过几万里的国土,横度玉门关。这里描写的边塞图景,壮阔雄浑。"天山",泛指西部高山,"玉门关",故址在今甘肃西。"汉下白登道,胡窥青海湾。""白登",山名,在今山西大同东,"青海",湖名。"由来征战地,不见有人还。"自古战争频繁的地方,几乎看不到有人能够生还故乡。这四句将描写的对象由边塞之景转移为征伐之事。"戍客望边色,思归多苦颜。高楼当此夜,叹息未应闲。"再由战事聚焦个人,戍边战士望着边地景色,思念家乡,面露愁苦颜色,他们遥想此夜妻子应独上高楼,也因思念自己而叹息不已。

全诗写景雄奇壮阔,抒情深沉苍凉,景与情融为一体,层层推进,抒写深沉的离别之情。

（王　春）

【吟诵指要】

本篇普通话吟诵源自耳熟能详的经典同名古琴调。

开头有一种苍凉磅礴之意。中间的一段"由来征战地,不见有人还",是说在家里的妻子思念远方戍边的将士;后面"思归多苦颜",又回到了将士们的思绪上,有一种悲凉的底色在里面。"戍客"句以高音处理,因女声的局限,未完全以低八度处理。

（窦广娟）

五言古诗

饮酒(其五)

[晋]陶渊明

结庐在人境,而无车马喧。

问君何能尔?心远地自偏。

采菊东篱下,悠然见南山。

山气日夕佳,飞鸟相与还。

此中有真意,欲辨已忘言。

【整体赏析】

陶渊明(369—427),一名潜,字元亮,号五柳先生,浔阳柴桑(今江西九江)人。东晋名臣陶侃曾孙。曾任彭泽令,在官80余日,弃官回乡,无复仕进,卒,友人私谥"靖节先生",今存《陶渊明集》。

此诗为《饮酒》组诗之五,表现作者安贫乐道、悠然自得的心境,其中"采菊东篱下,悠然见南山"更是千古传诵的名句。

"结庐在人境,而无车马喧。"居所无世俗的打扰,没有车马喧哗之声。"问君何能尔?心远地自偏。"自问自答,如何能做到不被打扰? 正在于心境高远,超越尘俗的车马宾客,使所居之地变得偏僻静谧。

"采菊东篱下,悠然见南山。"在庭院的篱边采摘菊花,悠然间抬头看到远方的南山。"山气日夕佳,飞鸟相与还。"夕阳余晖中山景更加秀丽,成群的鸟儿结伴飞归山林。"此中有真意,欲辨已忘言。"此句总结全诗,用《庄子·外物》"言者所以在意也,得意而忘言"之意,诗人从大自然中获得启示,领会真意,陶醉其中,而不再用语言去辨析说明。

全诗平淡质朴,余韵悠长,写景抒情俱佳,历来被视作陶渊明的代表作,其静穆淡远的美学境界,对后世诗歌尤其是山水田园诗有着深远的影响。

(王 春)

【吟诵指要】

本篇普通话吟诵源自萧善芗先生所传唐调五言古体诗吟调。

吟诵此诗,首句叙事,起调较平稳,"而"字稍重,通过转折设置悬念。"问君何能尔,心远地自偏"为自问自答,语速减慢,突出"心远",吟出诗人得意之感。"采菊东篱下"语速稍快,与"悠然见南山"形成快慢对比,"悠然"着力,读出隐士悠闲自得之感。最后两句具有哲理,速度渐沉渐缓,语调深沉,特别加长尾字"言",达到耐人寻味、引人深思的效果。

(王 星)

登幽州台歌

[唐] 陈子昂

前不见古人,后不见来者。

念天地之悠悠,独怆然而涕下。

【整体赏析】

陈子昂(661—702),字伯玉,梓州射洪(今四川射洪)人,唐睿宗文明元年(684)进士,历任右卫胄曹参军、右拾遗,圣历元年(698)辞官,后为县令段简陷害,死于狱中,有《陈伯玉集》。

《登幽州台歌》是一首著名的怀古诗。幽州台,即蓟北楼,在今北京西南,相传燕昭王为招纳贤才,而筑成此台。陈子昂于万岁通天元年(696)随军北征契丹,在此登台远眺,写下该诗。"前不见古人,后不见来者。"像燕昭王那样礼贤下士的古代明君作者未曾遇到,后来的贤明之主也来不及相见。"念天地之悠悠,独怆然而涕下。"想到宇宙苍茫,天地悠远,便感到悲伤苦闷,壮志难酬,怆然流泪。

全诗慷慨悲凉,境界宏大,其中凝结的怀才不遇、时光飞逝、孤单寂寞之感,在千百年后仍能引起读者的强烈共鸣。

(王　春)

【吟诵指要】

本篇普通话吟诵源自台湾王伟勇教授所传闽南方言吟诵调,此处窦广娟以普通话吟诵。

作者幽幽独步,登高台远眺,望茫茫长空,哀哀行吟。不见贤君,不能报国。一个"前"字,一个"后"字,都用长音,尽抒两个"不见"的悲怆之情!"怆然"的"然"字长音延宕,与"而""涕"两字的顿挫相对应,紧接的一个"下"字,虽仄声,仍用以先低后高的延长音,一吐悲怆之心绪!

(窦广娟)

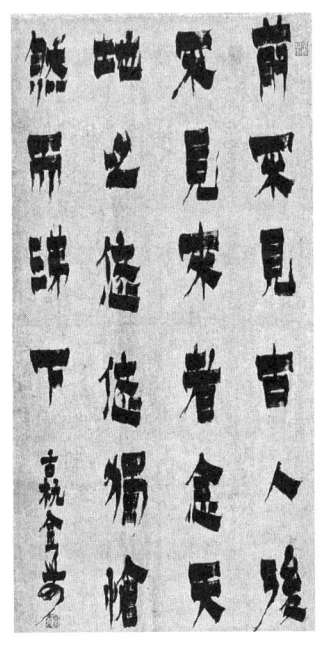

21—30
按名称排序

望　岳

［唐］杜　甫

岱宗夫如何，齐鲁青未了。

造化钟神秀，阴阳割昏晓。

荡胸生曾云，决眦入归鸟。

会当凌绝顶，一览众山小。

【整体赏析】

　　杜甫（712—770），字子美，自称少陵野老，河南巩县（今河南巩义）人，历任左拾遗、华州司功参军、检校工部员外郎等职，后贫病死于湘江舟中。其诗多反映唐代由盛转衰的史事，世称"诗史"。杜甫诗风以沉郁顿挫为主，开中唐以后各家风气，被尊为"诗圣"，有《杜工部集》。

　　此诗作于开元二十四年（736）左右，作者北游齐、赵之时，是杜甫早期的代表作。

　　全诗围绕"望"展开。"岱宗夫如何，齐鲁青未了。""岱宗"即泰山。这两句是远望，泰山横亘齐鲁大地，山峦郁郁青青，绵延不绝，一望无尽。"造化钟神秀，阴阳割昏晓。"这两句是近观泰山的神奇秀丽，"造化"即大自然。"阴阳"指泰山的向阳面和背阴面,以泰山能分割昏晓以凸显它的伟岸高大。"荡胸生曾云,决眦入归鸟。"这两句则望得更为细致,山间云气层出不穷,心胸为之荡漾,睁大眼睛凝视,可以看到归去的飞鸟。"曾",同"层"。"眦"(zì),指眼眶。"会当凌绝顶,一览众山小。"篇末用典,《孟子·尽心上》:"登泰山而小天下。"

全诗气势恢宏,尤其后两句是千古传唱的名句,激励无数后人树立凌云壮志,敢于勇攀高峰。

（王　春）

【吟诵指要】

本篇普通话吟诵系彭世强原创调。

本诗是年轻杜甫的作品,此时的诗圣,登岱宗,览众山,胸怀理想,激情昂扬。首句"夫如何",便要语调高扬。中间四句,咏唱高山奇景,喜不自禁。最后两句,节奏稳定,音步逐渐攀高,末尾"一览众山小"重复时,音调高扬,豪情毕现。

（彭世强）

游 子 吟

[唐]孟 郊

慈母手中线,游子身上衣。

临行密密缝,意恐迟迟归。

谁言寸草心,报得三春晖。

【整体赏析】

孟郊(751—814),字东野,湖州武康(今浙江德清)人,贞元十二年(796)进士,官至溧阳尉,赴职途中得暴疾死于阌乡(今河南灵宝)。其诗追求瘦硬风格,语多寒苦,有《孟东野诗集》。

此诗为歌颂母爱的名篇。"慈母手中线,游子身上衣。"由母亲手中的针线写到游子身上的衣服,通过两个普通的生活物件凸显母子的骨肉深情。"临行密密缝,意恐迟迟归"则聚焦细节,临行前母亲的加紧缝制与对游子迟迟难归的担心,将母亲的不舍、思念都表现无遗。"谁言寸草心,报得三春晖。"这两句是升华,"寸草"象征游子,"三春晖"则用春天的阳光比喻母爱,"心"字双关,既是春草之新抽嫩芽,也是游子拳拳之心,以自然意象将母子之情表现得淋漓尽致。

全诗清新自然,淳朴的语言中蕴藏着无限深情,千百年来令无数读者为之动容。

(王 春)

【吟诵指要】

本篇普通话吟诵系彭世强原创调。

前四句缓缓而吟,才能将回忆慈母爱意的浓情,溢于字里行间。末尾两句,由低渐高的音乐旋律,将由衷报恩的孝意推向高潮。

(彭世强)

精　卫

[清] 顾炎武

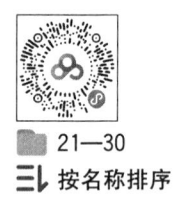

万事有不平,尔何空自苦,

长将一寸身,衔木到终古。

我愿平东海,身沉心不改,

大海无平期,我心无绝时。

呜呼！君不见,

西山衔木众鸟多,鹊来燕去自成窠。

【整体赏析】

顾炎武(1613—1682),初名绛,字忠清,明亡后更名炎武,字宁人,号亭林,世称亭林先生,昆山(今江苏昆山)人。明末为诸生,曾任兵部主事。入清不仕,志欲恢复。与黄宗羲、王夫之并称明末清初三大思想家。著有《日知录》《天下郡国利病书》《亭林诗文集》等。

此诗作于顺治四年(1647)。诗歌取材上古神话"精卫填海"故事,作者借歌咏精卫来书写自己矢志抗清的决心。

"万事有不平,尔何空自苦,长将一寸身,衔木到终古。"四句概括

《山海经》故事,以询问精卫开篇:天下万事万物多有不平之处,你为何要白白承受苦难?以微小的身躯,无止境地叼衔木石?"我愿平东海,身沉心不改,大海无平期,我心无绝时。"这四句是精卫的作答:我的愿望是填平东海,纵然是力竭沉入海中,我的志向亦不会改变。大海未被填平之前,我的心志就不可能断绝。"呜呼!君不见,西山衔木众鸟多,鹊来燕去自成窠。"篇末感慨西山叼衔草木的鸟类众多,但这些燕、鹊来来去去,只是想为自己做一个舒适的鸟窝。通过与其他鸟类的对比,进一步突出了精卫志存高远的艺术形象。全篇洋溢着矢志不渝的爱国精神。

(王　春)

【吟诵指要】

本篇普通话吟诵依据陈以鸿先生总结唐调吟诵《诗经》《楚辞》调式推衍而成。

吟诵时,前四句和接下来四句调式基本相同。只是"我愿平东海,身沉心不改"两句中"平""心"均为平声字,不宜过高,故吟诵时较第一、二句略有变化。结尾句式有二字句、三字句、七字句,参差变化。"呜呼!君不见"情绪激昂,故用高音吟出,"西山衔木众鸟多,鹊来燕去自成窠"则用唐调吟《楚辞》的七字句调式吟之,反复咏叹,以表精卫不屈之志。

(姚　蓉)

七言古诗

白雪歌送武判官归京

[唐]岑　参

北风卷地白草折,胡天八月即飞雪。

忽如一夜春风来,千树万树梨花开。

散入珠帘湿罗幕,狐裘不暖锦衾薄。

将军角弓不得控,都护铁衣冷难着。

瀚海阑干百丈冰,愁云惨淡万里凝。

中军置酒饮归客,胡琴琵琶与羌笛。

纷纷暮雪下辕门,风掣红旗冻不翻。

轮台东门送君去,去时雪满天山路。

山回路转不见君,雪上空留马行处。

【整体赏析】

　　岑参(715—769),江陵(今湖北江陵)人,天宝三载(744)进士及第,授右内率府兵曹参军。屡为边塞节镇幕僚,官至嘉州(今四川乐山)刺史,故世称"岑嘉州"。与高适并称"高岑",为盛唐边塞诗代表作家,尤擅七言歌行,有《岑嘉州集》。

此诗约作于天宝十三载(754),岑参任安西、北庭节度判官之时,为咏雪赠人的杰作,在描绘边塞奇景之时,抒写送别不舍之情。

"北风卷地白草折,胡天八月即飞雪。"开篇写雪景颇奇特,"白草"是西域所产牧草,性至坚忍,"白草折"突出北风猛烈,"八月飞雪"凸显塞外与中原的不同。"忽如一夜春风来,千树万树梨花开"是写雪名句,借梨花喻雪,以春景比冬景,意境壮美,想象奇特。"散入珠帘湿罗幕,狐裘不暖锦衾薄。"从营帐外景自然过渡到营帐内景,罗幕湿重,狐裘锦衾难以御寒,暗示大雪纷飞天气酷冷。"将军角弓不得控,都护铁衣冷难着。"将军手冻得无法拉弓,都护的铠甲结冰难以穿着,通过人的感受来体现边塞苦寒。"瀚海阑干百丈冰,愁云惨淡万里凝"将场景再移到帐外,大漠纵横,有百丈的冰柱,惨淡的云层凝结,布满万里长空,用夸张的手法表现冰天雪地的场面,而其中"愁"字又暗示出作者心绪。"中军置酒饮归客,胡琴琵琶与羌笛。"描写主帅营帐置酒留别的场景,胡琴、琵琶、羌笛都是边塞乐器,常用来演奏思乡离别之曲,诗人以名词罗列的方式抒情,表现离别的悲伤。"纷纷暮雪下辕门,风掣红旗冻不翻。"帐门前暮雪飘落,朔风吹掣红旗,但它已然冻住无法翻动。"红旗",在冷色调的画面中平添暖色。"轮台东门送君去,去时雪满天山路。"送君远去直到轮台城门东,去的时候大雪弥漫天山的道路。"山回路转不见君,雪上空留马行处。"山回路转,终于不见友人的身影,雪上只有马儿行过的痕迹。结尾余韵悠长,将无限不舍凝结到点点马蹄印中。

全诗笔力雄健,观察细致,意象鲜明独特,送别之情真挚感人,历来被推为边塞诗中的杰作。

(王　春)

【吟诵指要】

本篇普通话吟诵源自唐调,根据唐文治先生吟诵七言古体诗《迎春诗》《送春诗》的旋律模仿而来,并略有改动。

唐调吟诵七言古体诗的基本旋律也是"四句三旋律",但除了基本旋律,还有"变调"。本篇共有十八句,按四句一绝,多了两句。怎么处理呢?采用"4464"分四段,当然也可以采用"4446"分四段,各人理解不同,允许有差异。第一段四句:首句起腔,第二句重复,第三句转为高腔,末句声音下调,并以标志性尾腔 $\underline{6}\ 1\ \dot{3}\ \dot{5}$ 收结,这是一个基本旋律。第二段和第四段:重复第一段的基本旋律。第三段六句:前两句旋律有变化,先高音上抛,吟速略缓,后声音下滑,勾连低音,可称之为"变调";中两句重复前两句的"变调",后两句重复基本旋律的后两句。吟诵旋律可模仿,但情感表达要根据诗歌内容不同而有变化。如"忽如一夜"两句,声音清亮些,吟得舒展些,表达诗人浪漫奇特的想象;"山回路转"末两句,吟速逐渐放慢,显得含蓄隽永,表达对友人的惜别之情。

(须 强)

渔　翁

[唐]柳宗元

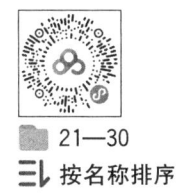

渔翁夜傍西岩宿,晓汲清湘燃楚竹。

烟销日出不见人,欸乃一声山水绿。

回看天际下中流,岩上无心云相逐。

【整体赏析】

柳宗元(773—819),字子厚,河东(今山西永济)人。贞元九年(793)进士,十二年登博学宏词科,后参与"永贞革新",事败被贬永州司马,后调柳州刺史,卒于任。其散文与韩愈并称"韩柳",诗与韦应物并称"韦柳"。有《柳河东集》。

此篇为"永贞革新"失败后,柳宗元被贬永州司马时所作,寄情山水中寓孤独失意之情。

"渔翁夜傍西岩宿,晓汲清湘燃楚竹。""西岩"即西山,在永州城外湘江西岸。渔翁夜晚傍着西山歇息,早上汲取清澈的湘江之水,燃烧枯竹煮饭。"烟销日出不见人,欸乃一声山水绿。"日出之后,渔人不见身影,但是伴随着欸(ǎi)乃歌声,青山绿水从消退的烟雾中显现。"欸乃"本是船桨戛轧之声,此处指渔歌。"回看天际下中流,岩上无心云相逐。"小船已过中流,回看西山,如在天际,只有云卷云舒,似无忧无虑地互相追逐。

诗人所造之境,颇有孤高超然之感,寄托了柳宗元被贬后的情志,与一般描写渔翁的隐逸之作异趣。

（王　春）

【吟诵指要】

本篇普通话吟诵依据陈以鸿先生参照唐调总结的传统吟诵"诗词调"推衍而成。

诗中"汲""竹""日出""不""一""绿""逐"为入声字,声音短促。以第一句为例,七言诗的吟诵节奏为"渔翁－－夜傍－西岩－－宿","翁""傍""岩""宿"是节奏点,节奏点上的字平声吟长,仄声较短,入声短促。吟诵时想象进入诗境,渔翁夜宿山边,晨起汲水燃竹。日出烟消,不见人影,欸乃一声,山水皆绿。渔船入中流,待回首骋目,山巅浮云无心相逐,一片悠然恬淡!

（张妍群）

明妃曲(其一)

[宋]王安石

明妃初出汉宫时,泪湿春风鬓脚垂。

低徊顾影无颜色,尚得君王不自持。

归来却怪丹青手,入眼平生几曾有。

意态由来画不成,当时枉杀毛延寿。

一去心知更不归,可怜着尽汉宫衣。

寄声欲问塞南事,只有年年鸿雁飞。

家人万里传消息,好在毡城莫相忆。

君不见,咫尺长门闭阿娇,人生失意无南北。

【整体赏析】

王安石(1021—1086),字介甫,号半山,抚州临川(今江西抚州)人。庆历二年(1042)进士,神宗熙宁二年(1069)任参知政事,行新法。后退居江宁(今江苏南京)半山园,封舒国公,旋改封荆国公,世称荆公,卒谥"文",有《王临川集》。

此诗作于嘉祐四年(1059),是王安石咏史诗的代表作。

"明妃初出汉宫时,泪湿春风鬓脚垂。"描写王昭君启程辞别汉宫时的场景,泪湿面容,鬓角低垂。"低徊顾影无颜色,尚得君王不自持。"昭君低头徘徊,因不忍远去而伤心憔悴,君王见其憔悴犹有倾国之美,心动得无法自持。"归来却怪丹青手,入眼平生几曾有。"描写君王回宫后责怪宫廷画师没有画出昭君之美,像昭君如此美丽的人,一生又能见到几回呢?前六句突出了昭君的绝世容颜,而她容貌愈美,则她的悲剧命运愈能引起同情。"意态由来画不成,当时枉杀毛延寿。"毛延寿为汉元帝时宫中画师,相传昭君入宫时因不肯贿赂画工,被画得丑陋,故未得汉元帝召幸。后被遣派和亲,元帝见昭君绝代美貌,遂怒杀毛延寿。王安石一反过去将昭君命运归罪于画工毛延寿的说法,颇有新意。"一去心知更不归,可怜着尽汉宫衣",将描写的笔触由出宫转入去后,着汉服服饰表达她对故土的思念。"寄声欲问塞南事,只有年年鸿雁飞。"鸿雁年年南来北往地飞行,可有家乡消息?"家人万里传消息,好在毡城莫相忆。"万里之外的家人传来消息,让昭君在匈奴好好地生活,不要惦记家乡和亲人。"君不见,咫尺长门闭阿娇,人生失意无南北。""长门"为汉朝宫名,"阿娇",即汉武帝陈皇后,失宠后被幽禁于长门宫。亲人劝慰昭君,借阿娇被幽闭在长门宫内,不得宠幸,说明人生的失意之事是不分身处咫尺之内的南方还是万里边塞的北方。此宽慰之语中饱含无可奈何之感,深化了诗歌的悲剧主题,宫中的女子命运注定凄凉寂寞,即使昭君身在汉宫,她也未必会得到幸福,而这多少也是诗人的某种自况。

全诗立意新警,以说理深化昭君出塞的悲苦心境,历来被视为是昭君出塞题材中的经典作品。

(王　春)

【吟诵指要】

本篇普通话吟诵依据唐调七言古体诗吟诵方法推衍而成。

在吟诵时应注意视角的转变,前四句是旁观者视角,并无太多情感的倾注,因此语调较平,常速而吟。这部分有较多入声字,在停顿断句时要注意词句的完整,气息保持似断实连。后一部分是明妃本人情感的宣泄,音声渐低,语速放缓,刻画内心愁苦。"年年"处通过尾韵的拉长表现时间跨度之久。最后一句蕴含了作者的愤慨,要吟得重而缓。

(陈嘉祎)

自 从 行

[明] 李梦阳

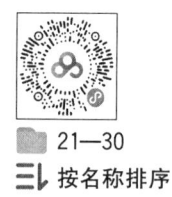

自从天倾西北头,天下之水皆东流。

若言世事无颠倒,窃钩者诛窃国侯。

君不见,奸雄恶少椎肥牛,董生著书翻见收。

鸿鹄不如黄雀啤,盗跖之徒笑孔丘,我今何言君且休。

【整体赏析】

李梦阳(1473—1530),字献吉,号空同子,庆阳(今甘肃庆阳)人,弘治七年(1494)进士,官至江西提学使,天启时追谥"景文",为明代复古派前七子之首,有《空同集》。

此诗用典颇多,"自从天倾西北头,天下之水皆东流"两句概括了共工怒触不周山的故事,据《淮南子》载:"共工与颛顼争为帝,怒而触不周之山,天柱折,地维绝。天倾西北,故日月星辰移焉;地不满东南,故水潦尘埃归焉。""若言世事无颠倒,窃钩者诛窃国侯。"出自《庄子·胠箧》:"彼窃钩者诛,窃国者为诸侯,诸侯之门而仁义存焉,则是非窃仁义圣知邪?""君不见,奸雄恶少椎肥牛,董生著书翻见收。"用董仲舒故事,相传董氏曾著《灾异之记》,下狱当死,后被诏赦,他遂不敢再言灾异,与此相比,那些奸雄恶少杀牛烹羊,作恶无度,却从无处罚,再次强调世事颠倒。"鸿鹄不如黄雀啅,盗跖之徒笑孔丘,我今何言君且休。"鸿鹄没有燕雀聒噪,像盗跖这样的奸恶大盗嘲笑圣人孔子,又有什么可说的呢?诗人借此说明高尚者往往为小人所陷害,讽刺现实贤愚颠倒、黑白混淆。

全诗感情充沛,通过密集的典故对社会和历史进行了辛辣的讽刺和批判,将诗人一腔愤懑痛快淋漓地表达出来。

(王 春)

【吟诵指要】

本篇普通话吟诵依据陈以鸿先生总结唐调吟诵《诗经》《楚辞》调式推衍而成。

因为此诗是七言歌行,故将唐调吟诵《诗经》的四言调式敷衍成七言调式。吟诵时以充沛的情感,适当加快语速,一气呵成,痛快淋漓地表达诗人对世道不平的批判。

(姚 蓉)

五言律诗

野　　望

[唐] 王　绩

东皋薄暮望,徙倚欲何依。

树树皆秋色,山山唯落晖。

牧人驱犊返,猎马带禽归。

相顾无相识,长歌怀采薇。

【整体赏析】

　　王绩(585—644),字无功,自号东皋子,绛州龙门(今山西河津)人,隋代曾任秘书正字、六合县丞,唐武德年间应征待招门下省,后辞官,回乡隐居,有《东皋子集》。

　　此诗为王绩的代表作,后被不少唐诗选本或研究著作列为唐诗的开篇。

　　"东皋薄暮望,徙倚欲何依。""东皋"泛指田野高地,此处指隐居之所。"徙倚",徘徊。"树树皆秋色,山山唯落晖。"描写乡野黄昏景象,此是静景。"牧人驱犊返,猎马带禽归。"所描绘的画面增加了动感,动词"返""归"凸显了首联中作者"徙倚欲何依"和尾联"相顾无相识"的悲伤,表现诗人的孤独。"相顾无相识,长歌怀采薇。"作者与他人相对无言,只能长啸高歌,照应了诗人的内心寂寞。

王绩描写秋景不用暗淡色调,而写得色彩鲜明,富有生机。全诗用语自然平淡,改变了六朝以来追求绮丽雕琢的风气。

(王 春、周丹丹)

【吟诵指要】

本篇普通话吟诵依据陈以鸿先生参照唐调总结的传统吟诵"诗词调"推衍而成。

此诗于乡野恬静的景色描写中流露出落寞的心情,抒发了惆怅、孤寂的情怀,所以全诗音调略微低沉,节奏略为和缓。诗中"薄""欲""色""落""犊""识"均是入声字,要读得短促一些。结句平声"歌""薇"适当拖长,以凸显诗人内心孤寂怅惘之情。

(徐 静)

在 狱 咏 蝉

[唐]骆宾王

西陆蝉声唱,南冠客思深。

那堪玄鬓影,来对白头吟。

露重飞难进,风多响易沉。

无人信高洁,谁为表予心。

【整体赏析】

骆宾王,生卒年不详,婺州义乌(今浙江义乌)人,曾任长安主簿、临海丞,光宅元年(684)徐敬业起兵扬州讨伐武则天,骆宾王参与其事,所作《讨武曌檄》传诵一时,为"初唐四杰"之一,有《骆宾王文集》。

此诗作于高宗仪凤三年(678),骆宾王上书议论政事,触忤武后,被诬贪赃入狱,此诗借蝉自况,表明自己的高洁情操与哀叹自伤。

"西陆蝉声唱,南冠客思深。""西陆",指秋天。"南冠"指囚徒。秋日的蝉在哀婉鸣叫,作为囚徒的诗人亦不免悲伤。"那堪玄鬓影,来对白头吟。""玄鬓",黑色的鬓发,此处指蝉翅如鬓影。"白头吟",代指自己衰老。通过蝉与"我"的对吟,流露出清正遭污后的悲伤。"露重飞难进,风多响易沉。"秋露浓重,使蝉难以展翅高飞。寒风瑟瑟,鸣叫声也被风声淹没。"露重""风多"既是秋蝉生活的自然处境,也暗喻诗人所承受的压力之"多"和"重","飞难尽""响易沉"既是秋蝉的动作状态,同时也说明诗人的不得意和受压制。"无人信高洁,谁为表予心。"仍是以蝉自喻,意为诗人品性高洁,却被诬入狱,谁又能来为他辩白呢?

全诗寄托遥深,作者与蝉物我合一,借咏蝉以明志,历来被视为咏物佳制。

(王　春、周丹丹)

【吟诵指要】

本篇普通话吟诵依据陈以鸿先生参照唐调总结的传统吟诵"诗词调"推衍而成。

诗人身陷囹圄,闻蝉鸣而心生悲戚,感物伤情,寄情寓兴。全诗情感充沛,吟诵时要把握情感基调,不宜过于悲伤低沉。诗中"陆""客""白""易""洁"是入声字,要读得短促。首联中"客思深"的"思"本为平仄两读,在此读仄声。

(徐　静)

和晋陵陆丞早春游望

[唐]杜审言

独有宦游人,偏惊物候新。

云霞出海曙,梅柳渡江春。

淑气催黄鸟,晴光转绿蘋。

忽闻歌古调,归思欲沾巾。

【整体赏析】

杜审言(645—708),字必简,巩县(今河南巩义)人,杜甫祖父,高宗咸亨元年(670)进士,官至修文馆直学士,其诗歌体现了初、盛唐相交时期的特色,宋人辑有《杜审言集》。

这是一首和诗,"晋陵",即唐毗陵郡所属之晋陵县,在今江苏常州。"独有宦游人,偏惊物候新。""宦游人",指求官于他乡之人。首联写远离故土,在外做官的人,对自然变化特别敏感。"云霞出海曙,梅柳渡江春。"写早春景色,欣欣向荣。"淑气催黄鸟,晴光转绿蘋。""淑气",和煦的春日气息。黄鸟感受到春天的气息而更早地鸣叫,蘋草亦因为春日阳光到来而转绿。"忽闻歌古调,归思欲沾巾。""古调"指晋陵陆丞的原作,诗人吟诵之时触及思乡之情,遂感慨流泪,由写景过渡为抒怀恋故土之情。

全诗抒发宦游江南的感慨和归思,结构谨严,明人胡应麟推为初唐五言律诗第一。

(王　春、周丹丹)

【吟诵指要】

本篇普通话吟诵依据陈以鸿先生参照唐调总结的传统吟诵"诗词调"推衍而成。

诗中"独""物""出""淑""绿""忽""欲"为入声字,声音短促。以第一句为例,五言律诗的吟诵节奏为"独有—宦游——人——","有""游""人"是节奏点,节奏点上的字平声吟长,仄声较短。边吟边感悟在外宦游的诗人对春天之"新"的惊喜,云霞灿烂、海日初升、梅红柳绿、春气和暖、黄莺频啼、绿蘋耀晴,真是应接不暇。诗人忽读陆丞的诗,在无意中触到心中思乡之痛,简直要沾湿衣襟了,宦游人思乡心切啊。

(张妍群)

送杜少府之任蜀州

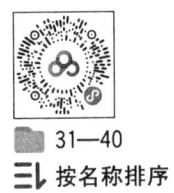

[唐]王 勃

城阙辅三秦,风烟望五津。

与君离别意,同是宦游人。

海内存知己,天涯若比邻。

无为在歧路,儿女共沾巾。

【整体赏析】

王勃(650—676),字子安,古绛州龙门(今山西河津)人,举幽素科,授朝散郎。有《王子安集》等。

此诗为送别友人杜少府所作,无送别诗悲愁萧索气象,意境开阔,情怀旷达。

"城阙辅三秦,风烟望五津。""阙"(què)是古代皇宫大门前两边供瞭望的楼。"城阙",指唐长安城。"三秦"指长安附近关中一带地方。秦末项羽曾把这一带分雍、塞、翟三国,所以后世称它三秦之地。"辅三秦",意思是"以三秦为辅"。关中一带的沃野护卫着长安城。这一句说的是送别的地点。"风烟望五津。""五津"指四川省从灌县以下到犍为一段的岷江五个渡口,是杜少府要去的处所。"望"字虚写,勾连两个地方,在诗人的感情上自然发生了联系。诗的开头不说离别,只描画出这两个地方的形势和风貌,送别的情意自在其中了。"与君离别意,同是宦游人。"彼此离别,同是漂泊在外的人,已有一种惜别慰藉,其中真有无限别绪。第五六两句,境界宏大,情调从凄恻转为豪迈。"海内存知己,天涯若比邻。"远离分不开知己,就是天涯海角也如同比邻而居一样。这两句成为表达深厚情谊的不朽名句。结尾两句劝告友人,离别也不是令人伤心的事,不要同那小儿女一般挥泪告别啊!是对朋友的叮咛,也是自己情怀的吐露。

全诗表达了诗人旷达的襟怀和真挚的友情。首联写景起兴,尾联点出"送别"主题,是送别诗的经典之作。

(王　春、周丹丹)

【吟诵指要】

本篇普通话吟诵源自河南大学华锺彦教授传调,其哲嗣华锋教授是主要传播者,属于东北调子,与普通话吟诵比较接近。

本篇是五言律诗,平起平收,首句入韵,吟诵时平仄声律非常分明。例如,诗中"三、烟、君、游、知、涯、为、沾"八个节奏点上的平声字长吟,五个韵脚字"秦、津、人、邻、巾"也拖腔曼吟,而节奏点上的八个仄声字"阙、五、别、是、内、比、歧、女"则一滑而过,吟得非常短促。"平长仄短"的吟诵规则和简洁明快的吟诵旋律,是华氏父子这派东北吟诵调的显著特点。综观整首诗的吟诵,开合顿挫,气脉流通,前后呼应,一气呵成,最后在长长的拖腔声中传递出送别诗中惜别的意境。

(须　强)

从 军 行

[唐]杨 炯

烽火照西京,心中自不平。

牙璋辞凤阙,铁骑绕龙城。

雪暗凋旗画,风多杂鼓声。

宁为百夫长,胜作一书生。

【整体赏析】

杨炯(650—692),字令明,华州华阴(今陕西华阴)人。显庆四年(659)举神童,上元三年(676)应制举及第,授校书郎,后又任崇文馆学士等。其诗才性豪壮,一改初唐上官体流风,有《盈川集》。

"从军行"是乐府旧题,常用于写军旅生活的题材。这首诗开篇即写军情紧急,"烽火"已经照见都城长安,点燃作者心中保家卫国的雄心壮志。"牙璋",古代发兵的兵符。"凤阙"代指皇宫。"龙城"泛指敌方要塞。面对紧急的军情,朝廷迅速发兵,向敌方发动攻势。"辞"字展现出军队整装出发的场景,"绕"字表现出军力雄厚,将敌方迅速包围的态势。颈联写战场大雪纷飞,寒风鼓动旌旗,风声夹杂着战鼓嘈嘈。视觉和听觉相结合,表现将士们舍生忘死的豪情英姿。尾联表达立功战场的志向,做一个文弱书生,只能纸上谈兵,不如投身军旅,哪怕只能做一个小小的百夫长,也能奋勇杀敌。"百夫长",军中职务,下级军官。

全诗气势豪迈雄壮,诗人强烈的爱国之情与雄壮的气势跃然纸上,表达了投笔从戎,奔赴边疆的豪情壮志。

(周丹丹)

【吟诵指要】

本篇普通话吟诵源自华锺彦先生所传吟诗调,依五律仄起平收式格律而吟。

首联战事紧急严峻,"照"字重吟,声音结实有力。"自不平",语速稍慢,表现愤懑不平之气。颔联写战争气氛紧张,语速适当加快,语势凌厉,一气呵成。"绕"重吟,呈现唐军包围敌人的军事态势。颈联大雪弥漫,遮天蔽日,音声相应虚化处理,至鼓声起,转为实声。尾联直抒书生爱国激情,豪情壮志,要吟得气壮山河。此诗入声字多达九个,吟时要加强顿挫感,使声情激越豪壮。

(杜亚群)

望月怀远

[唐]张九龄

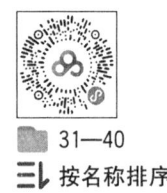

海上生明月,天涯共此时。

情人怨遥夜,竟夕起相思。

灭烛怜光满,披衣觉露滋。

不堪盈手赠,还寝梦佳期。

【整体赏析】

张九龄(673—740),字子寿,号博物,韶州(今广东韶关)人。武则天长安二年(702)登进士第,神龙三年(707)应吏部试,授秘书省校书郎。唐玄宗即位,累有升迁,后迁中书令,成为开元年间最后一位宰相。有《曲江集》。

这是一首怀人的诗作,作者独在异乡,望着明月思念故乡亲友。

首联描绘海上一轮明月高挂,引出诗人"天涯共此时"的感慨。虽不能相见相伴,但共赏海上明月,也算是一种慰藉。此联被称为千古佳句。颔联怀人。"情人"指有情之人。"遥夜"指长夜,诗人因思念便觉夜长难寐。"竟夕"指月出到月落的一整夜。此联以"怨"字为中心,描写出思念之情深。颈联写月华太盛,索性灭了烛火,任月光盈满一室之中。披衣起身,才觉得夜深露重,凉意袭来。尾联写月光以手鞠之,则盈盈满捧。但这一捧月光却无法赠给远方亲友,只得希望能在梦中相见,以解相思。

全诗自然晓畅,情意绵绵,虽无华丽辞藻,却余韵悠长,情真意切。

(周丹丹)

【吟诵指要】

本篇普通话吟诵为王兆鹏先生所传鄂东吟诵调。

首句起调较为高亢,吟出了明月跃升海上的动感。"天涯"句开始表达千里相思的主题,吟诵充满柔情。中间两联写相思的具体情状,声音稍低沉而缠绵。尾联表达对"佳期"的向往,吟时拖长音,体现悠悠不绝之情思。

(姚 蓉)

本篇普通话吟诵依据福建流水调推衍而成。

诗中"时""思""滋""期"是韵脚字,声音拖长,吟出意韵悠长,至情至性的情调。前两句起调要高,"月"是入声字,"共"是去声字,声音短促明亮,节奏紧凑,各句之间不拖长,好似一口气吟完。第四句拖长,接下来转换情绪。后四句节奏要舒缓,每个音节均可适当延长,音调略低。

(李小凤)

过故人庄

[唐]孟浩然

故人具鸡黍,邀我至田家。

绿树村边合,青山郭外斜。

开轩面场圃,把酒话桑麻。

待到重阳日,还来就菊花。

【整体赏析】

孟浩然(689—740),襄州(今湖北襄阳)人,以山水田园诗著称,世称"孟襄阳"。早年有志仕途,曾游长安,应进士举不第,开元二十五年(737)入张九龄幕府,后辞去,归隐鹿门山,故称"孟鹿门""鹿门处士",与王维并称"王孟"。有《孟浩然集》传世。

此诗描写了自然简朴的田园风光。首联写缘起,故人相邀一聚,准备了丰盛菜肴。"鸡""黍",田间乡村最朴实的佳肴。颔联写田舍村庄周围的景色。"合",环绕。"斜",迤逦远展的样子。村边绿树环绕,远处青山横卧,一片清新明丽的田园风光。颈联写诗人到田家做客的情形。"场",打谷场。"圃",菜园。"桑麻",田家农事。打开窗子就是打谷场和菜园，乡民们自酿好酒，把杯聊聊农事家常。尾联写意犹未尽，相约重阳日再聚，到那时必定菊花盛放，再来田舍饮酒赏花。

这首诗写于孟浩然隐居鹿门山时，文辞极简朴而兴味至浓，亦可见诗人返璞归真的自然超脱。

（周丹丹）

【吟诵指要】

本篇普通话吟诵源自台湾大学戴君仁教授传调，吟调比较古朴、自然。

本篇是一首五言律诗，平起仄收，首句不入韵。首联的"故人"两字高亢起调，拖腔洪亮，"具鸡黍"三字连吟，非常干脆。"家"是韵脚字，拖腔曼声，体现了故人待客的热情真诚，有田家风味。颔联写景，"绿""合""郭"是入声字，吟得短促有力。"青山"两字拖腔，吟得轻松自然，显得环境开阔，着力表现诗人在青山绿水间轻松愉悦的感受。颈联"面场圃"三个字，一字一顿，给人以推窗见圃的场面；而"麻"字拖长腔，声音响亮，颇有宾主欢笑畅谈之感觉。尾联入声字"日""菊"吟得短促，而"阳""花"长吟，体现了主客道别时亲切融洽的情谊。

（须　强）

次北固山下

[唐] 王 湾

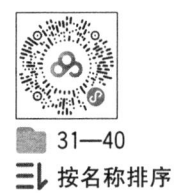

客路青山外,行舟绿水前。

潮平两岸阔,风正一帆悬。

海日生残夜,江春入旧年。

乡书何处达? 归雁洛阳边。

【整体赏析】

王湾(693—751),号为德,洛阳(今河南洛阳)人。玄宗先天年间(712,一说713)进士及第,后授荥阳县主簿。后受荐校正书籍,书成之后,因功授洛阳尉。《全唐诗》中存其诗仅10首,事迹见《唐才子传》。

这是一首表达旅途思乡之情的名篇。"次",旅途中暂时停留,此指泊船。北固山在今江苏镇江北,紧邻长江。

首联写乘船游行于青山绿水之间,点明客路羁旅。颔联写景,春水初涨,江面几乎与两岸齐平,更显得大江宽阔,孤帆行驶在辽阔江面,江风徐来,船行的又快又稳。颈联抒发感慨,日升日落,残夜将明,一轮红日从海平面缓缓升起。春去冬来一年将尽,诗人在宦游途中,生出无限感慨,日复一日,年复一年,时节交替。尾联因时节更替引起思乡之情,自己在旅途中,不知何时才能收到家信？鸿雁北归,不知能否鸿雁传书,将自己的音讯带回洛阳。

全诗意境开阔,用字极为精炼。沈德潜《唐诗别裁集》评价:"江中日早,客冬立春,本寻常意,一经锤炼,便成奇绝。"

（周丹丹）

【吟诵指要】

本篇普通话吟诵依据陈以鸿先生参照唐调总结的传统吟诵"诗词调"推衍而成。

诗人置身旅途孤舟,别绪乡思油然而生,但是,全诗境界开阔,反而充满蓬勃的自然生机和高朗壮阔的诗情,故吟诵时节奏略明快,语调稍高昂。诗中"客""绿""阔""一""日""入""达""洛"均为入声字,使得诗歌节奏感较强,吟诵时要注意体会。

（徐　静）

山居秋暝

[唐]王 维

空山新雨后,天气晚来秋。

明月松间照,清泉石上流。

竹喧归浣女,莲动下渔舟。

随意春芳歇,王孙自可留。

【整体赏析】

王维(701—761),字摩诘,号摩诘居士,河东蒲州(今山西运城)人。唐玄宗开元九年(721)进士,为太乐丞。历任右拾遗、监察御史、河西节度使判官等职。唐肃宗乾元年间任尚书右丞,世称"王右丞"。晚年居辋川,过着半官半隐的生活。王维诗中常有禅意,受禅宗影响很大。有《王右丞集》。

此诗作于王维晚年隐居辋川时,是唐代山水诗名篇。"暝",日落、傍晚。"山居秋暝"点出创作的地点和时节,即秋日、山中、傍晚。

首联"空山"二字,将人带入静谧的山林中。秋日的新雨初歇,日近傍晚。颔联描写雨后空山的清新景色,最为人传颂。明月照松林,皎洁的月光穿过松枝倾泻而下,写静景;清澈的泉水在石上涓涓流淌,泉水映照月色,泛起波光粼粼,写动景。动静结合,将空山的幽静清丽渲染得淋漓尽致。颈联由写景转而写人,竹林中远远传来一阵笑语,走近才发现是几个女子洗完衣服谈笑归来;池塘莲叶一阵轻动,才知是渔舟驶过,分开了密密莲叶。这一联听觉与视觉结合,先写"竹喧""莲动",后面才揭示出原来是"浣女""渔舟",有种恍然大悟之感。尾联表达出诗人的情思,空山如此美好,值得王孙公子久留其中,可见王维有出世之志。

此诗平淡自然,写景动静结合,浑然天成,"明月松间照,清泉石上流"句,如山水画卷展现。

(周丹丹)

【吟诵指要】

本篇普通话吟诵为王兆鹏先生所传鄂东吟诵调。

此诗韵脚分别是"秋""流""舟""留",发音绵长,读起来舒缓从容,与整首诗清新柔美的意境以及诗人恬淡平和的心境是相符的。需要注意的是,"月、石、竹、歇"四字为入声字,属于仄声,要读得稍显短促一些。

(姚　蓉)

渡荆门送别

[唐]李 白

渡远荆门外,来从楚国游。

山随平野尽,江入大荒流。

月下飞天镜,云生结海楼。

仍怜故乡水,万里送行舟。

【整体赏析】

这首诗作于唐开元十二年(724)李白出四川时,李白由水路乘船,出三峡,往荆门方向送别同船之人。

首联交代缘起,诗人乘船行进,经过荆门山,往楚国故地游览。"楚国"指春秋战国时期楚国的地理范围,即今湖北、湖南一带。"荆门"指荆门山,自古有"楚蜀咽喉"之称。颔联描写舟行山水间所见景色,延绵山脉随原野隐现而延伸到尽头,长江奔涌流淌在广阔无垠的平野上。荆门山是楚蜀交界处,行船至此,从高山渐入平原之地。颈联继续写景。"海楼"即海市蜃楼。明月倒映在水中,江面上云气凝结,江如明镜,云层叠如楼。尾联由景生情,不免有故乡之思。这一江川水,从故乡四川向东流出,仿佛家乡水在送别远行游子。

　　此诗是李白早年所作,全诗意境高远,气象壮阔,想象瑰丽。虽是送别,但无伤别,有乡思,但无哀愁,李白的飘逸洒脱诗风跃然纸上。

(周丹丹)

【吟诵指要】

　　本篇普通话吟诵依据陈以鸿先生参照唐调总结的传统吟诵"诗词调"推衍而成。

　　吟诵时,首联和颔联一起一收,起式声调应嘹亮悠长,收式应缓慢起伏,体现情绪上的转换;颔联和颈联节奏紧凑,情绪高昂,应注意体现诗人的意气风发和对雄奇自然之景的赞叹。需要注意的是,"国""人""月""结"为入声字,发音应短促婉转,自然流畅。

(姚　蓉)

题破山寺后禅院

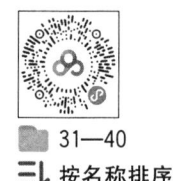

[唐] 常　建

清晨入古寺，初日照高林。

曲径通幽处，禅房花木深。

山光悦鸟性，潭影空人心。

万籁此都寂，惟余钟磬音。

【整体赏析】

常建（708—765），籍贯不详。开元十五年（727）与王昌龄同榜进士，仕途失意，隐居于鄂州武昌（今湖北省）。天宝中，曾任盱眙尉。今存《常建诗集》三卷和《常建集》两卷。

此诗是一首题壁诗，破山寺即今兴福寺，位于江苏常熟虞山。

首联以白描手法勾勒出古寺清晨景象。颔联写后禅院之景，小径曲折蜿蜒，通往幽静之所，后院禅房掩映在郁郁葱葱的花木之中，幽深静谧。颈联转写禅院周围景色，山间美妙的风光使鸟儿愉悦，引颈鸣叫；深潭映照的倒影，晃动的波光荡除了人的杂念，使心灵澄澈宁静。尾联由视觉转而写听觉，深山古寺之中，所有声音好像归于静寂，只有悠远的钟磬声声,回荡在空山之中。以动写静,更衬托出幽静的环境。

全诗语言平淡明净,言简旨远,自成佳句,充分表现出诗人的隐逸之思。

(周丹丹)

【吟诵指要】

本篇普通话吟诵源自赵元任先生所传常州调。原是常州话吟诵,吟速较快,接近于诵。现改为普通话吟诵,吟速稍稍放缓,但某些入声字依旧带有吴语音的特点。

本篇是一首平起仄收、首句不入韵的五言律诗。前四句组成一条旋律线,"寺""处"两字仄声收结,吟得比较短促,韵脚字"林""深"字曼声长吟,表达作者对古寺幽静美妙环境的喜爱之情。后四句的旋律与前四句基本相同,相应位置上的字所吟的节奏、拍数与前四句完全相同。总的来说,整首诗的吟诵旋律轻松、流畅,与诗歌描写的幽深寂静、悠闲适意的情调比较吻合。

(须 强)

春 望

[唐] 杜 甫

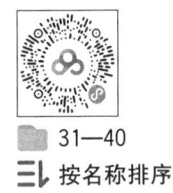

国破山河在,城春草木深。

感时花溅泪,恨别鸟惊心。

烽火连三月,家书抵万金。

白头搔更短,浑欲不胜簪。

【整体赏析】

此诗写于安史之乱时期,杜甫深陷长安,眼见国破离乱,写下这首感时伤怀之作。

首联点明当时处境,即"春望"所见。"国"指国都长安。天宝十五年(756)六月,安史叛军攻破国都长安,此时国都沦陷,城池荒芜,虽大好山河仍在,但春来已是荒草丛生的景象。"破"字触目惊心,"深"字道出满目萧索,互为对比。颔联借景抒情,感叹时值战乱,国破城荒,亲人离散,看见春花、春鸟,却只觉花也溅泪,鸟也惊心,寄情于物,表达出强烈的乱离之悲。颈联写自己当下处境。"烽火"指战乱。如今春深三月,战火依旧不断,而此时诗人已经与家人离别,被困长安达半年之久，却不知道亲人是否安好，而身处战乱之中，若能有只言片语的家书，即珍贵胜过万金。尾联进一步抒情，层层递进。"浑欲"，"简直要"之意。诗人日夜忧心，为国运时局忧，也为自身命运忧。忧到夜不能寐，重重愁绪催生了白发；日日搔头，白发逐渐变短，甚至都要插不住簪子了。

全诗情景交融，情真意切，内容上体现出杜甫遭受离乱不忘家国的情怀，读来感人至深。语言含蓄凝练，体现了杜甫"沉郁顿挫"的诗风。

（周丹丹）

【吟诵指要】

本篇普通话吟诵源自陈以鸿先生传调。

《春望》一诗押"侵"韵。"侵"韵发音时开口度较小，气息从鼻腔徐徐流出，适宜表现深沉、忧伤等情调。吟诵时，首联"国"为入声字，"破"为去声字，开篇紧促，显得激愤、悲凉，为全诗定下了沉郁顿挫的感情基调。颔联"溅泪""恨别"（"别"是入声字）为仄声，发音短促，"惊心"两字属于平声，一短一长，对比明显，能很体现诗人"悲伤""愁苦"的情感。颈联"三"是平声，"月"是入声字，"抵""万"为仄声，"金"为韵脚、平声，长短交替，造成跌宕的效果。尾联"欲"是入声字，需要急读，其他按照"平长仄短"的原则依字行腔，诗人哀时叹老的情感即从中缓缓流出。

（姚　蓉）

春 夜 喜 雨

[唐] 杜 甫

好雨知时节,当春乃发生。

随风潜入夜,润物细无声。

野径云俱黑,江船火独明。

晓看红湿处,花重锦官城。

【整体赏析】

此诗写于上元二年(761)春,杜甫经过很长时间的颠沛流离,终于来到成都定居,建起草堂,生活安稳。诗题一个"喜"字,表达出对春雨的喜爱和赞美。

首联用"好"字赞美春雨,把春雨拟人化,好像这雨也知道时令,正好在初春之时落下,满足了植物生长的需要。颔联以白描手法写春雨滋润万物,随着和柔的春风,在入夜之时悄悄落下,着实是善解人意。颈联写诗人观赏夜雨,云层浓厚乡野田间的小径漆黑一片,只有远处江船的一点渔火,尚有余光。尾联想象次日清晨的景象。"锦官城"指成都。经过一夜春雨的浸润,花草树木必当生机盎然,成都城处处繁花似锦,红花绿叶争相盛放。

全诗语言简练,体物精微,文思自然流畅,对春雨的喜爱表达得生动贴切。

(周丹丹)

【吟诵指要】

本篇普通话吟诵依据陈以鸿先生参照唐调总结的传统吟诵"诗词调"推衍而成。

诗中"节""发""入""物""黑""独""湿"为入声字,声音短促。以第一句为例,五言律诗的吟诵节奏为"好雨—知时——节","雨""时""节"是节奏点,节奏点上的字平声吟长,仄声较短,入声短促。边吟边感悟诗人对好雨应时而来的由衷之"喜",雨随风潜入、滋润万物,江火独明更衬野径俱黑,明天清晨将处处是沉甸甸、红艳艳的花朵。真是一场好雨啊。

(张妍群)

商山早行

[唐]温庭筠

晨起动征铎,客行悲故乡。

鸡声茅店月,人迹板桥霜。

槲叶落山路,枳花明驿墙。

因思杜陵梦,凫雁满回塘。

【整体赏析】

温庭筠(约801—866),原名岐,字飞卿,太原祁(今山西祁县)人,曾任国子助教,后被贬方城,世称温助教、温方城。因天赋异禀,文思敏捷,每入试,押官韵作赋,八叉手而成八韵,故有"温八叉"之称。温庭筠为晚唐著名诗人、花间派词人。其诗今存三百多首,有《温飞卿集》。其词收录于《花间集》《金荃词》等词集中。

此诗写在诗人清晨离开长安的旅途之中。"商山"又名楚山,在今陕西商洛市境内。此诗描写旅途中寒冷凄清的早行景色,笔间流露出人在旅途的失意和无奈。

首联写清晨起来就套车出发,踏上征途,漂泊旅途之中,不免思念故乡。"征铎"指挂在马颈上的铃铛,行车时会发出声响。颔联以白描手法写出发时路上的景色。"茅店"指用茅草盖成的旅舍,十分简陋。清晨天刚亮就出发,伴随着鸡鸣,月亮还未完全落下,石板桥上结了一层白霜,人和车马走过,留下一条条印记。几个简单意象组合在一起,将早行赶路人的奔忙描绘得生动传神。颈联继续写旅途的景色。清晨槲树叶子落满了一路,一抬头,枳树的白色花朵在驿站墙头绽放,在清晨微亮天色中,十分显眼。尾联转而抒情,早起奔波在旅途上,不免想起在长安居住时的情景;凫雁应该在长安环曲的水塘中嬉戏吧。二者对照,抒发了旅途的孤寂和羁旅之愁。"杜陵"在长安城南,此处代指长安。

全诗情景交融,自然流露出游子在外的孤寂和浓浓的思乡之情。整首诗并未出现"早"字,但通过茅店、鸡声、残月、人迹、板桥等意象并置的手法,将早起赶路的羁旅之情不动声色地融入早春之景当中。

(周丹丹)

【吟诵指要】

本篇普通话吟诵源自赵元任先生所传常州吟诗调,依五律仄起仄收式格律节奏而吟。

诗中入声字"铎""客""月""迹""叶""落""驿",吟得短促。"因思杜陵梦"是拗句,按格律吟,"陵"字不用拖腔。"悲"是诗眼,以重吟拖腔强化。颔联为几个意象组接,宜舒缓而吟,吟出镜头感,吟出诗人的孤独感,以及山路的空旷感。颈联写叶落山径,晨光微曦,"落"吟得轻,"明"吟得响。尾联思绪飘向遥远的故乡,要吟得绵长,余韵徐徐。

(杜亚群)

风　雨

[唐] 李商隐

凄凉宝剑篇,羁泊欲穷年。
黄叶仍风雨,青楼自管弦。
新知遭薄俗,旧好隔良缘。
心断新丰酒,消愁斗几千?

【整体赏析】

　　李商隐(813—858),字义山,号玉谿生,怀州河内(今河南沁阳)人。曾师从令狐楚,开成二年(837)进士及第,后入泾原节度使王茂元幕,娶其女为妻。武宗会昌二年(842),回到秘书省任职,但因卷入"牛李党争"的政治旋涡,备受排挤,一生困顿不得志。有《李义山诗集》。

　　此诗作于诗人晚年,为其自伤身世之作。

　　首联"凄凉"二字为全诗定下基调。"宝剑篇"指唐郭震所作诗篇名,《新唐书·郭震传》载,武则天召郭震,索其诗文,郭即呈上《宝剑篇》,诗中豪情万丈,武则天看后大加称赏,立即加以重用。诗人化用"宝剑篇"的典故,却以凄凉来形容。昔日朝堂,有才能者就能得到赏识,而诗人自己虽有才华,却只能漂泊羁旅,老此终生。"穷年"指终生。颔联以对比手法继续写自身处境。"青楼"泛指精美楼房,即富贵人家。诗人身世如被风雨吹打的黄叶般飘零,而豪士贵人们却能吟赏管弦。"仍""自"二字写出鲜明对比,及自身的无可奈何。颈联更直接地写出当下处境的进退维艰。新结识的人屡遭世俗鄙薄非难,旧时好友也关系疏远了。李商隐的老师和岳父分属"牛李党争"的对立阵营,他和两边都有紧密联系,却被双方排挤,艰难度日。尾联转而借酒浇愁。"新丰"在今陕西临潼,古时以产美酒闻名。《新唐书·马周传》载,马周不得意时,宿新丰旅店,店主人对他很冷淡,马周便要了一斗八升酒独酌;后得常何推荐,受到唐太宗赏识,授监察御史。诗人又用了一个有才能者得到明君赏识的典故,却说是"心断",此时已经不敢再奢望境遇能有所转变,只能借酒消愁,即使酒价昂贵,也顾不得了。

全诗频频用典,加以对比,来抒写诗人的凄凉苦闷之情,刻画出诗人困顿飘零的形象,但字里行间却隐隐透出其郁勃之气,含蓄却深沉。

(周丹丹)

【吟诵指要】

本篇普通话吟诵源自戴君仁先生传浙江吟诵调,依五律平起平收式格律节奏而吟。

从内容来看,本诗为咏怀诗。可分为两个部分,第一个部分是以物喻情,后一个部分则直抒胸臆。通过用典感叹飘摇人生,奠定全诗凄苦忧愁的基调,吟诵时应从缓。本诗实中见虚,吟诵时注意句子之间的内在关系,以物喻情的句子应在稳中见速,而"青楼"句、"消愁"句皆为作者自嘲,应缓读表现作者心中的惆怅。结尾声调由高转低,表现诗人自问式无奈,传递出诗人在悲叹之余仍有对经世济民的渴望。

(陈嘉祎)

鲁山山行

[宋]梅尧臣

适与野情惬,千山高复低。

好峰随处改,幽径独行迷。

霜落熊升树,林空鹿饮溪。

人家在何许?云外一声鸡。

【整体赏析】

梅尧臣(1002—1060),字圣俞,世称宛陵先生,宣州(今安徽宣城)人。初以恩荫补桐城主簿,迁镇安军节度判官。于皇祐三年(1051)始得宋仁宗召试,赐同进士出身,为太常博士,后任屯田员外郎。有《梅尧臣集》。

这首诗是梅尧臣前期作品,表现了山行的野趣幽景。"鲁山"一名露山,在河南鲁山东北。

首联奠定享受山林野趣的基调。千山叠嶂,高低错落,这山林野趣诗人十分快意。颔联点题"山行",写在山中行走所感,山峰随着视角的改变而变幻着形貌,移步而换景。独自行走在山中幽静的小路上，很容易迷路。颈联描写山中景色。白霜降落，树干上熊正在往上爬，山林空寂，只有几只野鹿在溪边饮水。尾联写山中人迹。山林不知道是否有人居住呢？只听得一声鸡鸣从遥远的云外传来，方知是有人家的，留下无尽遐想。

全诗用语平淡，却兴味无穷，表现出山林的幽静和山行者的愉悦心情。

（周丹丹）

【吟诵指要】

本篇普通话吟诵依据陈以鸿先生参照唐调总结的传统吟诵"诗词调"推衍而成。

这首五言律诗生动展示了诗人鲁山行的野景、野趣，表现山林的幽静和山行者的愉悦心情，结句"人家在何许？云外一声鸡"更是余味无穷。吟诵此诗时，宜跟随诗句展开想象，如身临其境，以传达其意味。诗中"惬""复""独""落""鹿""一"是入声字。

（徐　静）

遇 旧 友

[清] 吴伟业

已过才追问,相看是故人。

乱离何处见,消息苦难真。

拭眼惊魂定,衔杯笑语频。

移家就吾住,白首两遗民。

【整体赏析】

吴伟业(1609—1671),字骏公,号梅村,太仓(今江苏太仓)人。崇祯四年(1631)一甲第二名进士及第,授翰林院编修,曾任南京国子监司业,弘光朝任少詹事。入清后授弘文院侍讲,迁任国子监祭酒,后以母丧弃官归里。有《梅村家藏稿》等。

此诗作于顺治七年(1650),正值明清丧乱之际,诗人描写了与故人邂逅的情景。首联写作者与友人偶遇,却未在第一时间认出彼此,而通过追问与相看的行为来确定对方身份。颔联写时事动荡,怎会想到在此处相见?而频年战乱中的故人消息,往往真假难辨。颈联写诗人与友人相逢后平定惊魂,一同饮酒畅谈,逐渐有了欢声笑语。尾联邀请友人与自己一起居住,以遗民终老。

全诗不事雕琢,通过对动作行为的抓取,生动地传达了战乱中的悲苦、遇到故知的讶异、把酒交谈的欢欣与砥砺名节的坚贞等复杂感情,语言晓畅而内蕴丰富,有沧桑之感。

(王　春)

【吟诵指要】

本篇普通话吟诵依据陈以鸿先生参照唐调总结的传统吟诵"诗词调"推衍而成。

诗中"息""白"为入声字,声音短促。以第一句为例,五言诗的吟诵节奏为"已过—才追—问—","过""追""问"是节奏点,节奏点上的字平声吟长,仄声较短,入声短促。此诗写战乱之后诗人与老友偶然相逢,先是不敢确定,相互走过了又追上去问。分离后再无相见,偶传来的消息也难辨真假,吟诵时"苦"字加重,暗含人世艰难。旧友相遇,举杯笑语相对。诗人邀旧友共处,遗民终老。整首诗叙事曲折有致,情景鲜活逼真,吟诵时需玩味不断变化的情感。

(张妍群)

七言律诗

黄 鹤 楼

[唐]崔　颢

昔人已乘黄鹤去,此地空余黄鹤楼。

黄鹤一去不复返,白云千载空悠悠。

晴川历历汉阳树,芳草萋萋鹦鹉洲。

日暮乡关何处是?烟波江上使人愁。

【整体赏析】

崔颢(?—754),汴州(今河南开封)人。少有才名。开元十一年(723)登进士第。开元后期,以监察御史任职河东军幕。天宝初,任太仆寺丞,后改司勋员外郎。崔颢诗名颇盛,早岁多闺帏闲情之作,诗体浮艳;后游边塞,诗变为风骨凛然。

黄鹤楼位于湖北武昌,这首诗为崔颢登临所作。写景壮阔宏丽,抒情思接千载,为千古绝唱。

首联用仙人乘鹤归去的典故引出黄鹤楼,为黄鹤楼增添神话色彩。"空"字从空间角度烘托出诗人对于人去楼空的抱憾之情。颔联两句,黄鹤一去不复返,白云却千载卷舒,诗人从时间角度抒发世事变迁的感慨。"晴川历历汉阳树,芳草萋萋鹦鹉洲"两句,描绘了汉阳平野中葱翠的树木和鹦鹉洲上繁茂的芳草,展现了一派生机勃勃的美景。尾联以夕阳西下、江面烟波浩渺之景,寄寓怀念故土的深情。

此诗前半篇吊古伤今,后半篇引出身世之感与思乡之情,情感流泻自然,格调昂扬,为唐人七律名篇。

(周丹丹)

【吟诵指要】

本篇普通话吟诵源自北京大学周祖谟教授传调,是典型的北京吟诵调。

《黄鹤楼》"半古半律",不是严格意义上的律诗,所以周先生的吟调也不是严格遵守"平长仄短"的规则。首联"昔人"的"人"略微拖腔。"已乘黄鹤"四字连吟,"鹤"是节奏点上的仄声字,本不该拖腔,但周先生拖了,且音调上升,句尾字"去"吟得短促,音调由高到低,与前面音调上升的"鹤"字,正好组成一个由低到高,再由高到低的旋律线。"此地空余黄鹤楼"则按平仄规律来吟,"地"字短促,"余"曼声,"鹤"字亦曼声,显得一波三折。这两句的吟声冲口而出,自然流畅。颔联两句基本是前两句的重复,"白云千载"的四字连吟,"载""悠"两字拉长声音,表现时空的流逝。可见,颔联的吟诵打破声律束缚,自成腔调。后两联是合声律的,故按律吟诵。末一个韵脚字"愁",拖得绵长,将"尤"韵的深沉感慨、含蓄幽远演绎得恰到好处,很好地体现了诗人的思乡之愁。

(须 强)

本篇闽南语吟诵为王伟勇先生所传云林调。

此诗前四句不拘格律,按"二二二一"节奏吟。起句语势上扬,吟得飘逸,语速较慢。"去""返",加小腔顿挫吟,"千载"二字扬起,"空余""空悠悠"拖腔长吟,表现怅惘伤感的情绪。后四句按七言平起式格律节奏吟。颈联上句语速渐快,"历历"着力,音色稍亮。下句语势低平。尾联随之低起,音色偏暗,语速渐慢,"使人愁"拖腔长吟,"愁"吟饱满,强化惆怅情绪。

(杜亚群)

登金陵凤凰台

[唐]李 白

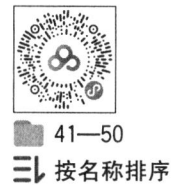

凤凰台上凤凰游,凤去台空江自流。

吴宫花草埋幽径,晋代衣冠成古丘。

三山半落青天外,二水中分白鹭洲。

总为浮云能蔽日,长安不见使人愁。

【整体赏析】

此诗是天宝六年(747)李白奉命"赐金还山",离开长安,南游金陵时所作。

首联写凤凰台的由来和传说,引起今昔对比兴叹。如今凤去台空,当年繁华也一去不复返,只有长江水仍不停地东流。"凤凰台"故址在今南京市凤凰山。颔联围绕金陵,诗人由凤凰台典故,联想到六朝故都的繁华。"吴宫"指三国时期的吴国,"晋代"指东晋,都曾定都金陵,繁盛一时。曾经的宫廷已经荒芜,当时的风流人物也埋入冢中。颈联由抒情转为写景,描写凤凰台如今的景象。三峰并列,南北相连,矗立在缥缈的江雾之中,若隐若现,好似横落在青天之外;秦淮河西入长江,被白鹭洲横截,江水一分为二,变为两条河流。尾联抒发心中愁绪。诗人登凤凰台远眺却望不见长安,一如满腹才华却无从施展,心中忧愁难解。陆贾《新语·慎微篇》曰:"邪臣之蔽贤,犹浮云之障日月也。"李白化用此典故,暗指皇帝被奸邪环绕。

此诗观古阅今,气象雄伟,不假雕饰,通过对世事兴亡的感慨,写景抒情。刘辰翁云:"其开口雄伟,脱落雕饰,俱不论。若无后两句,亦不必作。"

(周丹丹)

【吟诵指要】

本篇普通话吟诵源自台湾师范大学王更生教授传调。王教授是河南汝南人,用的是河洛调子,感情饱满,旋律流畅,颇具"吟唱"的特色。

本篇是一首七言律诗,平起平收,首句入韵。首联起腔干脆利落,明快通畅。"凤凰游"声音略略上扬,表示凤凰天降,祥瑞美好;"江自流"稍稍声音下行,点明凤去台空,六朝繁华一去不返。颔联音调相对低沉,借"吴宫花草"和"晋代衣冠"感叹千古兴亡。颈联写景,吟调气势强健,意境开阔。出句音调上升,似在抬头欣赏高山入云;对句音调下降,似在俯首遥望江洲分流。尾联"浮云蔽日"寓意颇深,吟得有沉重感;"使"字短促,声音上升,"愁"字声音下滑,拖腔长吟,表达诗人忧国伤时的愁闷心情。

(须 强)

本篇沪语吟诵依据陈以鸿先生参照唐调总结的传统吟诵"诗词

调"推衍而成。

　　吟诵时,颔联"埋幽径"连绵而拖长,"古"读高,在怀古中感慨历史的沧桑巨变;颈联"三山""二水"拖长,突出金陵周围的江山景色壮丽多姿;至尾联吟诵"总为"读高,"使人愁"拖长,暗讽天宝年间唐玄宗为奸相、群小包围蒙蔽的现实,抒写自己忧国的情怀。其中后四句中"落""白""日""不"为入声字,吟时声音短促。遇到韵字均拖长尾音。全诗以深沉、感慨的语调吟诵,体现忧国恋君之意。

(张赟华)

闻官军收河南河北

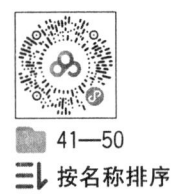

[唐]杜 甫

剑外忽传收蓟北,初闻涕泪满衣裳。
却看妻子愁何在,漫卷诗书喜欲狂。
白日放歌须纵酒,青春作伴好还乡。
即从巴峡穿巫峡,便下襄阳向洛阳。

【整体赏析】

此诗作于唐代宗广德元年(763)春。当年正月史朝义自缢,安史之乱结束。杜甫听到这消息,不禁惊喜欲狂,故有此诗。

诗的前半部分写初闻喜讯的惊喜,后半部分写诗人急切做返乡的准备,凸显了急于返回故乡的欢快之情。全诗情感,处处渗透着"喜"字,抒发出诗人无限喜悦兴奋的心情。首联起势迅猛,直观地表现出捷报的突然,诗人又惊又喜,涕泪横流,是喜极而悲、悲喜交集的真实表现。"剑外"是剑门关以南,这里指四川。"蓟北"泛指唐代幽州、蓟州一带,是安史叛军的巢穴。颔联继续写自己和妻子的欣喜情状,妻子儿女一同欢喜,激动地都没办法好好整理书卷,只得下意识地胡乱卷起。颈联诗人开始想要怎么庆祝。放声高歌,纵情饮酒,以发泄这种欣喜若狂。值此明媚春天,正适合及时赶路,在鸟语花香中与妻子儿女们回故乡。"白日"指晴朗的日子,正合欣喜激动的情绪。"青春"指春天明丽的景物。尾联诗人想象,一路要途经何地,如何才能尽快还乡。这一联用"即从""穿""便下""向"几个动词串联起四个地名,一气贯注,表现出诗人的归心似箭。

本诗主要叙写诗人听到官军收复失地的消息后,喜悦难掩,恨不得立即收拾行装踏上还乡之路的心情。全诗感情奔放,奔涌直泻。明白自然像说话一般,有水到渠成之妙。

(周丹丹)

【吟诵指要】

本篇普通话吟诵源自赵朴初先生传调。

《闻官军收河南河北》是一首典型的七言律诗,赵朴老的吟诵调也完全遵守"平长仄短"的声律诗吟诵规则。首联"剑外忽传"四字连吟,"传"字拖腔,突出"安史之乱"结束的捷报来得突然,"北"用吴语入声音,收结干脆。"裳"字拖长腔,要吟出喜极而泣、悲喜交集的复杂情感。颔联的"漫卷"音阶上扬,"喜欲狂"曼声长吟,使喜形于色、近于发狂的诗人形象尽显眼前。颈联要吟得轻快些,吟出诗人的大喜之心。尾联的四个地名串在一起,要一鼓作气,脱口吟出,语势较快、较急,突出诗人在想象中急于回乡,似乎心已回到故乡的欢快之情。总之,这首诗的吟诵要处处透出一个"喜"字,体现杜甫"生平第一快诗"痛快淋漓的喜悦快感。

(须 强)

本篇普通话吟诵源自钱梦龙先生所传吟诗调,依七律仄起平收式格律节奏而吟。

此诗情感奔放,为杜甫生平第一快诗,宜以高声朗吟为佳,一气呵成,痛快淋漓。注意"忽、北、泪、却、欲、白、日、作、即、峡、洛"这十一个入声字,吟得短促。"北"字可用断续吟法。

(杜亚群)

登　楼

[唐] 杜　甫

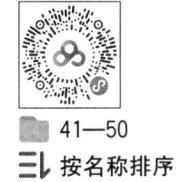

花近高楼伤客心，万方多难此登临。
锦江春色来天地，玉垒浮云变古今。
北极朝廷终不改，西山寇盗莫相侵。
可怜后主还祠庙，日暮聊为梁甫吟。

【整体赏析】

这首诗是唐代宗广德二年(764)春，杜甫在成都所写。诗人忧心国运，故有此吟。

首联"万方多难"是全诗出发点。流离他乡的诗人愁思满腹，登上高楼，虽然繁花满眼，却为国家的灾难重重而忧心。"伤客心"，是用反衬手法，以乐景写哀情。颔联写登楼所见景色，一江春水带着明媚春色来到天地间，玉垒山上的浮云变幻不定。"锦江"即濯锦江，是流经成都的岷江支流。"玉垒"是山名，在四川古灌县西、成都西北。颈联写国家战事，诗人坚信唐王朝必然会如北极星一般，不可侵犯。流露出强烈的爱国之情。尾联借古喻今，暗讽昏庸的统治者。诗人伫立楼头,徘徊沉吟,很快日已西落,在苍茫暮色中,蜀汉祠庙依稀可见,不由感慨庸主误国。"后主"指蜀汉后主刘禅,昏庸无能,终于亡国。"祠庙"指蜀汉先主庙,在成都锦官门外,西有武侯祠,东有后主祠。"梁甫吟"是诸葛亮遇刘备前喜欢诵读的诗篇。

全诗寄景抒情,将国家动荡、自身感怀和眼前之景融合在一起,用字凝练,对仗工整,充分体现出诗人的忧国伤时情怀。

(周丹丹)

【吟诵指要】

本篇普通话吟诵源自陈以鸿先生传调。

吟诵时,全诗随情绪转换在平声和韵尾处要降调拖长,在入声字及其他仄声处要升调,并适度收短。在语言特点上,此诗前七句在第五字的锤炼上颇具匠心。如首句的"伤",陡转情绪,既为全诗营造了悲怆基调,又为下文设置了悬念。次句的"此",包含着"只能如此"的沉重与无奈。三句的"来",四句的"变"字,充满动态与时空感知,又能看出诗人由景生情的前后渐变。五句的"终",六句的"莫"字充满坚定与威慑力,情感铿锵,吟诵时应掷地有声,增强力度。七句的"还",表示对古今误国昏君的轻蔑。只有末句,炼字的重点放在第三字"聊",暗含"不甘如此却别无他路"的意味,抒发诗人无可奈何的伤感,与第二句的"此"字遥相呼应。虽然吟诵规则要求一般重读第二、四、六字这些节奏点上的字,但对于如此诗中作者精心锤炼的字眼,哪怕不在节奏点的位置,也应该吟出韵味来。

(姚 蓉)

登　高

[唐]杜　甫

风急天高猿啸哀,渚清沙白鸟飞回。

无边落木萧萧下,不尽长江滚滚来。

万里悲秋常作客,百年多病独登台。

艰难苦恨繁霜鬓,潦倒新停浊酒杯。

【整体赏析】

这首七律作于唐代宗大历二年(767)杜甫流寓夔州时。

此诗前四句描写登高所见之景。首联通过对"风""天""猿""渚""沙""鸟"六个意象的修饰,表明了诗歌创作的时节,渲染出秋景之萧瑟凄凉。颔联写凄急的秋风裹挟着世间风物,摧折着树木的枝叶,席卷着东流的长江水。以"无边""万里"修饰"落木""长江",拓展了诗作表现的时空范围,气象宏阔。"一切景语皆情语",后四句抒发诗人触景所生之情。颈联中"万里"指土地之辽远,"常作客"指诗人漂泊已久,"百年"即暮年,"独登台"指亲朋零落。颈联对仗精工,表现了诗人久客他乡之苦和多病潦倒之态。尾联显示出诗人的坎坷遭际以致其双鬓斑白、酒杯难举。"悲秋"是这首诗所要集中表达的情感,自古以来有"悲秋"传统,士人多借秋景感怀人生不遇之悲。

杜甫这首诗用字精炼,句法整饬,意脉连贯,虽作"悲秋"之语,但气势浑然,表达了诗人晚年老病、飘零孤独之感,被胡应麟誉为"古今七言律第一"(《诗薮》)。

(郭雪颖)

【吟诵指要】

本篇普通话吟诵为王兆鹏先生所传鄂东吟诵调。

此诗境界阔大,气势浑然,但属"悲秋"之语,故吟诵时需声音浑厚而深沉,韵脚字"哀""回""来""台""杯"皆拖长音,吟出一唱三叹之感。"急""独""下""作""倒"等仄声字,皆重吟,且吟出顿挫感,体现情绪之高低起伏。

(姚 蓉)

左迁至蓝关示侄孙湘

[唐] 韩　愈

一封朝奏九重天,夕贬潮州路八千。

欲为圣明除弊事,肯将衰朽惜残年!

云横秦岭家何在?雪拥蓝关马不前。

知汝远来应有意,好收吾骨瘴江边。

【整体赏析】

　　韩愈(768—824),字退之,河南河阳(今河南孟州)人,自言郡望为昌黎,世称"韩昌黎"。贞元八年(792),登进士第,两任节度推官,累官监察御史。晚年官至吏部侍郎,人称"韩吏部"。有《韩昌黎集》。

　　此诗作于韩愈被贬潮州刺史途中,行至蓝田关口之时。"蓝关"指蓝田关,在今陕西蓝田东南,是从长安南下的必经之路。此诗抒写因上《谏迎佛骨表》被贬的悲愤之情。

　　首联点出被贬的因果始末。早晨诗人刚把《谏迎佛骨表》上奏给皇帝唐宪宗,晚上就被贬潮州,而两地相距有八千里路程。一"朝"一"晚",可见这篇谏表触龙颜大怒,旦夕之间就获重罪。颔联写本想替圣上除去那些弊事,哪里考虑衰朽之身顾惜余生。直白地申述自己因忠贞而获罪和非罪远谪的愤慨。颈联写贬谪途中所见之景并即景抒情。"家何在"三字,指韩愈获罪,"其后家亦谴逐,小女道死,殡之层峰驿旁山下",几近家破人亡的境况,可谓悲极。秦岭高耸,白云横亘,站在山巅极目远望,家在何方?大雪纷飞,拥塞了蓝田关口,马儿也踟蹰不前。尾联点题,是对侄儿的嘱托。"收吾骨"化用《左传》蹇叔哭师时"必死是间,余收尔骨焉"之语。诗人知道侄儿远道而来另有心意,正好能在瘴江边为"我"收敛尸骨。

全诗融叙事、写景、抒情为一炉,是韩诗七律中的精品。此诗鲜明地表现出韩愈的愤懑忠烈之气。

（周丹丹）

【吟诵指要】

本篇普通话吟诵依据陈以鸿先生参照唐调总结的传统吟诵"诗词调"推衍而成。

这首七言律诗抒发了作者内心郁愤以及前途未卜的感伤情绪,由"朝奏夕贬"的无奈抑郁,到"除弊事"不"惜残年"的忠愤,再到眼前景与未来路的悲切,即景抒情,吟诵时情感也由低到高由沉而深,要注意气息的运用。诗中入声字有"一""夕""八""欲""惜""雪""不""骨"。特别要注意的是,颈联中"拥"为仄声,属平水韵"上声·二肿"部。颈联吟诵时有意将"云横秦岭""雪拥蓝关"字字顿开,以示诗人内心的义烈悲沉。

（徐　静）

西塞山怀古

[唐]刘禹锡

王濬楼船下益州,金陵王气黯然收。

千寻铁锁沉江底,一片降幡出石头。

人世几回伤往事,山形依旧枕寒流。

今逢四海为家日,故垒萧萧芦荻秋。

【整体赏析】

刘禹锡(772—842),字梦得,籍贯河南洛阳。贞元九年(793)进士及第,初任太子校书,迁淮南记室参军,后入节度使杜佑幕府,迁监察御史。会昌二年(842),迁太子宾客。有《刘宾客集》。

这首诗作于唐穆宗长庆四年(824),刘禹锡由夔州刺史调任和州刺史,在沿江东下赴任的途中,经西塞山时而作。"西塞山"位于今湖北黄石,又名"道士洑"。

前二联写西晋灭吴的历史事件,咏怀古迹。晋武帝谋伐吴,派王濬造大船,出巴蜀,顺长江而下,讨伐东吴。攻入东吴都城金陵,城破君降,金陵帝王之气便黯然消失。"铁锁"化用典故,东吴末帝孙皓命人用大铁索横于江面,拦截晋船,最终失败。铁锁沉入江底,晋船长驱直入,攻入石头城,迫使吴主孙皓于营门挂起降幡。后二联写西塞山景象,西塞山今山形依旧,矗立在长江之侧,见证着人间伤心事已经变换多少春秋。如今已荒废在一片萧萧芦荻之中。怀古慨今,收束全诗。

这首诗借古讽今,叙述往事,描绘古迹,诗人把嘲弄锋芒指向在历史上曾经占据一方,但终于覆灭的统治者,这正是对当时气焰甚炽的割据势力的暗中讽喻。

(周丹丹)

【吟诵指要】

本篇普通话吟诵源自华锺彦先生所传吟诗调,依七律仄起平收式格律节奏而吟。

吟诵时,"降"读平声(投降)。此诗怀古慨今,纵横开阖。前四句写历史统一趋势势不可挡,要吟得豪迈,一气贯注。一"下"一"收",吟速偏快,一"沉"一"出",音声一低一高。"出"为入声字,吟得短促有力。颈联感喟人世多变而江山依然,"几回"与"依旧",顿挫吟之,"伤"字拉长吟,沉郁感伤。尾联语调放缓,语气感慨。

(杜亚群)

无　　题

[唐]李商隐

相见时难别亦难,东风无力百花残。

春蚕到死丝方尽,蜡炬成灰泪始干。

晓镜但愁云鬓改,夜吟应觉月光寒。

蓬山此去无多路,青鸟殷勤为探看。

【整体赏析】

李商隐曾创作多首"无题"诗,给人留下丰富想象空间。此诗仿佛是以情人口吻抒写相思之苦,也有说是隐喻官场不易,希望找到可以投靠之人。

首联写相思之苦,相会虽难,而更难的则是相见之后的离别,这种痛苦让人难以承受。恰又面对着暮春景物,东风无力,百花凋零,此处借景抒情。颔联借比喻写浓浓相思之情,不可断绝。这种思念,如同春蚕吐丝,到死方休。"丝"与"思"恰好同音。相思之苦如同烛泪,直到蜡烛烧尽,烛泪方始流尽。颈联由写情转入写人。清晨揽镜自照,竟然鬓发斑白,容颜憔悴。下句推己及人,想象情人,在凄凉月色中,踟蹰独吟。尾联燃起一丝希望,就算是居住在蓬莱山的仙女,无路可通,也能有西王母的使者来传递音信。"蓬山"指海上仙山蓬莱山,代指想念对象的住处。"青鸟"是传说中传递消息的仙鸟,为西王母使者。

这首诗以意象描写和化用典故为主,并未具体言说何事。但从头至尾都融合着哀伤、失望而又缠绵、执着的感情,深情而词藻华丽,在细微精深中贯穿着复杂的情思。

(周丹丹)

【吟诵指要】

本篇普通话吟诵源自陈以鸿先生传调,所用规则为陈先生参照唐调总结的传统吟诵"诗词调"。

吟诵时,此诗韵脚字"难、残、干、寒、看"皆应将音调拉长,且应根据情感抒发吟出低沉哀婉的韵味;诗中"别、亦、百、觉、月"为入声字,根据"入声短促"的原则应以短音迅速转换,情感上体现"不忍"和"无奈"之意;另外,还应根据"平低仄高"的规则依字行腔,在把握每字平仄发音的基础上做到高低错落有致。

(姚 蓉)

本篇浙江方言吟诵源自刘衍文先生所传浙江龙游吟诗调,学吟刘永翔先生方言版。

此诗押十四寒韵,"看"作韵脚,读平声 kān。"别""亦""力""百""蜡""觉""月",吟短促。诗作缠绵悱恻,当以深情伤感的语调曼声而吟。首联两个"难"字用拖腔长吟,低回婉转,表达相见无期的离别之痛。"东风无力"无可奈何,轻吟,"残"怅惘惋惜,长吟。颔联"方""始"吟得有力,"到死""成灰",音声一高一低,表达灼热的执着。颈联与尾联,交织着现实与梦想、失望与希望,诉说无尽思念,要吟得凄婉缠绵。

(杜亚群)

锦 瑟

[唐] 李商隐

锦瑟无端五十弦,一弦一柱思华年。

庄生晓梦迷蝴蝶,望帝春心托杜鹃。

沧海月明珠有泪,蓝田日暖玉生烟。

此情可待成追忆,只是当时已惘然。

【整体赏析】

　　这首诗作于李商隐晚年,诗歌以首句"锦瑟"二字为题,实际也相当于是无题诗。首联以锦瑟起兴。在弹奏锦瑟之时,一弦一柱都让人想起过去的美好年华。《史记·封禅书》载古瑟五十弦,后一般为二十五弦。"无端"即"平白无故""没由来"之意。颔联和颈联承上"思华年",写回忆之中的往事。诗人以四个典故:庄生梦蝶、杜鹃啼血、鲛人泣珠和良玉生烟,将其化为复合意象,并次第呈现于诗中。庄子梦见蝴蝶,望帝化成杜鹃,抒发惆怅与哀怨的心情。沧海上明月高挂,鲛人哭泣的眼泪化为珍珠,蓝田玉生出薄雾,用神话传说营造出朦胧意境。尾联加强语气。写"此情"在发生之时便已让人迷惘难遣,如今追忆起来则更令人难以承受。

此诗用语含蓄,典故运用扑朔迷离,主旨十分隐晦。诗人将情感寄予诗中,借助可视可感的形象传达了真挚浓烈而又幽约深曲的情思。

（周丹丹）

【吟诵指要】

本篇普通话吟诵源自石声淮先生传调。

诗作首联以"锦瑟"起兴,是虚写。"思华年"三字是主题思想的概括,中四句写情思,采用典故及朦胧意象。珠、玉,诗人自喻美才;泪、烟,抒写沉沦不遇之痛。尾联递进,今昔对照,突出诗人内心的惆怅寂寞。

（窦广娟）

戏 答 元 珍

[宋]欧阳修

春风疑不到天涯,二月山城未见花。

残雪压枝犹有橘,冻雷惊笋欲抽芽。

夜闻归雁生乡思,病入新年感物华。

曾是洛阳花下客,野芳虽晚不须嗟。

【整体赏析】

欧阳修(1007—1072),字永叔,号醉翁,晚号六一居士。庐陵(今江西吉安)人,宋仁宗天圣八年进士,初仕西京留守推官,历知夷陵县、滁州、扬州、颍州等。官至翰林学士、参知政事,以太子少师致仕,谥号"文忠"。有《欧阳文忠公集》。

景祐三年(1036),欧阳修因为支持范仲淹改革,被贬迁峡州夷陵(湖北宜昌)县令。此诗则作于在夷陵的次年早春,是给丁宝臣(字元珍)的酬答之作。

首联写夷陵小城,地处偏远,虽然已是二月,却依然春风难到,百花未开。"春风疑不到天涯"句,透露出诗人被贬后的抑郁情绪,有"春风不度玉门关"的怨旨。次联恰似一幅山城早春画卷。橘枝上犹有积雪,可随着春天到来,残雪融化,显露出了越冬的橘子。春笋正欲抽芽,"欲"字生动形象地把"早春"描绘出来。第三联由写景转为写人,夜不能寐,在卧听北归春雁的声声鸣叫后,勾起无尽乡思。以抱病之身进入新年,让诗人感慨万千。诗末两句写曾在洛阳做过留守推官,见过洛阳名花名园。此地虽无名花,野花又晚开,但不须嗟叹,流露出无可奈何的心绪。

此诗写的风趣昂扬,又含蓄蕴藉。受到贬谪的欧阳修以"戏答"的方式表达了他的怨刺,以豁达姿态来消解人生中的悲愤苦闷。

(周丹丹)

【吟诵指要】

本篇普通话吟诵源自河南大学华锺彦教授传调。

吟诵时,起句注意"疑不"二字音高、短促,入声的"不"字仿佛要将胸中的一口闷气吐出。尾联峰回路转,情绪又振作起来。"不须嗟"三字,由入声转平声。诗人身处逆境仍然相信,无论身处何处,都有美好的时刻。平声明朗,犹如诗人此刻的心境,拨开云雾,阔达超脱。

(郭繁荣)

游 山 西 村

[宋]陆　游

莫笑农家腊酒浑,丰年留客足鸡豚。

山重水复疑无路,柳暗花明又一村。

箫鼓追随春社近,衣冠简朴古风存。

从今若许闲乘月,拄杖无时夜叩门。

【整体赏析】

　　陆游(1125—1210),字务观,号放翁,山阴(今浙江绍兴)人。以恩荫入仕,孝宗即位,任枢密院编修官,赐进士出身。历任镇江、隆兴、夔州通判,四川制置使司参议官,江西常平茶盐公事,礼部郎中。宋孝宗朝赐进士出身,因坚持抗金,屡遭主和派排挤,闲居山阴十余年。宁宗嘉泰二年(1202),陆游奉诏入京,主持编修孝宗、光宗《两朝实录》和《三朝史》,书成后长期蛰居山阴。著有《剑南诗稿》,另有《渭南文集》《放翁词》。

　　此诗作于宋孝宗乾道三年(1167)初春,当时陆游已遭主和派的打压被罢官,在故乡山阴的家里闲居。

　　首联写诗人被好客的村民留下做客,有丰收年自酿的浑浊腊酒,和丰盛的菜肴。腊酒,腊月里酿造的酒。豚是小猪的意思,诗中代指猪肉。颔联为写景名句,山峰重叠,溪流蜿蜒,一时好像迷失了方向。忽见前面柳枝深绿,花色明艳,有一个村庄坐落其间。颈联写农家正在击鼓吹箫,祭祀土地,祈祷风调雨顺。农人衣冠简朴,保留着淳朴的古代风俗。"社"为土地神,"春社"在立春后的第五个戊日。尾联诗人写但愿以后还能乘大好月色出外闲游,拄着拐杖随时来敲你的家门。吐露作者意犹未尽,对乡风民俗的喜爱。

全诗运用倒叙和移步换景的叙事方法,首联写村民留客,尾联写诗人辞别,中间二联则写其入村的经过,仿佛是诗人在跟农家人聊天,聊他一路走来的见闻和感受。通篇白描,语言浅近,描绘了一幅欢乐和谐、淡雅闲逸的田园图景。

(陈思晗)

【吟诵指要】

本篇普通话吟诵源自葛毅卿先生所传吟诗调,学吕守经先生吟诵。

吟诵时,"家""重""年"和韵脚字"豚""近""存""门",曼声长吟,语调悠扬。"足"字是古入声字,要吟短促、有力,音声高,表现农人丰收的喜悦,民风淳朴。"疑""又",节奏明快。尾联,轻松吟出,传达闲适之情。

(杜亚群)

本篇沪语吟诵依据陈以鸿先生参照唐调总结的传统吟诵"诗词调"推衍而成。

本诗中"莫、腊、客、足、复、一、朴、若、月"是入声字,吟得短促。"浑、豚、村、存、门"押平声"元"韵,吟时尾音拉长。

(孙蕴芳)

过零丁洋

[宋] 文天祥

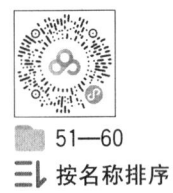

辛苦遭逢起一经,干戈寥落四周星。

山河破碎风飘絮,身世浮沉雨打萍。

惶恐滩头说惶恐,零丁洋里叹零丁。

人生自古谁无死?留取丹心照汗青。

【整体赏析】

文天祥(1236—1283),字履善,一字宋瑞,号文山,吉水(今江西吉安)人。宝祐四年(1256)进士,仕至右丞相兼枢密使。宋祥兴元年(1278),文天祥在广东海丰被元军俘虏,押到船上。次年过零丁洋,感慨国难和身世,作此诗以明志。

首联从回忆入笔。"遭逢",即遭遇、身世;"起一经",指"明经入仕",文天祥于宋理宗宝祐四年考中进士第一,开始进入仕途,时年二十一岁。"干戈",代指战争;"寥落",荒凉冷落;"四周星"即四年。这句说诗人从德祐元年(1275)起兵抗元,至兵败被俘,正为四个年头。颔联写南宋王朝山河破碎,像风中飘荡的柳絮一样,命悬一线。而诗人自己的身世,也如同又被雨击打的浮萍,浮沉不定,漂泊无依。"山河"代指国家。颈联所写指景炎二年(1277),文天祥在江西被元军打败,经惶恐滩撤到福建。"惶恐滩",原名黄公滩,在今江西省万安县,是赣江中的十八滩中最险的一滩,所以又谐音"惶恐滩"。"零丁洋"即"伶仃洋",现在广东省珠江口外。从惶恐滩溃退南下;而今又兵败被俘,孤苦伶仃地经过零丁洋。尾联"丹心",指诗人一片赤诚的爱国之心。"汗青",古代用简写字,先用火烤干其中的水分,干后易写而且不受虫蛀。汗青就是简册的代名词,指史书。诗人在前六句将家国之艰、身世之苦的哀怨渲染到极致,最后却一笔宕开,由悲戚转为壮烈,由沉郁转为激昂,以磅礴的气势表达了坚贞不屈、舍生取义的崇高志向。

(陈思晗)

【吟诵指要】

本篇普通话吟诵系须强原创调。

《过零丁洋》是一首七言律诗,仄起平收,首句入韵。首联起调利索,"辛苦遭逢"四字连吟,回忆科举入仕"起一经"的艰辛历程;"落"字吟得短促,与拖长腔的"星"字形成强烈的旋律反差,突出四年战争的艰难困苦。颔联"破碎""风飘絮"等词句,要吟出低沉凄凉、心情沉郁的感觉;而"身世浮沉雨打萍"一句的吟诵要带有呼天抢地的意味,述说斗争的艰苦卓绝和一路的坎坷不平。颈联"惶恐滩头"一句高声上抛,追述昔日的诚惶诚恐;"零丁洋里"吟声由高转低,感慨今日的孤苦伶仃。尾联为千古名句,"谁无死"三字要吟得坚定、有力,"心""青"两字在徐徐收结的拖腔声中,传达出诗人慷慨激昂的爱国热情和视死如归的崇高品质。

（须　强）

本篇沪语吟诵系彭世强原创调。

吟诵本诗务必凸显文天祥在全诗中起伏变化中的浓情深意。前六句吟咏都要有沉重感。前四句语调渐渐下行，以显回忆的痛苦。这六句的尾字"絮"和"萍"、"恐"和"丁"、"死"和"青"，都用"一收、一放"的方法，加以对比强调，显出其内心之沉郁和愤懑。最后两句是高潮，但不全是高音。"谁无死"要顿挫有力，"照汗青"则要坚毅稳重，以显殉国意志之坚定。

（彭世强）

咏 煤 炭

[明]于 谦

凿开混沌得乌金,藏蓄阳和意最深。

爇火燃回春浩浩,洪炉照破夜沉沉。

鼎彝元赖生成力,铁石犹存死后心。

但愿苍生俱饱暖,不辞辛苦出山林。

【整体赏析】

于谦(1389—1457),字廷益,钱塘(今浙江杭州)人。永乐十九年(1421)进士。初任御史,仕至兵部尚书。正统十四年(1449),明英宗为瓦剌俘去,于谦拥立明景帝,击退瓦剌的侵扰,功炳史册。有《于忠肃集》。

首两句指开发煤矿,煤炭蓄藏的热力。"意最深",有比较深厚的情意。颔联写小火可以给人带来春回大地般的温暖,烈焰则能使深沉的夜空变得很明亮。"爇火",小火把。"洪炉",大火炉。"鼎彝"原是古代的饮食用具,后专指帝王宗庙祭器,引申为国家、朝廷。这里兼含两义。"元",通"原",本来。"赖",依靠。古人认为煤炭是铁石久埋地下变成的,铁石死后即诗所咏的煤炭。颈联写鼎彝器具的熔铸需要铁石;铁石久埋而化为煤炭之后,仍为人造福。尾联以拟人的笔法写煤炭只是希望天下苍生都能吃饱穿暖,所以不辞辛苦,从山林里走出来。

此诗咏物写煤炭,却不出现煤炭;通篇咏煤炭,立意却远远不止于煤炭本身。运用比喻、双关,借煤炭的燃烧来表达忧国忧民的思想,写诗人甘愿为国为民出力献身的高风亮节。

(陈思晗)

【吟诵指要】

本篇普通话吟诵为王兆鹏先生所传鄂东吟诵调。

鄂东调整体较为高亢,适合表现此诗铿锵深沉的情感基调。吟诵时,韵脚字"金、深、沉、心、林"音调延长,表达出深沉厚重的意味;诗中"凿、得、力、石、出"属于入声字,应吟得短促有力;尤其是"石""出"二字,不应读成现代汉语中的平声,应按仄声重读,吟出煤炭所蕴藏的能量,及作者为国为民甘于奉献之怀抱。

(姚　蓉)

后秋兴之十三(其二)

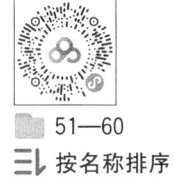

[清] 钱谦益

海角崖山一线斜,从今也不属中华。

更无鱼腹捐躯地,况有龙涎泛海槎?

望断关河非汉帜,吹残日月是胡笳。

嫦娥老大无归处,独倚银轮哭桂花。

【整体赏析】

钱谦益(1582—1664),字受之,号牧斋,晚号蒙叟、东涧老人,学者称虞山先生,常熟(今江苏常熟)人。明万历三十八年(1610)一甲三名进士,后为东林党的领袖之一,官至礼部侍郎。明亡,依附南明弘光政权,为礼部尚书。弘光元年(1645)降清,任礼部侍郎。有《有学集》《初学集》《投笔集》等。

据此诗的自注,康熙元年(1662)七月至二年五月期间,作者于家乡常熟听到南明桂王朱由榔死讯的种种传言,因之忧思泣血,作诗歌以抒悲愤。

首联写崖山这种海角天涯的小地方都已经沦陷,南宋政权灭亡。桂王政权的覆灭,就像崖山之败一样,标志着明朝已经彻底沦亡,再无卷土重来的希望了。"崖山"又名崖门山,在广东新会南大海中。"一线斜"写崖山的形状,指它偏远而窄小。南宋末年,爱国志士将这里作为抗元的最后据点,后被元军攻陷,陆秀夫背负小皇帝赵昺投海自尽,南宋彻底灭亡。颔联句,"鱼腹"典故出自《楚辞·渔父》,屈原被流放时对渔父说,他不愿以洁白之身蒙尘,"宁赴湘流,葬于江鱼之腹中"。作者反用其意,说屈原是楚人,所幸仍有楚地的湘江葬身,而现在没有一寸土地不在清兵的占领之下,明朝的忠臣志士想要清清白白葬身鱼腹的机会也没有。"海槎"指大海中漂流的木筏子。颈联写明政权灭亡。"汉帜"即汉军旗帜,代指明王朝,改旗易帜象征着政权更迭。"胡笳",北方少数民族的乐器,指代清军。"日月"是"明"字。尾联写诗人投降清廷后每每陷入悔恨失节的煎熬之中。"嫦娥老大"自喻年纪衰老,孤苦无依,走投无路。"哭桂花"之被斫,隐喻哭"桂王"之被杀。

此诗写亡国之痛、失身之恨,情感诚挚,虽然多用典故,却一气贯通,并不艰涩,沉郁悲凉,深得杜甫七律的精髓。

(陈思晗)

【吟诵指要】

本篇普通话吟诵依据陈以鸿先生参照唐调总结的传统吟诵"诗词调"推衍而成。

此诗押"麻"韵,韵脚字开口度较大,常用来表现强烈的情感,适于抒发作者心中的亡国之痛。故吟诵时,节奏尽量放缓,韵脚字尽量拉长,以表达诗歌沉郁凄怆的情绪;末句"独倚银轮哭桂花"尤需吟得深沉顿挫,体现作者无力回天的绝望,以短促有力的入声字"独"领起,在紧张的情绪节奏中达到此诗的情感高潮。

(姚　蓉)

秋柳(其一)

［清］王士禛

秋来何处最销魂？残照西风白下门。

他日差池春燕影，只今憔悴晚烟痕。

愁生陌上黄骢曲，梦远江南乌夜村。

莫听临风三弄笛，玉关哀怨总难论。

【整体赏析】

王士禛(1634—1711)，字子真，一字贻上，号阮亭，晚号渔洋山人。山东新城(今桓台)人。顺治十五年(1658)进士，仕至刑部尚书。有《阮亭诗钞》《带经堂全集》《池北偶谈》等。

顺治十四年(1657)秋，二十四岁的王士禛在山东济南大明湖的水亭中参加诗酒雅集，看着亭外的杨柳，枝叶枯黄，在秋风中行将摇落，怅然有感，写下了四首《秋柳》诗，一举成名。这是其中第一首。

首联写秋天来临时什么最使人感伤呢，应该是秋柳所处夕阳残照、西风凄厉的南京吧。"销魂"，指令人黯然神伤；"白下门"，即白门，是南京的别名。"白门"常与柳树连用，隐喻历史兴亡的氛围。颔联写南京春天的燕子,在嫩绿袅娜的柳丝间飞舞。如今的柳树却在秋日黄昏的晚烟中憔悴着。颈联写柳树好像站在阡陌上发愁,仿佛在倾听那忧伤的《黄骢曲》,又好像在做梦,梦见过去的富贵繁华。黄骢是唐太宗的爱马,此马死后,太宗命人作《黄骢曲》,以示悲悼。乌夜村在今江苏苏州,是晋代何准隐居之地,其女儿即诞生于此,后来成为晋穆帝的皇后。尾联写秋柳的摇落之态而引起的伤感情绪,谓不能听那在凄凉的秋风中反复吹奏的幽怨笛曲,越听愁思越难以诉说。

此诗通过写秋柳的摇落憔悴,表达了对秋华易谢的哀伤,余音袅袅,欲说还休,颇有含蓄蕴藉的风致。

（陈思晗）

【吟诵指要】

本篇普通话吟诵源自王佩行先生所传山东桓台吟诗调,依七律平起平收式格律节奏而吟。

此诗押十三元韵,"论"作韵脚,读作阳平声 lún。尾联"莫听临风三弄笛","听"依格律须吟作去声。入声字"白""日""陌""曲""莫""笛""玉",吟得短促。全诗无限哀愁,宜低缓而吟,"销魂""憔悴""愁""哀怨",着力突出。

（杜亚群）

五言绝句

登鹳雀楼

[唐] 王之涣

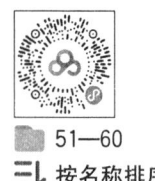

白日依山尽,

黄河入海流。

欲穷千里目,

更上一层楼。

【整体赏析】

王之涣(688—742),字季凌,绛州(今山西新绛)人。以门荫入仕,授衡水主簿。后受人诬谤,拂衣去官。天宝元年(742),补文安县尉,清白处世,卒于文安任上。《全唐诗》中收录王之涣诗六首。

这首诗写登楼所感,短小精炼,广为传颂。"鹳雀楼"古名"鹳鹊楼",其故址在山西永济境内古蒲州城外西南的黄河岸边。

诗的前两句写登楼所见。白日逐渐下落,楼下黄河波涛滚滚,向东而去。诗人用白描手法,把登楼所见的河山,收入短短10个字中。后两句写面对此景的所思所想。诗人希望能够尽可能地看到更远处的美景,就要站得更高些,即"更上一层楼"。此二句含意深远,耐人寻味,既是登高望远,也是一种人生哲理的思考。

全诗仅有两联,对仗工整,格调极高。

(周丹丹)

【吟诵指要】

本篇普通话吟诵调系彭世强原创调。

登上鹳雀楼,眺望白日缓缓西下,远观黄河滚滚东流,情浓意深,应该悠悠而吟,意犹未尽。不是惊喜,而是深思,吟咏"千里"时,一改"里"字仄声短音的规定,而用滑音延长,以显得黄河一泻千里远去的特色。此处不用强音,而用抒情长音,才得以显出作者的理性思考。末句"一层楼"的抒情长音也是一个道理。

(彭世强)

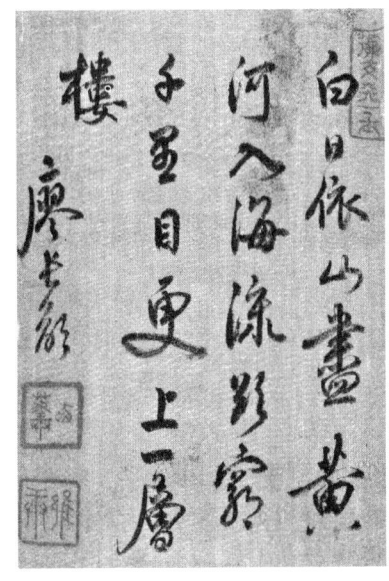

宿 建 德 江

[唐] 孟浩然

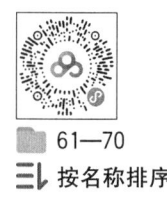

移舟泊烟渚，
日暮客愁新。
野旷天低树，
江清月近人。

【整体赏析】

这首诗作于孟浩然漫游吴越时期，诗人借此诗排遣仕途失意的愁绪。"建德江"指新安江流经建德（今属浙江）西部的一段。

前两句点题，天色将晚，诗人移舟近岸，已是日暮黄昏，不免生出些客寓他乡的忧愁。"烟渚"指江中雾气笼罩的小沙洲。后两句写景，旷野无垠，放眼望去，远处天空似乎比近处树木还要低，高挂在天上的明月，映在澄清的江水中，好像和游子相隔很近。

全诗情景相生，语简意远，耐人寻味。

（周丹丹）

五言绝句

【吟诵指要】

本篇普通话吟诵源自赵元任先生所传常州吟诗调,依五律平起仄收式格律节奏而吟。

诗中入声字"泊""日""客""月",吟得短促。此诗押上平声"十一真"韵,注意归韵收鼻音,拖腔吟足,有低回深沉的情韵。"野旷天低"吟高,"月近人"吟得轻缓低沉,以天地空旷寂寥衬羁旅之人的孤独惆怅。

(杜亚群)

本篇沪语吟诵依据陈以鸿先生参照唐调总结的传统吟诵"诗词调"推衍而成。

(孙蕴芳)

159

春　晓

[唐]孟浩然

春眠不觉晓，

处处闻啼鸟。

夜来风雨声，

花落知多少。

【整体赏析】

这首诗是诗人隐居鹿门山时所作，意境优美，颇具隐逸之趣。

题名为"春晓"，即是围绕春天的早晨醒来时的所见所感，展开描写和联想，表达诗人对春天的怜爱之情。

首两句写春天天已大亮了还没有睡醒，听到处处鸟儿的鸣叫，是这些鸟儿的欢鸣把酣睡中的诗人唤醒。第三、四句展开联想。昨夜曾听到一阵风雨声，不知道现在庭院里盛开的花儿到底被吹落了多少呢？后两句隐含着诗人对春光流逝的淡淡哀怨。

全诗并未直接描写春景，仅通过听觉，让人想象屋外春光，构思巧妙，语言平易浅近，自然天成。

（周丹丹）

【吟诵指要】

本篇普通话吟诵依据魏嘉瓒先生传调推衍而成。

整首诗朗朗上口,轻松活泼,吟诵的基调愉悦风趣。节奏中、慢速即可,韵字"晓""鸟""少"要拖长,情感饱满。一二句平和,"处处"是仄声字,要短促,给人以鸟儿欢鸣之感。三四句诗人转以惜春爱花之情,担忧花朵遇到风雨便会飘落。所以第二句吟完略微停顿以便转换情绪,"风雨"音调略高,"多少"拖长,吟出疑问语气,满怀关切和爱惜之情。

(李小凤)

本篇闽南语吟诵为王伟勇先生所传福建流水调。

此诗为五言古绝,押上声韵,声情婉转,韵脚适当拖长吟。"眠"字拉长吟,给人以春宵梦酣,晨起慵懒之感。"不""觉"入声,吟短促,强调睡意朦胧。"晓"吟高,表达对春天早晨浓浓的喜爱。"啼"长吟,突出小鸟歌声悦耳。后两句,风雨无情催落花朵,要吟得低沉舒缓,"少"长吟,饱满,充分表达诗人惜春、惜时之情。

(杜亚群)

鸟 鸣 涧

[唐]王 维

人闲桂花落,

夜静春山空。

月出惊山鸟,

时鸣春涧中。

【整体赏析】

此诗作于王维开元年间游历江南之时,是访友人皇甫岳所居云溪别墅所写的组诗《皇甫岳云溪杂题五首》的第一首。

前两句以白描写景。诗人闲居山林,静观桂花零落。春夜寂静,山林也更加寂静。"空"字,写的不仅仅是山林空寂,更是诗人作为修禅者的心境。后两句写春山之景,月出本无声,却能惊醒山鸟,是以动写静。鸟儿轻鸣几声,和着山涧细细的水流声,更烘托出山林的静谧。

王维的山水诗,善于营造静谧意境,此诗也是如此。花落、月出、鸟鸣这些动景,更加突出春涧的幽深静谧,诗人的禅心与禅趣融于笔端,意趣幽玄。

(周丹丹)

【吟诵指要】

本篇普通话吟诵系彭世强原创调。

"人闲"开篇,吟咏当作徐缓开篇。既然以动显静,那么"落""空"二字,自然要强调突出:前者赋以重音,后者赋以长音。"月出"本静,却说"惊鸟",故吟诵时一个高音挑起,动感十足!高而忽低,末句轻缓而咏,"中"字徐徐推远,若有若无,飘忽山间。这就有了夜静山幽心更静的绝妙效果。

(彭世强)

本篇闽南语吟诵为王伟勇先生所传福建流水调。

"闲"字重吟,"落"吟得轻、短,"春山空",三个平声字拉长了吟,给人以幽静空灵之感。"月""出"为入声字,吟得短促,富有动感,仿佛月亮破云而出,月光流泻,一下子惊醒了睡梦中的小鸟。"鸣"长吟,山鸟时不时地鸣叫,更显夜的宁静。"中"字长吟,鼻腔共鸣,缓缓收音。

(杜亚群)

相　思

[唐] 王　维

红豆生南国，

春来发几枝。

愿君多采撷，

此物最相思。

【整体赏析】

　　此诗一题《江上赠李龟年》，应为怀念友人之作。天宝末年安史之乱时，李龟年流落江南曾演唱此诗。

　　这是一首脍炙人口的咏物诗，以红豆寄托相思。此诗首句因物起兴，写红豆生于南国，又是朋友李龟年所在之地，暗示了后文的相思之情。次句"春来发几枝"，平淡设问，而意味深长，新发红豆便如同相思之情，每到春来，总是会更加浓烈几分。最后两句寄语友人，可多多采撷红豆，因为此物最能代表相思。

　　全诗语言朴素无华，韵律和谐，意在言外，把相思之情表达得入木三分。

（周丹丹）

【吟诵指要】

本篇普通话吟诵源自华锺彦先生传调。

首句"红豆生南"四字连吟,"国"字为入声字,吟得短促。次句"发"是入声字,吟得短促,"枝"字拉长声音,颇具形象感。第三句强调"多"字,一语双关,"撷"字为入声字,要及时收住。末句的"物"也吟得短促,"思"字稍作变化,拖腔拉长声音,表达诗人绵长的相思之情。

(王　星)

本篇沪语吟诵依据陈以鸿先生参照唐调总结的传统吟诵"诗词调"推衍而成。

这是一首仄起仄收的五言绝句。其中"国""发""撷""物"为入声字,声音短促。第二句"发几"吟出短促入声后忽转高声,强调红豆只有寥寥几枝;第三句强调"多采撷",寄意友人,言在此而意在彼;第四句吟时强调"最"字,将红豆相思推达极致。两个句尾字"国""撷"均为入声,不要长吟。两个韵字"枝""思"均长吟。全诗吟诵时对平声字可拖长,以便感受那委婉含蓄,语浅而情深之感,方显相思之意。

(张赟华)

独坐敬亭山

[唐]李 白

众鸟高飞尽,

孤云独去闲。

相看两不厌,

只有敬亭山。

【整体赏析】

此诗作于唐玄宗天宝三载(744)李白仕途失意,被赐金放还后,此诗表达诗人独游敬亭山的高情远意。

"敬亭山"在今安徽宣城北。前两句描写敬亭山的景色,众鸟高飞远去,长空孤云飘浮。所写尽是高空景象。"尽""闲"二字,把人引入一种闲适孤寂的境界。后两句表现出诗人与敬亭山之间的深情。"只有"两字十分传神,好像诗人眼中除了敬亭山,再容不下其他。表面是写独游敬亭山的情趣,其深意则是诗人当时那种旷世的孤独感。

这首诗借无言之景,抒内心无奈之情。诗人在被拟人化的敬亭山中寻到慰藉,似乎少了一点孤独感。然而恰恰那种遗世独立的孤独之情被表现得更加突出。全诗似乎全是景语,实皆为情语。

(周丹丹)

【吟诵指要】

本篇普通话吟诵源自华锺彦先生传调,依五绝仄起平收式格律节奏而吟。

首句"众鸟高飞"四字连吟,"高",声音随之而高,"飞"字拉长声音,给人以动态感。"尽"字重吟,群鸟飞得无影无踪,喧闹归于宁静,诗人的孤独寂寞感油然而生。次句"闲"字写孤云的状态,着力并稍作拖腔。"孤""独"点出诗人的孤寂心境,重吟。"独"字吟得短促。第三句"看"在节奏点上,读作第一声,适当拉长。末句韵字"山"拖腔长吟,表现物我两忘的心绪。

(王 星)

本篇沪语吟诵依据陈以鸿先生参照唐调总结的传统吟诵"诗词调"推衍而成。本诗中"角、独、不"是入声字,吟得短促。"闲、山"押平声"删"韵,吟时应拖长声音。

(孙蕴芳)

江 雪

[唐] 柳宗元

千山鸟飞绝,

万径人踪灭。

孤舟蓑笠翁,

独钓寒江雪。

【整体赏析】

这首诗作于柳宗元谪居永州期间,表达出孤寂凄冷之情。

前两句,诗人用"千山""万径"二词,描绘出一幅广袤的空旷景色,山上的飞鸟,路上的人迹,都不可得见。"绝""灭"字,描写大雪冰冻之境。后两句,在一片白茫茫的静寂之中,勾勒出一位独钓渔翁的形象,一叶孤舟,一位老翁,一蓑一笠,一柄钓竿,孤身一人在这刺骨寒冷的江面上垂钓。"寒江雪"三字,水天不分、天地苍茫一片,显出渔翁的清高孤傲,遗世独立。

这首《江雪》表达了柳宗元在贬官时期孤独失望的心情。客观境界极为幽僻,主观心情非常寂寞,过于冷清,不带一点人间烟火气,突出了世态寒冷,自寓宦情孤冷。

(周丹丹)

【吟诵指要】

本篇普通话吟诵源自苏民先生传调。

这是一首仄声押韵的五绝小诗。韵字"绝、灭"顿挫有力,仄逼而止,显出作者对冷寂环境的强烈感受!而第三句"蓑笠翁"的"翁"字延长,和前两句韵字的短促形成对比。"孤舟"突换成无音乐旋律的"诵读",也有突出之效。末句"独钓",顿挫加强,"寒江雪"音量升高,都显出作者强烈的情绪高潮!

(彭世强)

本篇普通话吟诵系须强原创调。

吟者重点关注两点:第一,整首诗的吟诵旋律。前两句拉长"山""飞""径""踪"四个字的读音,配上短促的入声字"绝""灭",形成长短鲜明的对比。后两句中的"孤舟"两字,读法大变,由吟转诵,声音一沉到底,力图表现一种孤寂的感觉;而"蓑笠翁"三字,由诵转吟,声音洪亮,音阶陡升。前后一抑一扬,突出了"舟"与"翁"的画面感。第二,关注入声韵脚。入声韵脚在五言绝句中是比较少见的。处理吟腔时,可适当拉长韵脚字的前一个字"飞""踪""江"的读音,再用吴语入声字的读法,吟出入声字独有的塞音韵尾,使"绝""灭""雪"三个入声韵脚显得特别短促,有顿挫感。这样,一长一短,凸显张力,用吟声较好地诠释了全诗孤冷幽僻的意境,遗世独立情调以及逼仄失落的心理。

(须　强)

寻隐者不遇

[唐]贾 岛

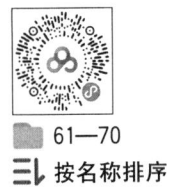

松下问童子,

言师采药去。

只在此山中,

云深不知处。

【整体赏析】

贾岛(779—843),字浪仙,一作阆仙,自号碣石山人,河北道幽州范阳(今河北涿州)人。早年家境贫寒,出家为僧,法名无本。元和六年(811)春,还俗参加科举,但累举不中第。唐文宗之时被排挤,贬为长江主簿,故称"贾长江"。苦吟作诗,有《长江集》。

这首诗短小精悍,内容却极丰富,且运用了问答体。

第一句写诗人来到隐者居所,在松树下询问童子。第二句跳过询问内容,只从童子所答"师采药去"这四字推想所问是寻隐者。第三句"只在此山中"则又是童子的回答,此处又省去所问,而以童子答词,把问句櫽栝在内。最后一句"云深不知处",依然是童子的答辞,依然略去所问。全诗感情变化细微,见于问答中。"松下问童子"时,心情轻快,满怀希望;"言师采药去",答非所想,略有失望;"只在此山中",在失望中又生出一线希望;最后一答"云深不知处",惘然若失,无处可寻。

这首诗用词极简,白描无华,细细品味,问答内容丰富。

(周丹丹)

【吟诵指要】

本篇普通话吟诵系彭世强原创调。

此诗内容为作者一问,童子三答。既问,则句调高扬延伸。既答,则句调平直延长。隐去再问而后童子再答两句。其语速加快,"中"字音轻盈延长,下一句"云深"后略一停顿,吟出"不知处",显出童子的幽默调皮。

(彭世强)

本篇普通话吟诵源自叶嘉莹先生所传古体诗吟调。

叶先生是北京人,用普通话语音吟诗,常把入声读成去声。本诗按此法吟"药""不"两个入声字。小诗以问答式展开,吟时注意体会诗人心情的变化:"问",要吟得柔和轻快,满怀希望;"言师采药去",转为失望,语速略慢;"只在此山中",看到一线希望,语速转快;"云深不知处",终究是寻而不遇,语速放缓,表现无可奈何的怅然。

(杜亚群)

登 乐 游 原

[唐] 李商隐

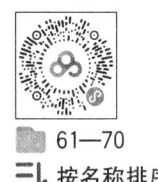
61—70
按名称排序

向晚意不适,

驱车登古原。

夕阳无限好,

只是近黄昏。

【整体赏析】

　　这是一首绝句佳作。作于会昌四五年间,李商隐往来京师,过乐游原。"乐游原"在长安(今陕西西安)城南。

　　这首诗表达了李商隐的伤感情绪。前两句点明登乐游原的时间和起因。傍晚时分,天色将暗,诗人心情不快,为纾解郁闷,于是驾着车外出,登上古老的乐游原。后两句描写了登上乐游原所见的景色,夕阳西下,景色壮丽美好,可是只剩下最后一点光华。美丽短暂易逝,诗句蕴含着浓浓的哲理,不仅是对夕阳的感慨,也是对自己、对时代所发出的悲叹。

　　此诗不用典,语言明白如话,感慨深沉,富于哲理,是李诗中少

五言绝句

有的。

（周丹丹）

【吟诵指要】

本篇普通话吟诵源自福建流水调。

诗中"无限好"是对眼前景色的热烈赞美，然而"只是"笔锋一转，转到深沉的哀伤中。吟到此句，音调也越来越低，好似诗人因无力挽留美好事物所发出深长的慨叹。

（郭繁荣）

梅　花

[宋]王安石

墙角数枝梅,

凌寒独自开。

遥知不是雪,

为有暗香来。

【整体赏析】

　　这首《梅花》是王安石绝句的代表作。

　　首句"墙角数枝梅",用语平淡自然。第二句"凌寒独自开",将众芳凋残,梅花独自傲雪绽放的状态写出,赞美了梅花不畏严寒的风骨。"遥知不是雪",点出梅花点点似雪的特征。"为有暗香来",指出梅花颜色高洁,香气浮动。

　　此诗将内心的情志渗透于笔下的景物中,结合诗人生平际遇,便能体会出他的身世之感。

(王　春)

【吟诵指要】

本篇普通话吟诵系彭世强原创调。

本诗王安石是以"梅花"自喻。吟诵者应立足于此,吟出他的执拗个性,傲然心态。开篇轻声吟出墙角梅花独开的画面,用力凸显"梅"字的弯曲调;又分别用长音和短音的对比,突出"凌寒"和"独自"。坦然吟咏"遥知",弯曲调强调"雪"。尾句用平静悠然语调反复吟咏,第二遍的"来"字用下行的旋律,长音强调,渐吟渐远,余音不绝。

(彭世强)

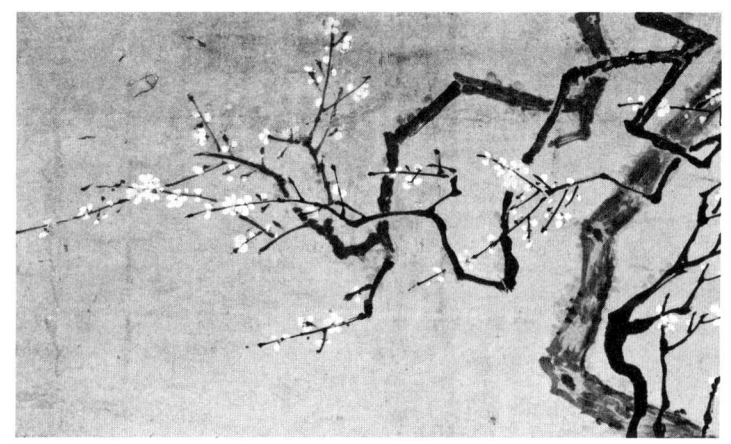

寻胡隐君

[明]高 启

渡水复渡水,

看花还看花。

春风江上路,

不觉到君家。

【整体赏析】

高启(1336—1374),字季迪,号槎轩,长洲(今江苏苏州)人。元末隐居吴淞青丘(今江苏吴县甪直),自号青丘子。洪武初,应召修《元史》,授翰林院国史编修。后擢户部侍郎,托辞退居青丘,以教书为业。有《缶鸣集》《高太史大全集》。

此诗主要描写了作者拜访友人的过程。"渡水复渡水,看花还看花",以重复的方式体现出友人隐居之所颇为遥远。"春风江上路",写作者欣赏沿途美景。"不觉到君家",诗人不知不觉中即到达胡隐君的住所。此诗通过"寻"的喜悦与对沿途景物的描写,表达了诗人对隐逸生活的赞美与向往。

全诗流畅自然,明白如话,韵味无穷,是一首颇为别致的写景佳作。

(王 春)

【吟诵指要】

本篇普通话吟诵依据陈以鸿先生参照唐调总结的传统吟诵"诗词调"推衍而成。

以诗的前两句为例,五言诗的吟诵节奏为"渡水—复渡—水——,看花——还看—花——","水""渡""水""花""看""花"是节奏点,节奏点上的字平声吟长,仄声较短,入声短促。边吟诵边展开想象,跟着诗人一条溪水又一条溪水,一片春花又一片春花,在"复"与"还"的惊喜中,不知不觉就找寻到隐居在山水深处的朋友了。"不觉"为入声字,声音短促,更显意外之趣。

(张妍群)

江　亭

[清] 朱彝尊

杨柳官亭外，

春来送客频。

伤心车马地，

泪尽复生尘。

【整体赏析】

朱彝尊(1629—1709)，字锡鬯，号竹垞，晚号小长芦钓师，秀水(今浙江嘉兴)人。康熙十八年(1679)举博学鸿词科，授翰林院检讨，入史馆纂修《明史》，康熙三十一年(1692)罢官归里。有《经义考》《曝书亭集》等。

此诗作于顺治九年(1652)，描写了离乱年代的生死离别。"杨柳官亭外"描写人们在官亭外送别。古人有折杨柳赠别的习俗，因此诗歌中的杨柳往往与离别相关，"官亭"是古代供过往官吏食宿的处所。"春来送客频"谓入春之后，离别之事频繁，展现了兵荒马乱时代人们的身不由己。"伤心车马地，泪尽复生尘"，写车马往来的地方，便是离人伤心之所，依依惜别的眼泪刚刚流尽，随着车马的驶去又扬起纷纷尘埃。

全诗借景抒情,语言简练,而情意深远。倾注了作者的无限悲痛,富有现实关怀。

(王 春)

【吟诵指要】

本篇普通话吟诵依据陈以鸿先生参照唐调总结的传统吟诵"诗词调"推衍而成。

诗中"客""复"为入声字,声音短促。以第一句为例,五言诗的吟诵节奏为"杨柳—官亭——外—","柳""亭""外"是节奏点,节奏点上的字平声吟长,仄声较短,入声短促。此诗写尽了离别之苦,江亭植杨柳,折柳赠离人,又是春来到,又是送客时,一年又一年,江亭见证了无数离别场景。"泪尽复生尘",离人泪已流尽,尘土无情复生,实为人间永远的悲哀。需边吟诵边感悟此悲叹!

(张妍群)

七言绝句

回乡偶书(其一)

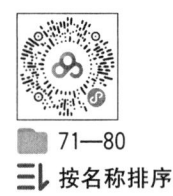

[唐] 贺知章

少小离家老大回,

乡音无改鬓毛衰。

儿童相见不相识,

笑问客从何处来。

【整体赏析】

贺知章(约659—约744),字季真,晚号四明狂客,越州永兴(今浙江萧山)人。证圣元年(695)进士及第,历任礼部侍郎、秘书监、太子宾客等职。

"少小离家老大回",诗人在很年轻的时候就离开了家乡。"乡音无改鬓毛衰",写自己家乡的口音还没有什么改变,而两鬓的头发却早已疏落。"儿童相见不相识,笑问客从何处来。"乡里的儿童看见我都不认识我,笑着询问道:"客人,您是从哪里来的?"

"偶书"表示诗是随时有所见、有所感就写下来的。全诗朴实无华,毫不雕琢,笔法轻快自然,却流露着诗人对世事沧桑的深沉感慨。

(陈思晗)

七言绝句

【吟诵指要】

本篇普通话吟诵依据陈以鸿先生参照唐调总结的传统吟诵"诗词调"推衍而成。

此诗中"不""识""客"为入声字,声音短促。第二句尾字"衰"需押韵,读"cui"。"少小"和"老大"吟诵时读高,强调的是作者离家的时间之久;将"毛衰"字音拖长,能感受到作者头发不仅是白了,而且白了很多,更增强表达效果。诗人这时的感情是悲喜交集,感慨与激动参半,也为唤起下两句儿童不相识而发问作好铺垫。"从""来"两个字吟诵时要拖长,是不是可以感受到作者从很远的地方回来的?要认真体会"客"这个入声字的坚决与果断。全诗就在这有问无答处悄然作结,而弦外之音却如空谷传响,久久不绝。

(张赟华)

本篇沪语吟诵系彭世强原创调。

作者"老大"稀发回乡,遇上儿童陌生"笑问",苦涩之意,隐约其中。开篇平平咏来,中速。可是"老大回"三字略起高音以强调衰老。下句吟诵"鬓毛衰"时,也不乏其意。第三句的"相见",不妨用一个短促音凸显"见"字,并作顿挫后迸发出"不相识"三字。末句轻轻吟咏"何处来",并延宕"来"音,让人觉得苦涩未尽。

(彭世强)

凉州词(其一)

[唐]王之涣

71—80
按名称排序

黄河远上白云间，

一片孤城万仞山。

羌笛何须怨杨柳，

春风不度玉门关。

【整体赏析】

王之涣(688—742)，字季凌，绛州(今山西新绛)人。善于描写边塞风光著称。

凉州，即今武威市，汉置"十三部刺史"，凉州为其一，地处西方，寒凉之地。凉州词，也称《凉州曲》，是唐时流行的一种曲调名。

"黄河远上白云间，一片孤城万仞山。"诗从远望写起，汹涌澎湃的黄河像从云端滚滚而来，一座孤城坐落在万仞的高山之中。"羌笛何须怨杨柳，春风不度玉门关。"笛声也在"怨杨柳"，春风吹不到玉门关以外偏远的荒寒地区。这里的"杨柳"指《折杨柳》曲，古人有折柳赠别的传统，因而杨柳常常使人想到离别与思念。玉门关，是古代通往西域的要道。

王之涣的这首诗被清代诗人王士禛称为唐人绝句的压卷之作,虽极写戍边者不得还乡的怨情,但写得悲壮苍凉,没有衰飒颓唐的情调,是盛唐诗歌豪迈壮阔的典型代表。

(陈思晗)

【吟诵指要】

本篇普通话吟诵依据陈以鸿先生参照唐调总结的传统吟诵"诗词调"推衍而成。

吟诵"白云间"时,入声字"白"的短促,平声字"云"的拖长和韵脚"间"字的再次拖长,突出了黄河之水源远流长的一种静态美。吟诵"孤城"时声音的低沉和延长,隐含着寂寞和孤独。"怨杨柳"三字语音层层升高,诵读中体现哀而不伤。吟诵"玉门关"时,入声字"玉"的短促高昂,平声字"门"的低沉拖长和韵脚"关"字的连绵延长,充分表达了即使是悲切的怨情,也是悲中有壮,悲凉而慷慨。

本诗中还有几个多音字:"远"读上声(远近),"上"读上声(平上去入),"间"读平声(中间),"不"读入声(不是),"度"读去声(度过,制度)。

(张赟华)

芙蓉楼送辛渐

[唐] 王昌龄

寒雨连江夜入吴，

平明送客楚山孤。

洛阳亲友如相问，

一片冰心在玉壶。

【整体赏析】

王昌龄(698—757)，字少伯，河东晋阳(今山西太原)人，一说京兆长安(今西安)人。开元十五年(727)进士及第。任江宁丞，故称"王江宁"。被谤谪龙标尉，又称"王龙标"。其诗以七绝见长，被誉为"七绝圣手"。

芙蓉楼，原名西北楼，在润州(今江苏镇江)西北，登临可以俯瞰长江。

"寒雨连江夜入吴，平明送客楚山孤。"凄冷萧瑟的秋雨下了一夜，注入江水向吴地流去。诗人天明的时候送辛渐离开。"寒雨"，指秋冬时节的冷雨。"连江"，雨水与江面连成一片，形容雨很大。"吴"是古代国名，这里是江苏南部、浙江北部一带的泛称。"平明"，天亮的时候。"楚山"，楚地的山，这里的楚也指南京一带，因为古代吴、楚先后统治过这里。"洛阳亲友如相问,一片冰心在玉壶。"诗人请辛渐向洛阳的亲友转达问候:"如果他们问起我来,就说我仍然保有一颗清澈无瑕、晶亮纯洁的心灵,不曾为世俗所污染。""冰心",比喻冰清圣洁的心灵。"玉壶",美玉制成的壶,比喻高洁的胸怀。

(陈思晗)

【吟诵指要】

本篇普通话吟诵源自陈少松先生传调。

此诗吟诵调子应平和,语速亦当舒缓。一二句平和,三四句自信坚定。"吴""孤""壶"是韵脚字,声音拖长,意韵悠长。前两句写景叙事,"夜"是去声字,声音短促,有寒雨凄冷孤寂之感。"孤"字要拖长,饱含对友人的牵挂和不舍。后两句感情坚定深挚,吟诵时整体语速可以放慢。"冰心"吟得要长,要重,强调自己孤介傲岸、冰清玉洁的坚守。最后一句里的"玉"是入声字,要读得短促和重,突出高洁之感。

(李小凤)

本篇沪语吟诵系彭世强原创调,此调渗有沪剧的旋律,正好表现作者滞留吴地的乡音特点。

吟诵本篇需把握注入浓情的关键词。首句"寒"字,虽不显眼,但与下句"孤"字相照应。前者用短音,瞬间带过,后者"孤"音,慢声延宕。孤而显寒,惜别之情,流露其中。第三句的"问"字,用弯曲调(沪语字调)加一个停顿来强调。末句"冰心"着意延长,"在玉壶"三字升起高音,延续不尽。以表达冰心纯洁,告慰亲友。

(彭世强)

出塞(其一)

[唐]王昌龄

秦时明月汉时关,

万里长征人未还。

但使龙城飞将在,

不教胡马度阴山。

【整体赏析】

这是唐代诗人王昌龄创作的边塞诗。

"秦时明月汉时关,万里长征人未还。"明月的寒光,照耀着荒凉的边塞。秦汉以来,边塞有无数献身边疆、至死未归的战士。"秦、汉"指历史的沧桑。"但使龙城飞将在,不教胡马度阴山。"只要有像飞将军李广那样的英雄镇守边疆,就绝不会让匈奴侵入中原。"不教",是不让、不许的意思。"胡马"用以代指入侵军队。"阴山",昆仑山的北支。

全诗气势豪迈,以雄劲的笔触,对当时的边塞战争生活作了高度的艺术概括,慨叹边战不断以及国无良将,渴望平息边患的美好愿望。

(陈思晗)

【吟诵指要】

本篇普通话吟诵为王兆鹏先生所传鄂东吟诵调。

吟诵时音节高亢，正适于表现这首边塞诗的豪情。首句"关"字入韵，拖长音，吟出悠长的历史感。"万里"句感慨将士之牺牲，吟时转为低沉。第三句"飞将"重读，吟得高而短促，表达对英雄的礼赞，末句以高音收束，保持豪迈昂扬的情绪。

（姚　蓉）

本篇普通话吟诵源自陈琴先生传调。

这是一首平起平收，首句押韵的七言近体绝句。首句互文，两个"时"字长音，表达出了历史的久远。"万里"在古代即遥远不及之意。"但使""飞将"高音强调。末句"教"字按格律读平声，是"让""使"的意思，读长音，有长久之感。"阴山"长音，状阴山之大。"不""胡马""度"都是高音，表示强调。王昌龄所处的时代，正值盛唐，全民族的自信心极强，边塞诗人的作品中，多能体现一种慷慨激昂的向上精神，和克敌制胜的强烈自信。吟诵时应读出这种昂扬之感。

（苑建华）

送元二使安西

[唐]王　维

渭城朝雨浥轻尘,

客舍青青柳色新。

劝君更尽一杯酒,

西出阳关无故人。

【整体赏析】

　　这是王维为送元二出使安西而作的送别诗。元二,姓元,排行第二,是作者的朋友。安西,指唐代安西都护府,在今新疆库车附近。

　　"渭城朝雨浥轻尘,客舍青青柳色新。"清晨下过一场小雨,把空中的浮尘都洗掉了。朝雨过后,柳枝愈见青翠,客舍在葱翠辉映中,有种焕然一新的感觉。"渭城"即秦都咸阳故城,在长安西北,渭水北岸。"浥",打湿。"客舍",旅馆。"劝君更尽一杯酒,西出阳关无故人。"再干了这一杯吧,出了阳关,可就再也见不到老朋友了。"阳关",在今甘肃敦煌西南,是古代通西域的要道。

　　这首诗写离别,写得深挚,千载之下最容易引起共鸣。"渭城""阳

七言绝句

关",成为后世曲谱名,为"渭城曲"或"阳关三叠"。

(陈思晗)

【吟诵指要】

本篇普通话吟诵依据陈以鸿先生参照唐调总结的传统吟诵"诗词调"推衍而成。

从格律上看,这首诗的第二句和第三句是失粘的,被称为"折腰体",吟诵时要注意这一点。前两句,可以吟得略微轻柔明快,突出环境的明朗清新。后两句,感情比前两句浓烈深挚,吟诵时整体语速可以放慢。最后一句里的"出"是入声字,要读得短促一些。"无故人"三个字可以拖长,以凸显难舍难分的惜别之情。

(姚 蓉)

本篇普通话吟诵源自演员刘佩琦的吟诵调,带有陕西风味。

开篇在朝雨浥尘,柳色清新的环境中,劝酒惜别,也不算陌生,可浓烈的惜情该表现在"更尽"字中,吟者要用力吐字!紧接着的是无音乐旋律的"一杯酒",再加上陕西方言的"酒"字,特有力度的处理,这样便给人以意外的声音感染。末句力度不减,速度却减,"无故人"三字语调下抑,更有哽咽之效。用陕西方言吟咏,更显西北人豪放浓烈的别情。

(彭世强)

九月九日忆山东兄弟

[唐]王　维

独在异乡为异客，
每逢佳节倍思亲。
遥知兄弟登高处，
遍插茱萸少一人。

【整体赏析】

　　这是一首思乡怀亲诗。九月九日，即重阳节，古人有登高的习俗。王维家乡蒲州在华山东面，所以称故乡的兄弟为山东兄弟。

　　"独在异乡为异客，每逢佳节倍思亲。"在异乡孤独的游子，遇到美好的节日，就越发容易思念自己的亲人。"遥知兄弟登高处，遍插茱萸少一人。"兄弟们今天登高时身上都佩上茱萸，但是身边却少了我。茱萸，一种香草，古时人们认为重阳节插戴茱萸可以避灾克邪。

（陈思晗）

七言绝句

【吟诵指要】

本篇普通话吟诵源自陈少松吟诵调。

这是游子思念家乡的短诗。开篇"独在"两字都是仄声字,用一字一顿的短音,能凸显游子的伤感之情。首句末尾的"异客"作相同处理。第二句音量稍有升高,吟咏"思亲"两字时让浓浓的思亲之愁,融于长音之中。吟咏"登高处"时,先高后低,戛然而止于"处"字,更显哽咽之状。末句"少一人"则用徐徐而去,久久才止的长音,表达不绝之伤感。

(彭世强)

本篇沪语吟诵依据陈以鸿先生参照唐调总结的传统吟诵"诗词调"推衍而成。

吟诵时首句突出两个"异"字,渲染孤独之感。第二句突出"倍"字,以见平时无不思念,而佳节尤甚。末句突出"少"字,以见兄弟思念之情至深至切。

(孙蕴芳)

早发白帝城

[唐] 李 白

朝辞白帝彩云间，

千里江陵一日还。

两岸猿声啼不住，

轻舟已过万重山。

【整体赏析】

  这是一首七言绝句。公元758年，李白因参与永王之乱被判流放夜郎（今贵州桐梓一带）。次年春，西行至巫山时遇赦，即从白帝城乘舟返回江陵，在途中写了这首诗。白帝城故址在今重庆市奉节县。

  "朝辞白帝彩云间，千里江陵一日还。"诗人于清晨踏上归程。从江上往高处看，可以看见白帝城彩云缭绕，景色绚丽。顺流而下，千里之遥的江陵一天之间就可以到达。江陵，即今湖北荆州。据测算，从白帝城到江陵，约一千二百里，其间包括七百里三峡。"两岸猿声啼不住，轻舟已过万重山。"当三峡猿声还回荡在耳边时，轻快的小船已驶过连绵不绝的万重山峦了。"猿声"，郦道元《水经注》记载，三峡两岸

七言绝句

"常有高猿长啸,属引凄异。空谷传响,哀啭久绝"。

　　此诗是李白诗作中流传最广的名篇之一。诗人把遇赦后愉快的心情和江山的壮丽多姿、顺水行舟的流畅融为一体来表达,写得流丽飘逸,又不假雕琢,自然天成。

（陈思晗）

【吟诵指要】

本篇普通话吟诵系彭世强原创调。

　　开篇两句便要凸显其喜。"彩云间"三字音不高,调且长。次句立即提升音高,"千里"和"一日",由低而高,转而平缓吟出"两岸猿声"后,忽然快节奏吟出"啼不住",语速突变,足见其兴奋和激动。末句高音起调并作重复,第一遍吟调高扬,第二遍吟声却稳稳当当地平伸而去,凸显李白惊喜后的豁然。

（彭世强）

黄鹤楼送孟浩然之广陵

[唐] 李 白

故人西辞黄鹤楼,

烟花三月下扬州。

孤帆远影碧空尽,

唯见长江天际流。

【整体赏析】

这是一首送别诗。黄鹤楼,故址在今湖北武汉市蛇山的黄鹄矶上,下临长江。广陵,是扬州的别称。

"故人西辞黄鹤楼,烟花三月下扬州。"好朋友在黄鹤楼辞行,于阳春三月乘舟去扬州。"烟花",形容艳丽的春景。"孤帆远影碧空尽,唯见长江天际流。"孤舟帆影渐渐消失在碧空中,只看见滚滚长江向天边流去。

这首诗写离别,却写得飘逸灵动,是一种开朗、明快的艺术风格。

(陈思晗)

七言绝句

【吟诵指要】

本篇普通话吟诵系彭世强原创调。

送别挚友,先倒是兴奋喜悦!这就是李白,因为好友将赴江南胜地——扬州!首句"黄鹤楼"的"楼"字,用长音强调,下句的"下"字,本是仄声,理应短促,可这里用一个夸张的滑音吟出,就更显李白豪放个性!然而后两句诗情有变,远望"孤帆",即将消失,李白伤愁之情涌现,故吟咏的节奏,突变徐缓,"尽"字收音却迅疾。末句怅然而吟"天际流……""流"音长而渐轻,惜别之情久久无绝!

(彭世强)

江畔独步寻花

[唐]杜 甫

黄四娘家花满蹊,

千朵万朵压枝低。

留连戏蝶时时舞,

自在娇莺恰恰啼。

【整体赏析】

这首绝句约作于唐肃宗上元二年(761),杜甫寓居成都浣花溪畔草堂之时,是《江畔独步寻花七绝句》中的第六首。

"黄四娘家花满蹊,千朵万朵压枝低。"黄四娘家的小路边花木繁盛,花开朵朵,枝丫低垂。"黄四娘"即黄姓,在家中排行第四的女子,"蹊"即小路。"留连戏蝶时时舞,自在娇莺恰恰啼。"繁花盛开吸引了蝴蝶在此留连,还有娇莺婉转的啼叫声。"恰恰"即莺啼声。

这首诗随兴而发,语言明白晓畅,展现了杜甫生活安定时的闲情逸致。

(郭雪颖)

【吟诵指要】

本篇普通话吟诵与沪语吟诵均系彭世强原创调。沪语由刘丽吟诵。

本诗写杜甫在邻居黄四娘家见繁花茂盛,蝶舞莺歌的生动景象。前两句需用轻盈长音袅袅延长,尽显其喜。后两句的"时时"和"恰恰"形成长拖音和短促音的对比;"舞"和"啼"形成短促音和长拖音的对比,这就将诗人欣喜的程度叠加表现了。

(彭世强、刘丽)

绝　句

[唐] 杜　甫

两个黄鹂鸣翠柳，

一行白鹭上青天。

窗含西岭千秋雪，

门泊东吴万里船。

【整体赏析】

　　这首诗作于唐代宗广德二年(764)的春夏之交，这时候安史之乱已经平定一年有余，杜甫结束了漂泊，重新回到成都浣花溪草堂，过上了稍为安定的生活。

　　这首诗写成双入对的黄鹂鸟在葱翠的柳树间啼叫，一行白鹭在湛蓝的天空中适意翱翔。诗人远望窗外西岭的雪山，积雪终年不化，近看附近还停泊着来自远方的航船。四句诗一句一景，构成四幅生动的画面。

　　春天万物竞发，生机盎然，国家也在结束战乱后逐渐恢复和平的秩序。诗人以浅近、轻快的语言记录下这些平淡安宁的生活，流露出对现实的欣喜。

(陈思晗)

【吟诵指要】

本篇普通话吟诵依据陈以鸿先生参照唐调总结的传统吟诵"诗词调"推衍而成。

诗中"一""白""雪""泊"为入声字,声音短促。以第一句为例,七言绝句的吟诵节奏为"两个—黄鹂——鸣翠—柳—","个""鹂""翠""柳"是节奏点,节奏点上的字平声吟长,仄声较短,入声短促。诗人历经战乱流离,回到成都草堂,美好景物的抒写呈现出安定祥和的生活状态。

(张妍群)

江南逢李龟年

［唐］杜　甫

岐王宅里寻常见，

崔九堂前几度闻。

正是江南好风景，

落花时节又逢君。

【整体赏析】

　　这是一首七言绝句。李龟年是唐代著名的音乐家，曾受唐玄宗赏识。安史之乱后，杜甫漂泊到江南一带，和同样因战乱流落到此的李龟年重逢，回忆起往日的繁华和盛况，写下了这首诗。

　　"岐王宅里寻常见，崔九堂前几度闻。"作者曾经在岐王和崔涤家里常常看到李龟年的演出。岐王，唐玄宗李隆基的弟弟，名李范，雅善音律。崔九，名崔涤，曾任殿中监，出入禁中，深得玄宗宠幸。"正是江南好风景，落花时节又逢君。"江南风景美好，在暮春落花时节又重逢李龟年。"落花时节"，指人的衰老没落，或者指社会的丧乱凋敝。这首诗写美好的事物烟消云散，繁华不再了。经历过安史之乱的唐朝业已凋敝,杜甫漂泊到潭州,晚境非常凄凉。与李龟年的重逢,触发了无限沧桑之感。

(陈思晗)

【吟诵指要】

本篇普通话吟诵源自萧善芗先生家传吟诗调,依七律平起仄收式格律节奏而吟。

吟诵时,"宅""落""节"为入声,吟得短促。前两句写盛世、盛况,吟得飞扬,音色亮;后两句写衰世、衰年,吟得低沉,音色暗。"好风景""落花时节",强调暮春景色,顿挫吟。"又逢君"三字,蕴无穷酸泪,有深重的沧桑之感,低吟缓收,沉郁感慨。

(杜亚群)

本篇沪语吟诵依据陈以鸿先生参照唐调总结的传统吟诵"诗词调"推衍而成。

本诗中"宅、落、节"是入声字,吟得短促。"闻、君"押平声"文"韵,吟时拉长。这首诗写遭逢时乱,盛世转衰,个人之凄凉流落,故末句尤其要吟出伤感之情。

(孙蕴芳)

逢入京使

[唐] 岑 参

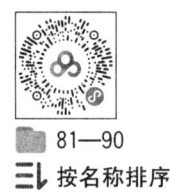

故园东望路漫漫,

双袖龙钟泪不干。

马上相逢无纸笔,

凭君传语报平安。

【整体赏析】

　　这首七言绝句写诗人思乡之情。天宝八年(749),岑参第一次远赴西域,充安西节度使高仙芝幕府书记,希望有机会建功立业,征途逢长安使者。

　　"故园东望路漫漫,双袖龙钟泪不干。"回头东望,家乡已经相隔很远了,路途漫漫,双袖都被思乡的泪水浸湿了,很久都没有干。"龙钟",涕泪淋漓的样子。"马上相逢无纸笔,凭君传语报平安。"路途中相遇一位回长安的使者,没有准备纸笔写信,于是便委托他捎个简单的口信回去,告诉家人自己一切平安。

　　这首诗语言朴素自然,余味深长,既表现了诗人思念故土、眷恋亲人的柔情,又表现了渴望建功立业的豪迈胸襟,柔情与豪情交织,感人至深。

(陈思晗)

【吟诵指要】

本篇普通话吟诵源自戴君仁先生所传近体诗吟调,依七言平起平收式格律节奏而吟。

此诗押十四寒韵,"漫"作韵脚,读作平声 mán。首句回望长安路远迢迢,"漫漫"长吟。第二句"泪不干",夸张手法,重吟,思乡深切。第三句,"马上相逢",匆匆一见,吟速略快。第四句,万语千言浓缩在"报平安"三字,拖腔长吟,传达朴素真情。

(杜亚群)

本篇沪语吟诵依据陈以鸿先生参照唐调总结的传统吟诵"诗词调"推衍而成。本诗中"不、笔"是入声字,吟得短促。"漫、干、安"押平声"寒"韵,吟时尾音拉长。

(孙蕴芳)

滁州西涧

[唐]韦应物

独怜幽草涧边生,

上有黄鹂深树鸣。

春潮带雨晚来急,

野渡无人舟自横。

【整体赏析】

韦应物(约737—791),字义博,京兆杜陵(今陕西西安)人。以门荫入仕,任滁州、江州刺史,检校左司郎中、苏州刺史等职。约贞元七年(791)初,卒于苏州。世称"韦苏州""韦左司"或"韦江州"。

韦应物游览滁州西涧,写下了这首小诗。"独怜幽草涧边生,上有黄鹂深树鸣。"诗人独喜爱涧边生长的幽草,上有黄莺在树阴深处啼鸣。"春潮带雨晚来急,野渡无人舟自横。"傍晚下过雨,潮水涨得更急,郊野的渡口没有行人,只有一艘小船停在河里。

全诗写景闲淡幽寂,表现了诗人高洁笃静,甘于寂寞恬淡的精神品格。

(陈思晗)

七言绝句

【吟诵指要】

本篇普通话吟诵系彭世强原创调。

作者写深谷幽涧,感慨万千。第一句吟调低沉,怜爱之情化为"独怜"的长音和"生"字的重音;第二句吟至"黄鹂"飙升高音,"鸣"字更是拉长,着意表现"黄鹂"鸣叫;第三句的"急",顿挫明显,衬托末句"无人"和"舟自横"的长音延续,于是,诗人的高洁孤寂,便尽显其中。

(彭世强)

本篇沪语吟诵依据陈以鸿先生参照唐调总结的传统吟诵"诗词调"推衍而成。

这是一首平起的折腰体七言绝句。诗中"独""急"为入声字,声音短促,不要长吟。其余几句尾字均长吟。最后一句尾字"横"在沪语发音中只有一种读音,读"wáng"。

(张赟华)

枫桥夜泊

[唐]张 继

月落乌啼霜满天,

江枫渔火对愁眠。

姑苏城外寒山寺,

夜半钟声到客船。

【整体赏析】

张继(生卒年不详),字懿孙,襄州(今湖北襄阳)人,天宝十二载(753)进士,大历年间,曾以检校祠部员外郎为洪州(今江西南昌)盐铁判官。枫桥,在今苏州市阊门外。安史之乱中诗人向江浙一带逃难,经过苏州,泊船于此。

"月落乌啼霜满天,江枫渔火对愁眠。"月亮落山,乌啼夜静,霜寒逼迫。江边的枫树与渔船的点点烛火,陪伴着难以入睡的诗人。"霜满天",夜晚的寒气,诗人对空气严寒的一种直觉感受。"姑苏城外寒山寺,夜半钟声到客船。"苏州城外寒山寺里的钟声,随着夜半寒风吹到诗人的船上。寒山寺在枫桥附近,始建于南朝梁代,相传因唐代僧人寒山、拾得曾住此而得名;或说寒山寺并不是专名,而是指寒冷的夜晚所见山上的一座普通寺庙而已。

霜天寒夜,诗人独宿在城外的小船上,寂寞清冷,难以成眠。这首诗动静相生、明暗相衬,境界空灵旷远。

(陈思晗)

【吟诵指要】

本篇普通话吟诵源自陈少松先生传调。

诗中第一句中"月落"两字是入声字,要吟得短促;"落"是节奏点上的字,要吟得短促而重。"啼"字拖长,突出乌鸦啼叫。"霜满天"要转到寒气满天的低沉情绪。第二句中,"江枫"二字都是平声,"江"字吟得短而清楚,"枫"字拖长。"渔火"两字短促连续,"愁"字读音拉长,但要轻柔,与"眠"字形成对比。后两句,感情浓烈深沉,吟诵时整体语速放慢。"钟声"重音且拖长,有钟声悠长之感。最后一句中的"到"是去声字,吟得较短。"客船"可以拖长,凸显诗人的孤独,且这种孤独难以排遣、缠绵悠长。

(李小凤)

本篇沪语吟诵源自潘光博先生所传吟诵调。

本诗表达了游子浓烈的思乡之愁,由此决定其吟咏基调一定是忧伤的。吟咏"霜满天""对愁眠""到客船"的尾字,都可取沉缓的平声长音,与"寒山寺"的"寺"字,突然收紧的仄声顿挫,形成明显的对比。一放一收,既合格律诗的平仄规律,也利于表达强烈的心情触动。枫桥、寒山寺、姑苏城正是吴方言地域,用沪语吟诵似更有味。

(彭世强)

寒 食

[唐]韩 翃

春城无处不飞花,

寒食东风御柳斜。

日暮汉宫传蜡烛,

轻烟散入五侯家。

【整体赏析】

韩翃(生卒年不详),字君平,南阳(今河南)人,天宝十三载(754)进士及第,常年游幕,后受德宗赏识,官至中书舍人。"大历十才子"之一。

"春城无处不飞花,寒食东风御柳斜。"寒食时节已经到了暮春。暮春的京城,随处可见落花和柳絮在空中飞舞。"御柳",指皇家园林里所种的柳树。"日暮汉宫传蜡烛,轻烟散入五侯家。"一队队内侍捧着蜡烛从皇宫里出来,伴随一缕缕轻烟,向勋贵家里送去。"汉宫",代指唐宫;"五侯",汉成帝时封王皇后的五个兄弟为侯,受到特别的恩宠,这里泛指朝廷勋贵。

七言绝句

这首诗描写了一片春和景明、政通人和的气象,整体上是温馨的,所以流传很广。

(陈思晗)

【吟诵指要】

本篇普通话吟诵依据陈以鸿先生参照唐调总结的传统吟诵"诗词调"推衍而成。

此诗押"麻"韵,拖长后有开阔之感,这里给人单纯开朗的感觉,表现出寒食节一派祥和的气氛。"城""花""风"拖长,有京城很大、杨花漫天飞舞、春风一直吹拂之感。"宫""烟""家"拖长,有宫城很大、轻烟袅袅、文武百官很多之感。"蜡烛""入"都是入声字,读得短促。第二句尾字"斜"读"xiá"。

(张赟华)

夜上受降城闻笛

[唐] 李 益

回乐峰前沙似雪,

受降城外月如霜。

不知何处吹芦管,

一夜征人尽望乡。

【整体赏析】

　　李益(746—829),字君虞,陇西姑臧(今甘肃武威)人,大历四年(769)进士,初任郑县(今陕西华县)主簿。建中四年(783)登书判拔萃科,历官幽州营田副使等。唐文宗太和初年,以礼部尚书致仕。

　　这是一首描写戍边将士思乡的诗。"回乐峰前沙似雪,受降城外月如霜。"霜白的月光照在回乐峰前的沙地上,像是蒙上了一层雪。唐代有回乐县,在今宁夏回族自治区灵武县西南,回乐峰即当地山峰。史载唐太宗曾亲临灵武接受突厥一部的投降,因而这里有"受降城"之名。"不知何处吹芦管,一夜征人尽望乡。"不知道是哪里有人吹奏芦笛,幽怨的笛声触动了征人的乡愁,他们一个个夜不能寐,忧郁地望着远方的家乡。

全诗语言洗练,节奏平缓,写出了征人眼前之景,心中之情,诗意婉曲深远。

(陈思晗)

【吟诵指要】

本篇普通话吟诵源自胡邦彦先生传调。

本诗吟咏要有一个画面感:边关将士翘首而望,顿生"沙似雪""月如霜"之心寒,又闻异乡凄凄冷冷的笛声。吟者眼前呈现这样的立体声画面,自然会以轻冷之声徐徐而出。末句点题,不妨将关键的"尽望乡"三字,反复吟咏一遍。第二遍吟调下行,显苦涩之感。

(彭世强)

本篇普通话吟诵据陈以鸿先生参照唐调总结的传统吟诵"诗词调"推衍而成。

诗歌前两句借寒气袭人的景物来渲染心境的愁惨凄凉,吟诵时要营造空旷悲凄之感,后两句由视觉形象引动绵绵乡情,进而由听觉形象把乡思的暗流引向滔滔的感情,吟诵时声调上扬。尾句"尽望乡"拖长音,以表现宛转蕴藉之意境。诗中"乐""雪""月""不""一"是入声字,吟得短促。

(徐　静)

乌 衣 巷

[唐] 刘禹锡

朱雀桥边野草花，

乌衣巷口夕阳斜。

旧时王谢堂前燕，

飞入寻常百姓家。

【整体赏析】

　　这是唐代诗人刘禹锡创作的一首怀古诗。唐敬宗宝历二年（826），刘禹锡由和州（今安徽和县）刺史任上返回洛阳，途经金陵（今南京），写了一组咏怀古迹的诗篇，总名《金陵五题》，这是其中第二首。

　　"朱雀桥边野草花，乌衣巷口夕阳斜。"朱雀桥边野花野草丛生，乌衣巷边，一抹残阳正在缓缓下落。"朱雀桥"，六朝时金陵正南朱雀门外横跨秦淮河的大桥，在今南京市秦淮区。"乌衣巷"，是南京城内街名，位于秦淮河之南，与朱雀桥相近。东晋时王导、谢安等权贵家族，都居住在乌衣巷。"旧时王谢堂前燕，飞入寻常百姓家。"那些曾经栖息在王、谢权门的燕子,已经飞入普通的百姓人家了。诗人抚今追昔,想起那些世家大族、一时权贵,都随着历史烟消云散。

诗中通过野草、夕阳的描写,巧妙地以燕子作为古今变迁的见证,把历史和现实联系起来,表达了盛衰时移的感慨。

(陈思晗)

【吟诵指要】

本篇普通话吟诵源自屠岸先生传调,是典型的常州吟诵调。

《乌衣巷》是一首七言绝句,仄起平收,首句入韵。吟者把常州方言吟诵改版成普通话吟诵,旋律基本不变。本篇普通话吟诵完全遵循平长仄短的吟诵规则。首句"朱雀桥边"四字连吟,"边"是节奏点上的字,照例长吟;韵脚"花"字的拖腔稍显虚无,使人感觉朱雀桥边花草丛生,是何等的衰败凄凉。次句句调悠长,"阳"字拖长腔,吟得意境深远;而"斜"字吟调缓缓下沉,突出了日薄西山的惨淡情景。第三句"时""前"两个节奏点上的平声字拖腔,整句吟得较为平缓,这是诗人的想象,是虚句。与其相对的实景、实句是末句"飞入寻常百姓家","入"和"百"是入声字,用吴语音吟得极为短促,"常""家"两字吟腔悠然,舒缓收结,在今昔对比中给人留下无尽的遐想。

本篇沪语吟诵系须强原创调。与普通话吟诵相比,吟速明快,旋律流畅,吴语音突出,别有一番风味。

(须　强)

本篇王伟勇先生闽南语吟诵源自台湾地区天籁调,依七绝仄起平收式格律节奏而吟。

吟诵时,闽南语"斜"读(tshiâ),与"家"声韵和谐。闽南语入声字"雀、夕、入、百"吟得短促。

（杜亚群）

近试上张水部

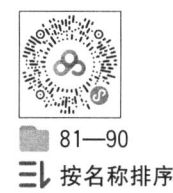

[唐]朱庆余

洞房昨夜停红烛，

待晓堂前拜舅姑。

妆罢低声问夫婿，

画眉深浅入时无？

【整体赏析】

朱庆余（生卒年不详），字可久，越州（今浙江绍兴）人。敬宗宝历二年（826）进士，授秘书省校书郎。曾客游边塞。

这是一首行卷诗。张水部，指张籍，时任水部员外郎。

"洞房昨夜停红烛，待晓堂前拜舅姑。"洞房里昨天夜里留着的红烛一夜没熄，新媳妇等待天亮到堂前去拜见公婆。"停"，唐人口语，蜡烛通夜不灭称"停"。"舅姑"，是公公婆婆的意思。古代风俗，头一天晚上结婚，第二天清早正式拜见公婆，是一个很重要的礼节，所以诗里新妇忐忑不安，早早起来坐着。"妆罢低声问夫婿，画眉深浅入时无。"梳妆打扮完还低声问丈夫：我描画的眉毛，颜色深浅，是否合乎潮流？

这首诗以男女爱情关系比拟君臣、师生等其他社会关系,是中国古典诗歌中从《楚辞》就开始出现的一种传统表现手法。这首诗字面上写一个闺房新妇,实则是朱庆余自比,去征求张籍的意见。全诗语言浅易,描写新妇形象娇嗔可爱、活泼灵动。

(陈思晗)

【吟诵指要】

本篇普通话吟诵依据陈以鸿先生参照唐调总结的传统吟诵"诗词调"推衍而成。

首句"昨""烛"为入声字,要吟得短促。后三句描写新娘"拜舅姑"前的忐忑心情,吟诵时节奏稍缓,平仄读出上下跳跃之感,体现其忽上忽下的不平心绪。

(姚　蓉)

本篇镇江方言吟诵源自胡邦彦先生传调。

作者以新婚女子妆成问夫婿"入时无",暗喻自呈诗文于张籍"探路"。吟咏时要以"新娘"娇嗔的口吻发问。尤其在吟"入时无"一句时,款款问来,低音委婉延宕许久。

(彭世强)

江 南 春

[唐] 杜 牧

千里莺啼绿映红，

水村山郭酒旗风。

南朝四百八十寺，

多少楼台烟雨中。

【整体赏析】

  这是唐代诗人杜牧创作的一首写景诗。杜牧(803—约852)，字牧之，京兆万年(今陕西西安)人。宰相杜佑之孙，唐文宗大和二年(828)进士及第，授弘文馆校书郎，历任国史馆修撰，膳部、比部、司勋员外郎，黄州、池州、睦州刺史等职。晚年居长安南樊川别墅，后世称"杜樊川"。有《樊川文集》《樊川诗集》。

  "千里莺啼绿映红，水村山郭酒旗风。"千里江南，处处莺歌，红花绿叶，依山傍水的城郭与村落，遍地都有迎风招展的酒旗。"南朝四百八十寺，多少楼台烟雨中。"多少历代江南寺院，在烟雨空蒙中若隐若现。南北朝时期南朝佛教盛行，在京城(今南京)一带大建佛寺。这里说四百八十寺,是虚数。

这首诗流露着一点浅淡的忧郁,诗人在写景的同时,生出一种历史的沧桑感。

（陈思晗）

【吟诵指要】

本篇普通话吟诵依据陈以鸿先生参照唐调总结的传统吟诵"诗词调"推衍而成。

《江南春》是一首仄起平收七言绝句,所以在吟诵时首句起调要高一些。特别要注意的是"四百八十"这几个入声字,要快速而又顿挫地吟出,并及时收住,像乐谱中的休止符,这样可以增加诗的韵律感。另外"寺"是去声字,要体现出曲折变化。

（姚　蓉）

清 明

[唐] 杜 牧

清明时节雨纷纷，

路上行人欲断魂。

借问酒家何处有？

牧童遥指杏花村。

【整体赏析】

这是杜牧的一首行旅诗。

"清明时节雨纷纷，路上行人欲断魂。""欲断魂"，形容伤感极深。"行人"，指远离家乡，在外行旅之人。清明节有祭祖的习俗，扫墓祭祖、阴雨蒙蒙，在感伤的氛围中，一个人孤零零地在外面赶路，这就又增添了一层愁绪。"借问酒家何处有？牧童遥指杏花村。"想找一家酒馆，问了问路上放牛的牧童，小孩指向前面杏花深处，隐约飘着一面酒旗。

整首诗语言通俗，不假雕饰，细雨纷纷、杏花村落、牛背牧童、酒旗飘动，景象清新，愁绪悠悠。

（陈思晗）

【吟诵指要】

本篇普通话吟诵依据王兆鹏先生所传鄂东吟诵调推衍而成。

此诗表现诗人清明时节的感伤和缅怀情绪,吟诵时韵脚字"纷""魂""村"要拖长音,以造成哀伤低沉的效果。"雨"是上声字,它是第一句中的最高音,要重读。"纷纷"叠音,要拖长,给人以又密又小、弥漫无边的感觉。"欲"字为入声字,重音强调"断魂"的心境。"借问酒家何处有"一句有五个仄声字,吟的时候用短音,突出作者内心的焦灼。最后一句中"杏花村"三字拖长,吟出可望尚不可即的忧伤。

(姚　蓉)

本篇沪语吟诵系彭世强原创调。

此诗既然是"雨纷纷""欲断魂"的环境,吟咏基调必定低沉惆怅。可是,常有的误区是忽略问酒家的心理背景。这一问,硬是为了摆脱愁绪而问酒。"何处有"之吟,不妨高扬而起。关键是末句的处理,莫要处理成牧童轻松一指,却要表达问者的几分伤感。因为问者忽然感到"杏花村"饮酒,未必能脱愁,所以,末句吟咏依然有持续的伤感。

(彭世强)

嫦　娥

[唐]李商隐

云母屏风烛影深，

长河渐落晓星沉。

嫦娥应悔偷灵药，

碧海青天夜夜心。

【整体赏析】

这是李商隐的一首咏怀诗。

这首诗通过描绘长夜不眠的情景，抒发一种孤独寂寞的情绪，而抒情主人公是诗人自己还是别有所指，不可确知。"云母屏风烛影深，长河渐落晓星沉。"房间里，一盏烛光深深地投影在屏风上。天空中，银河逐渐西移坠落，那点缀着空旷天宇的寥落晨星，也慢慢开始下沉。"云母屏风"，以云母石制作的屏风。"长河"，指银河。"晓星"，指晨星。"嫦娥应悔偷灵药，碧海青天夜夜心。"嫦娥每日孤零零地在月亮上面，冷落凄清，只能寂寞地看着碧海青天发愁，她应该会后悔当初偷药奔月吧。传说嫦娥偷了王母赠给后羿的长生不死药，成为仙子飞奔到月宫。长夜难眠的主人公因而同病相怜,与其说是对嫦娥处境心情的揣度,不如说是主人公寂寞的心灵独白。

(陈思晗)

【吟诵指要】

本篇普通话吟诵依据陈以鸿先生参照唐调总结的传统吟诵"诗词调"推衍而成。

此诗抒发长夜不眠的孤独寂寞情绪,故而吟诵时声音要较低沉、迟缓。但"烛""落""药"等入声字不能拖长,应于高亢处及时收住,既增加诗歌的韵律感,又读出嫦娥心绪变化的起起落落。

(姚　蓉)

泊 船 瓜 洲

[宋] 王安石

京口瓜洲一水间,

钟山只隔数重山。

春风又绿江南岸,

明月何时照我还。

【整体赏析】

这是一首行旅诗。瓜洲在长江北岸,扬州南郊,即今扬州市南部长江边,为京杭运河分支入江处。

"京口瓜洲一水间,钟山只隔数重山。"诗人停船于瓜洲,看到江南岸的京口与瓜洲不过一水之隔。再远远望去,他的家乡南京钟山就在那几重山的后面。"春风又绿江南岸,明月何时照我还。"春风和煦,大江两岸生机盎然,明月什么时候照我回到家乡呢?作者通过江岸绿与明月还,婉转地表达了仕与隐之间的矛盾心理。

(陈思晗)

【吟诵指要】

本篇普通话吟诵依据陈以鸿先生参照唐调总结的传统吟诵"诗词调"推衍而成。

吟诵时,入声字"绿"高亢而短促,仿佛春风一到,江南一瞬间就春色遍布,生机勃勃。"春风""江南"两个长音表现辽阔的江南春色。"明月"读高,强调月亮这个象征团圆的意向,"何时""还"应拖长,吟出王安石对故地的恋恋不舍,以及早日功成身退、回乡团聚的心愿。

(郭繁荣)

惠崇春江晚景

[宋]苏　轼

竹外桃花三两枝,

春江水暖鸭先知。

蒌蒿满地芦芽短,

正是河豚欲上时。

【整体赏析】

　　苏轼(1037—1101),字子瞻,号东坡居士,眉州眉山(今属四川)人,宋仁宗嘉祐二年(1057)进士。历任密州知州、黄州团练副使、杭州知州等职。苏轼在诗、词、散文、书、画等方面取得很高成就。著有《东坡集》等。这是苏轼为僧人惠崇画的《春江晚景》所写的题画诗。

　　这首诗的大意是:竹林外两三枝桃花初放,鸭子在水中游戏,它们最先察觉了初春江水的回暖。河滩上已经满是蒌蒿,芦苇也开始抽芽,而河豚此时正要游到江河里来了。

　　此诗把无声的、静止的画面,转化为有声的、活动的诗歌,抒发了对早春的喜悦和对生活的热爱。

（陈思晗）

【吟诵指要】

本篇普通话吟诵系彭世强原创调。

吟咏本诗，语调适宜轻快悠远，"鸭先知"的"先"字，用长滑音尤显活力。末句"欲上时"的"欲"字，本是仄声字，不妨可以破格一吟，用长滑音更显赏美景的喜悦之情。

（彭世强）

本篇普通话吟诵系须强原创调。

这是苏轼的一首题画诗，七言绝句，仄起平收，首句入韵。首句高调起腔，"桃花""三两枝"等词吟得响亮，拖腔悠远，突出翠竹、桃花映入眼帘时的喜悦心情。次句"暖"字的急收有一个小旋律，颇为动听，"先"字的吟诵旋律一波三折，委婉绵长，表现春暖而生的喜悦心情。一急一缓，把"鸭先知"的抽象感觉较为形象地表现出来。第三句的"蒿""芽"两字声音悠长，告诉读者这是诗人看到的江边景物。它们怎么样呢？前者"满地"后者"短"，这两个词吟得干脆、短促，着力突出"蒌蒿"之多和"芦芽"之嫩。最后一句"正是河豚"四字连吟，吟速平稳；而"欲上"两字重读，声音一下子由低到高，使诗的意境平添生气，仿佛使人看到了江中欢乐翻腾的河豚鱼儿；韵脚字"时"拉长声音，徐徐收结。四句的吟调旋律组合在一起，总体上比较明快、流畅，较好地体现了题画诗中表现的美好春光和喜悦心情。

（须　强）

十一月四日风雨大作(其二)

[宋]陆　游

僵卧孤村不自哀,

尚思为国戍轮台。

夜阑卧听风吹雨,

铁马冰河入梦来。

【整体赏析】

　　这是南宋诗人陆游创作的一首咏怀诗。光宗绍熙三年(1192)十一月四日的夜里风雨交加,68岁的陆游听着风声雨声,辗转难眠,又想起他收复故土、报效祖国的志向,不由心生悲慨,写下此诗。

　　"僵卧孤村不自哀,尚思为国戍轮台。"诗人僵直地躺在孤寂荒凉的乡村里,没有为自己的处境而感到悲哀,心中仍然想着替国家戍守边境。"夜阑卧听风吹雨,铁马冰河入梦来。"夜将尽了,诗人躺在床上听着外面风雨交加的声音,就像战场厮杀一样。他迷迷糊糊地梦见自己骑着战马跨过冰河,在前线奋勇杀敌。"铁马",披着铁甲的战马。"冰河",冰封的河流,指北方地区的河流。陆游的爱国情怀和收复国土的强烈愿望,现实中已不可能实现,只能在梦里金戈铁马报效沙场。

(陈思晗)

【吟诵指要】

本篇普通话吟诵依据陈以鸿先生参照唐调总结的传统吟诵"诗词调"推衍而成。

这首七言绝句感情深沉悲壮,凝聚了诗人的爱国主义激情。首句"僵""孤"流露凄苦悲哀之意,但"不自哀"三字情绪急转,现出乐观豪放之气,并由此敞开心胸,直抒满腔热血、一颗忠心的慷慨激昂,但是一腔御敌之情只能形诸梦境的现实,还是让人难免心生悲情。吟诵这首诗,要注意体会诗人内心的丰富情感。诗中"不""国""铁""入"是入声字,吟得短促。

(徐　静)

四时田园杂兴(其三十一)

[宋]范成大

昼出耘田夜绩麻,

村庄儿女各当家。

童孙未解供耕织,

也傍桑阴学种瓜。

【整体赏析】

范成大(1126—1193),字致能,号石湖居士,平江吴郡(今江苏苏州)人。宋高宗绍兴二十四年(1154)登第,任徽州司户参军,累迁礼部员外郎。晚年隐居故乡石湖。有《石湖集》。

《四时田园杂兴》是范成大退居家乡后写的一组大型田家诗,共60首,这是其一,记录夏日生活中的一个场景。"昼出耘田夜绩麻,村庄儿女各当家。"白天在农田除掉杂草,夜晚把麻搓成线。村庄男耕女织,各司其事。"童孙未解供耕织,也傍桑阴学种瓜。"小孩子们不会耕也不会织,因耳濡目染,在茂盛成阴的桑树底下学着种瓜。

诗的前两句写成年人,紧张劳作,各不得闲。后两句写小孩子,百无聊赖,种瓜游戏。张弛结合,带着一些轻松活泼的笔调。

(陈思晗)

【吟诵指要】

本篇普通话吟诵依据陈以鸿先生参照唐调总结的传统吟诵"诗词调"推衍而成。

此诗前两句写村庄儿女劳作的忙碌能干,后两句写农村孩童的天真可爱,整首诗明朗清新,吟诵时前两句宜节奏略快,后两句宜多含赞赏之情。诗中"出""绩""独""各""织""学"是入声字,吟时要短促有力。

(徐　静)

晓出净慈寺送林子方

[宋]杨万里

毕竟西湖六月中,

风光不与四时同。

接天莲叶无穷碧,

映日荷花别样红。

【整体赏析】

杨万里(1127—1206),字廷秀,号诚斋,吉州吉水(今属江西)人,高宗绍兴二十四年(1154)进士。作诗自成一家,时称"诚斋体"。著有《诚斋集》。

这是杨万里创作的一首送别诗。净慈寺全名净慈报恩光孝禅寺,与灵隐寺同为杭州西湖南北山两大著名佛寺。林子方是作者的朋友,官居直阁秘书。

"毕竟西湖六月中,风光不与四时同。"毕竟是六月的西湖,风光景色到底和其他时节的不一样。"接天莲叶无穷碧,映日荷花别样红。"密密层层的荷叶铺展开去,一片无边无际的青翠碧绿,仿佛要与蓝天相连接；荷花盛开，在阳光辉映下，显得格外的鲜艳娇红。诗人抓住了盛夏时特有的景物，概括而又贴切，看似平淡的笔墨，展现了回味无穷的艺术魅力。

全篇只在描写西湖的美丽景色，通过对西湖的赞美曲折含蓄地表达对朋友的眷恋之情。

（陈思晗）

【吟诵指要】

本篇普通话吟诵源自台湾大学戴君仁先生传调。

这首七言绝句仄起平收，首句入韵。全诗完全按照平长仄短的规则吟诵。首句"毕竟西湖"四字喷口而出，配上"中"字的长吟，一下子奠定了轻快明朗的旋律特征。次句"光""时""同"三字曼声，突出西湖夏日风光的与众不同。第三句"天"字拖腔，强调莲叶茂盛；"碧"字是一个带有小旋律的急收，颇有吴语音的特征。末句"花""红"两字拖腔，突出荷花的红艳之美，一扫传统送别诗的哀伤凄婉之情。这首诗名为送别，实是写景，在比较明快的旋律声中，抒发作者对西湖美景的赞赏。

（须　强）

上京即事(其四)

[元]萨都剌

紫塞风高弓力强,

王孙走马猎沙场。

呼鹰腰箭归来晚,

马上倒悬双白狼。

【整体赏析】

萨都剌(1307—1359后),字天锡,别号直斋。祖父以勋留镇云代,遂为雁门(今山西代县)人。泰定四年(1327)进士,历官南台掾史、闽海廉访司知事、燕南廉访司经历等。有《雁门集》。

此诗于至顺四年(1333)六月,诗人赴上都而作。

"紫塞风高弓力强",北方边塞风力强,弯弓需有力。"王孙走马猎沙场"王公贵族子弟射猎,好似战沙场。"呼鹰腰箭归来晚",腰上带着弓箭的王孙和呼鹰,很晚才归来。"马上倒悬双白狼",打猎收获一双白色的狼。

此诗写观看元朝王孙狩猎的情景。通过对王孙打猎场景的描绘,写出了元朝上京的独有风貌,与唐宋边塞诗风貌大不同。

(谢安松)

【吟诵指要】

本篇普通话吟诵源自吕守经先生所传葛毅卿先生吟诗调,依七言仄起平收式格律规则而吟。

此诗押七阳韵,韵字"场"念平声 cháng。入声字"力""猎""白",吟得短促。吟此诗注意:前两句气氛热闹紧张,吟速较快,"弓力强"着力吟;后两句轻松愉快,吟速略缓,"归来晚""倒悬"需强化表现,"双白狼"重吟缓收,突出狩猎成果。

(杜亚群)

白　梅

[元] 王冕

冰雪林中著此身，

不同桃李混芳尘。

忽然一夜清香发，

散作乾坤万里春。

【整体赏析】

　　王冕(1287—1359)，字元章，号煮石山农，又号梅花屋主，浙江诸暨人。至正间李孝光、泰不华皆尝荐于朝，知元室将乱，故而辞不就。至正十八年冬明太祖攻克婺州，闻其名，召入幕府，授咨议参军，未几卒。有《竹斋诗集》。

　　此诗为王冕《素梅》组诗五十八首之一。"冰雪林中著此身"，即梅花身处冰雪之中。"不同桃李混芳尘"，梅花不同桃花李花，到春暖时才开放。"忽然一夜清香发"，指梅花的清香气独特。"散作乾坤万里春"，写梅花的清香远扬，散发天地间。

　　此诗写梅花的凌寒、高洁以及报春的精神，实际上，诗人是以梅花品格自喻。

（谢安松）

【吟诵指要】

本篇普通话吟诵依据陈少松先生传调推衍而成。

本诗将桃李与冰雪林中的白梅进行对比，"身""尘""春"是韵脚字，声音要拖长，意韵悠长。"冰雪""不同"重读，突出梅之素雅高洁，与众不同。"忽"为入声字，声调短促、有惊喜意外之感。"散"为去声，短促响亮，将对梅花的赞叹之情溢于言表，吟诵时整体语速可以放慢，有平和喜悦之感。"万里"吟得要长、要重，强调范围之广，末句韵脚字"春"要吟得悠长舒缓，突出赞叹白梅高洁之情。

（李小凤）

茶陵竹枝歌(其七)

[明]李东阳

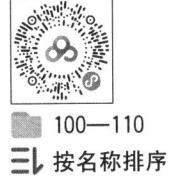

春尽田家郎未归,

小池凉雨试绤衣。

园桑绿罢蚕初熟,

野麦青时雉始飞。

【整体赏析】

李东阳(1447—1516),字宾之,号西涯,湖南茶陵人。天顺八年(1464)进士。弘治八年以礼部侍郎兼文渊阁大学士。官至华盖殿大学士、吏部尚书。有《怀麓堂集》《怀麓堂诗话》。

此诗作于成化八年春夏间,时李东阳随父亲回湖南茶陵扫墓。

首句"春尽田家郎未归",晚春时节,田间劳作的农民还没有归来。"小池凉雨试绤衣",农妇在小池边凉雨中试葛布衣。"绤(chī)衣",即细葛布制成的衣服。"园桑绿罢蚕初熟",园中的桑树绿了,蚕开始吐丝。"园桑"即桑树。"蚕初熟"蚕吐丝结茧。"野麦青时雉始飞",田间麦子返青的时候,野鸡开始飞跳。"雉",即野鸡。

竹枝歌多写地方风情,以巴渝竹枝词为代表。此诗纯用白描手法写晚春初夏时节农村田间景象,描写自然生动,极具生活气息。

(谢安松)

【吟诵指要】

本篇普通话吟诵依据陈以鸿先生参照唐调总结的传统吟诵"诗词调"推衍而成。

此诗描写农村晚春农事和生活场景,颇具民歌风味,故而吟诵时声音要清亮、活泼。第三句"熟"为入声字,不能拉长,以短而顿挫的方式增添诗歌的跳跃感。

(姚 蓉)

席上鼓饮歌送元美(其二)

[明]李攀龙

落日衔杯蓟北秋,

片心堪赠有吴钩。

青山明月长相忆,

白草塞云迥自愁。

【整体赏析】

李攀龙(1514—1570),字于鳞,号沧溟,山东济南府历城(山东济南)人。嘉靖二十三年(1544)进士。授刑部广东司主事,擢陕西提学副使,累迁河南按察使。有《沧溟集》《白雪楼诗集》等。

此诗为李攀龙送别王世贞组诗之一。嘉靖三十一年(1552)七月,刑部员外郎王世贞奉命出使江南,李送行而作此组诗。"元美"即王世贞字。

首句"落日衔杯蓟北秋",一个秋天的傍晚,诗人与友人宴饮饯行。"蓟(jì)北",在唐代泛指幽州、蓟州一带,此处指都城北京。"衔杯",指饮酒。"片心堪赠有吴钩",临别之际,诗人以吴钩相赠聊表心意。"吴钩",指利剑。"青山明月长相忆",看到青山、明月就能想到对方。末句"白草塞云迥自愁",北方与江南距离遥远,相隔相忆会感到忧愁。"迥",即遥远之意。"白草",指一种干熟后变成白色的草,生长于西域。"塞云",即边塞的云。"白草""塞云"此处代指北方。

此诗描绘了诗人送别时的场景,以及一片依惜之情。诗歌气象阔大,颇似盛唐。

(谢安松)

【吟诵指要】

本篇普通话吟诵为王兆鹏先生所传鄂东吟诵调。

此诗为送别之作,体现了深厚的友情和离别的忧伤,故吟诵时沉吟咏叹,第一、二、四句韵脚字均需拉长。第三句尾字"忆"为入声字,故短促吟诵后加"啊"的尾音,以增添诗歌节奏和情绪的曲折变化。

(姚　蓉)

春日早起(其一)

[明] 陈子龙

独起凭栏对晓风,

满溪春水小桥东。

始知昨夜红楼梦,

身在桃花万树中。

【整体赏析】

陈子龙(1608—1647),字卧子,号大樽,松江华亭(今上海)人。崇祯十年(1637)进士,历任绍兴推官、兵科给事中等。与李雯、宋征舆并称"云间三子"。有《湘真阁稿》《安雅堂稿》《白云草》等集,清人王昶编为《陈忠裕公全集》。

此诗作于崇祯八年春,为《春日早起》二首之一。首句"独起凭栏对晓风",写诗人早起倚靠在栏杆边,春风吹拂。"凭栏",即靠着栏杆。次句"满溪春水小桥东",抬眼看到小桥东满溪的春水。"始知昨夜红楼梦",回忆昨夜梦中的景象。陈子龙与柳如是相恋,然终分手。陈子龙曾与柳如是居松江外一座名叫南楼的小红楼中。末句"身在桃花万树中",桃花万株,瑰丽缤纷,回忆昨夜梦中景象。

此诗写早起凭栏所见春景,将梦中之景与现实之景对照,诗歌语言趋于白描,意境优美。

(谢安松)

【吟诵指要】

本篇普通话吟诵依据陈以鸿先生参照唐调总结的传统吟诵"诗词调"推衍而成。

此诗描写春日桃花盛开的场景,梦境与现实交融,人与景浑然一体,吟诵时要吟出清新隽永的意境,语速可适中,情绪应和缓。"起""晓""水"等节奏点上的上声字,要读高音,与读音较低的平声字形成高低起伏的韵律。

(姚　蓉)

秦淮杂诗(其一)

[清]王士禛

年来肠断秣陵舟，

梦绕秦淮水上楼。

十日雨丝风片里，

浓春烟景似残秋。

【整体赏析】

此诗作于顺治十八年(1661)，诗人以扬州推官至南京，目睹金陵胜地无复昔日景象，吊古伤今，写下一组《秦淮杂诗》，本诗为第一首。

"年来肠断秣陵舟"，于金陵无限感喟，肠断伤心。"秣陵"，指南京，为明朝之南都。"肠断"，喻极度悲伤。"梦绕秦淮水上楼"，昔日秦淮河美景让人魂牵梦绕般留恋。"梦绕"，即梦中环绕。"秦淮"，即南京秦淮河。"水上楼"，指秦淮河边的楼阁。"十日雨丝风片里"，江南多雨季节，一片烟雨江南。末句"浓春烟景似残秋"，金陵三月的春景在细雨微风中，好似晚秋一般萧瑟，写登楼所见景色的感受。"浓春"与"残秋"对应，抑制不住内心的忧伤。

诗人描写对雨中春景的感受,借景抒情,表达了无限感伤的情怀。此诗含蓄蕴藉,颇有神韵,为诗人早期的代表作品。

(谢安松)

【吟诵指要】

本篇普通话吟诵源自吴璧如先生所传常州吟诗调,依七律平起平收式格律节奏而吟。

此诗哀婉感伤,吟诵起调要深沉低缓。"肠断""梦绕"着力顿挫,"残秋"拖腔长吟,表现诗人悲凉心境。入声字"秣""十""日",吟得短促。

(杜亚群)

竹 石

[清]郑 燮

咬定青山不放松,

立根原在破岩中。

千磨万击还坚劲,

任尔东西南北风。

【整体赏析】

郑燮(1693—1766),字克柔,号板桥,江苏兴化人。乾隆元年(1736)进士。历官范县知县、潍县知县。所画墨竹、墨兰尤为世所重。有《板桥集》。

此诗为题画而写。首句"咬定青山不放松",竹子紧紧长在青山之中。"咬定"二字写出了竹的坚韧品格。次句"立根原在破岩中",竹的根部深扎在破裂的岩石中。"千磨万击还坚劲",写不管经受多少次的折磨与打击,竹越加坚韧挺拔。末句"任尔东西南北风",写竹对风吹雨打的无所畏惧。

此诗气象阔大,描绘了竹面对破岩、风吹雨打等逆境仍然挺拔生长的形象。表面上看诗歌是在写竹,实际上寄托了诗人自身的情志。

(谢安松)

【吟诵指要】

本篇普通话吟诵为王兆鹏先生所传鄂东吟诵调。

吟诵时声音高亢,利于表现竹子的坚韧豪迈。首句"咬定""不放"重吟,以表现竹子之坚韧。第二句韵脚字"中"长吟,读出竹子扎根岩石之劲道。第三句"万击"重吟,突出竹子经受饱受打击仍坚忍不拔的风骨。第四句"南北风"重吟,"风"拖长音,体现竹子无畏风雨的从容。后两句重复吟咏,有一唱三叹之味。

(姚　蓉)

本篇沪语吟诵依据陈以鸿先生参照唐调总结的传统吟诵"诗词调"推衍而成。

本诗中"不、立、击、北"是入声字,吟得短促。"中、风"押平声"东"韵,首句"松"用邻韵,这几处吟诵时尾音拖长。

(孙蕴芳)

马 嵬

[清]袁 枚

莫唱当年长恨歌，

人间亦自有银河。

石壕村里夫妻别，

泪比长生殿上多。

【整体赏析】

袁枚（1716—1798），字子才，号简斋，晚年自号仓山居士、随园老人等，钱塘（今浙江杭州）人。乾隆四年（1739）进士，授翰林院庶吉士，曾任溧水、江宁、上元等地知县。有《小仓山房文集》《随园诗话》等。

此诗作于乾隆十七年（1752），时袁枚赴陕西任职过马嵬（wéi）坡。马嵬坡，即马嵬驿，位于陕西省兴平市西。《马嵬》原为组诗四首，此为其二。

首句"莫唱当年长恨歌"，不要再吟唱歌颂帝王爱情的《长恨歌》了。次句"人间亦自有银河"写原因。普通百姓也有这样被迫分离的故事。"银河"代指牛郎织女七夕一年一会的故事。"石壕村里夫妻别",杜甫《石壕吏》中石壕村夫妻因战争被迫分离的事。末句"泪比长生殿上多",石壕村中夫妻的离别之泪,远远多于杨贵妃、李隆基长生殿上的眼泪。"长生殿"指唐代宫中之寝殿,此处作者虚拟。

此诗为"翻案"诗歌,不落俗套,一反传统对于杨、李二人爱情的歌颂,表达了诗人对于普通百姓的关切,对于帝王不顾国家、不顾百姓的谴责。

(谢安松)

【吟诵指要】

本篇普通话吟诵依据陈以鸿先生参照唐调总结的传统吟诵"诗词调"推衍而成。

诗中"莫""亦""石""别"为入声字,声音短促。以第一句为例,诗吟诵节奏为"莫唱—当年— —长恨—歌— —","唱""年""恨""歌"是节奏点,节奏点上的字平声吟长,仄声较短,入声短促。边吟诵边感悟诗人的沉重之情,开篇"莫唱"沉着有力,与其悲叹长恨歌,不如描写人间的银河,是战争造成了石壕村夫妻生离死别,底层百姓苦难的泪水远非帝妃可比。诗人的悲悯普通百姓离别之苦,吟诵时需深味。

(张妍群)

己亥杂诗(其五)

[清]龚自珍

100—110
按名称排序

浩荡离愁白日斜,

吟鞭东指即天涯。

落红不是无情物,

化作春泥更护花。

【整体赏析】

龚自珍(1792—1841),字璱人,号定盦,仁和(今浙江杭州)人。道光九年(1829)进士,授内阁中书,迁礼部主事。有《定盦全集》。

此诗作于道光十九年己亥(1839)晚春,为《己亥杂诗》之一。时龚自珍因事辞去礼部主事之职,于农历四月二十三日动身离开京城南归。

"浩荡离愁白日斜",在夕阳西下的时候,内心涌起无边无际的愁绪。写离别京城的情景。"浩荡",无边无际。"白日斜",指夕阳。"吟鞭东指即天涯",马鞭向东指,在距京城很远的地方,点明忧愁的原因。"落红不是无情物",春日落花不是无情之物。"落红"即落花。末句

"化作春泥更护花",落花化作春泥,可以更好地滋养新的花枝,则揭示原因。

此诗写诗人离别京城的愁绪,而以落花自比。诗人虽被迫离别京城,恰如落花一样,但是内心仍希望报效国家。全诗语言通俗,蕴含深厚,展示了诗人博大的胸怀。

(谢安松)

【吟诵指要】

本篇普通话吟诵依据陈以鸿先生参照唐调总结的传统吟诵"诗词调"推衍而成。

此诗虽咏离别,然因作者胸怀博大,故情绪感伤但不颓唐。吟诵时前二句可稍低沉,后二句略振起。需要注意的是,首句尾字"斜"是韵脚字,应读古音 xiá。"白日、即、不、物"等入声字,应读得短促有力。

(姚 蓉)

词

渔 歌 子

[唐] 张志和

西塞山前白鹭飞,

桃花流水鳜鱼肥。

青箬笠,绿蓑衣,

斜风细雨不须归。

【整体赏析】

张志和(约 730—约 810),字子同,自号玄真子、烟波钓徒,婺州(今浙江金华)人。肃宗乾元、上元间游太学,登明经第,献策肃宗,待诏翰林,授左金吾卫录事参军。未几,因事贬南浦尉。遇赦还,浪迹江湖,隐会稽多年。

此诗作于大历九年(774)前后。时张志和为湖州刺史颜真卿幕客,撰《渔歌子》五首,此即为其一。

"西塞山前白鹭飞",在西塞山前看到白鹭飞翔。"西塞山",一在湖州。"桃花流水鳜(guì)鱼肥",岸上桃花盛开,春江水涨之时,鳜鱼正肥美。"青箬笠,绿蓑衣",转向写人。"箬笠",即用竹篾编成的斗笠。"蓑衣"是指用棕榈皮编成的雨衣。"斜风细雨不须归"则写渔人在斜风细雨中戴着斗笠,穿着蓑衣打鱼,不急着归去。

此词描绘了西塞山下,桃花盛开,溪水潺潺,渔人春天打鱼而忘归的景象。表现出词人对于归隐田园以及自由生活的向往。

(谢安松)

【吟诵指要】

本篇普通话吟诵系彭世强原创调。

词作首句句调上扬,长长的"飞"字音,如见白鹭飞天。后一句转而委婉下行,让"肥"字稳稳当当地延申而去。这一长一短,一高一低的对比,动感十足。第三句,节奏突然加快,顿挫明显,"斜风细雨"戛然而止,间歇之后,快速吐出"不须归",钓鱼翁形象凸显,第二遍反复"不须归",则是长音不已,有向往归隐意味。

(彭世强)

本篇沪语吟诵依据陈以鸿先生参照唐调总结的传统吟诵"诗词调"推衍而成。本诗中,"飞、肥、衣、归"押平声"微"韵,吟诵时应曼长其音,以表现作者的淡怀和逸致。

(孙蕴芳)

长 相 思

[唐]白居易

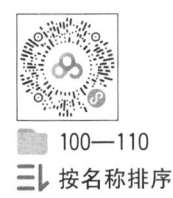

汴水流,泗水流,流到瓜洲古渡头。吴山点点愁。

思悠悠,恨悠悠,恨到归时方始休。月明人倚楼。

【整体赏析】

白居易(772—846),字乐天,号香山居士,华州下邽(今陕西渭南)人。贞元十四年(798)进士。历官秘书省校书郎、翰林学士、江州司马、杭州刺史等。有《白氏长庆集》。

上阕写登楼所见情景。乘舟从汴水流到泗水,再行到扬州瓜洲渡口,距离吴山还有很远,吴山也愁思点点。"汴水流","汴水",又称汴河,是隋炀帝时开凿的通济渠,唐宋人称为汴河。"泗水流","泗水",在今徐州东北,受汴水合流而东南入邳州。"流到瓜洲古渡头","瓜洲",即瓜洲渡,在扬州邗江南部、大运河分支入长江处。"吴山点点愁","吴山",在今浙江杭州西湖东南,此处泛指江南群山。唐代长安至江南东线经汴水至扬州,再至杭州。

下阕写相思之情。相思悠悠,愁恨悠悠,如同汴水、泗水一样悠长,恨到郎君归时才能结束。月明的时候,独自倚楼遥望。将闺中人之思念、愁绪与汴水、泗水进行对比。主人公的相思愁绪寓于景物描写中,通过形象化来表达。

此词写一位女子月明之夜倚楼怀人之情景。叠词、顶针、复句等手法的使用,使得愁绪变得无穷无尽。"月明人倚楼"一句成为思妇闺怨的经典名句。

(谢安松)

【吟诵指要】

本篇普通话吟诵依据陈以鸿先生参照唐调总结的传统吟诵"诗词调"推衍而成。

此词格律上的总体特点是:上下阕格式都是四句三平韵一叠韵,吟诵起来给人以回环往复的美感;一阕中三字、七字、五字句长短不一,使得旋律有收有放,错落有致;韵脚密集,每一句皆押"尤"韵。吟诵时,声调轻柔谐婉,上阕的节奏较快,而下阕的节奏可稍慢。

(姚 蓉)

虞　美　人

[南唐] 李　煜

春花秋月何时了,往事知多少?小楼昨夜又东风,故国不堪回首月明中!

雕栏玉砌应犹在,只是朱颜改。问君能有几多愁?恰似一江春水向东流。

【整体赏析】

李煜(937—978),字重光,彭城(今江苏徐州)人。宋建隆二年继位。开宝八年,宋军陷金陵,李煜被俘,次年至汴京。宋太宗太平兴国三年被毒死。李煜善诗文、音乐、绘画,尤工词。后人辑其词与其父李璟词合刻为《南唐二主词》。

此词大约作于李煜降宋后的第三年。上阕写词人眼前之感受。春去秋来何时结束,往事又有多少呢?昨夜小楼上又吹来了春风,不禁让人想起了昔日故国美好的春光。"春花秋月",泛指春去秋来,时光代序。"东风"即春风。"故国"指南唐。

下阕转向对故国的描绘。雕栏玉砌的故国宫殿,应该还在吧。人已憔悴。愁绪如东流的春水之多。

这首词表达了词人亡国之后深切悲痛的故国之思。语言通俗,感情真挚,通过对比、比拟的手法将故国之思表达出来,尤为后世传诵。

(谢安松)

【吟诵指要】

本篇普通话吟诵系窦广娟原创调。

吟诵名家名作,有一个非常明显的感觉,就是用字特别讲究。平长仄短入促韵长的变化就是情感的流动过程,特别是入声字,总是能恰到好处地表情达意。重复最后一句,强化抒情的力度,词人的国恨家愁才算吐尽了。

(窦广娟)

本篇镇江方言吟诵源自镇江陈克刚先生吟诵调。

用吴语之镇江方言,吟咏出生金陵(南京)的李煜词作,颇合地域特点。本词以叹惋开篇,无奈、失落结尾。"又东风"的"又"字重音扬起,与下句的"不堪"重音相应对,一股痛彻心扉的酸楚一涌而出。结尾是流传千古的名句"问君能有几多愁,恰似一江春水向东流",吟咏时"几多愁"的"愁"字,可突然刹住,然后,徐徐吟出"一江春水向东流",句尾低音沉缓,余音渐止,伤感之情流露。

(彭世强)

浪淘沙令

[南唐] 李 煜

　　帘外雨潺潺,春意阑珊。罗衾不耐五更寒。梦里不知身是客,一晌贪欢。

　　独自莫凭阑,无限江山,别时容易见时难。流水落花春去也,天上人间。

【整体赏析】

　　此为李煜国破后拘系于汴京所作,为词人绝笔。

　　上阕前三句写春夜下雨的景象。在春天将尽的时候,帘外下着潺潺细雨。丝绸被褥不能抵御夜晚的寒冷。梦中不知道自己不在故国。贪享了片刻的欢乐。"阑珊",即凋零、将尽。"罗衾",丝绸被褥。"一晌"指短时间。

　　下阕从梦中回归现实,抒发感慨。独自一个人的时候,不要倚靠栏杆遥望家乡。故国是一个分别容易,再见难的地方。如春天随着流水落花而去,昔日好时光、眼前处境,有天地之别。"凭阑",倚靠栏杆。"无限江山",指家乡。

此词在梦想与现实、他乡与故乡、情与景之间来回切换。词人想倾泻故国之思而又有所顾忌,表现出了深切悲痛的亡国之恨。

(谢安松)

【吟诵指要】

本篇普通话吟诵源自赵朴初先生传调。

词之上阕开篇凄婉,中间的"梦里不知身是客"是一个哀伤情绪的高潮,"客"字尤其伤感,需吟得短促,犹如哽咽而止,"一晌贪欢"是由高而低的下行旋律。下阕依然哀婉凄冷地慢慢吟来,中间"别时容易见时难"一句,吟诵"难"字特要注入悲怆之情。末句"天上人间"吟咏两遍:第一遍"人间"下行,第二遍"人间"虽高扬,却渐轻,深沉地表现无可奈何的极度惆怅悲凉。

(彭世强)

渔家傲·秋思

[宋]范仲淹

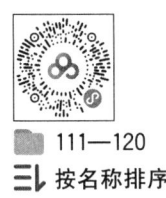

　　塞下秋来风景异,衡阳雁去无留意。四面边声连角起。千嶂里,长烟落日孤城闭。

　　浊酒一杯家万里,燕然未勒归无计。羌管悠悠霜满地。人不寐,将军白发征夫泪。

【整体赏析】

　　范仲淹(989—1052),字希文,吴县(今江苏苏州)人。大中祥符八年进士。曾任陕西经略安抚副使兼知延州、枢密副使、参知政事、户部侍郎等,有《范文正公集》。

　　此词作于康定元年,时范仲淹任陕西经略副使兼知延州。上阕写边塞秋来的景象。"塞下秋来风景异,衡阳雁去无留意。"边塞秋天风景与内地不同,连飞往衡阳的大雁也没有留下来的意思。"塞下",即边塞附近。"衡阳雁",即秋天飞往南方的大雁。

　　"四面边声连角起"三句描绘边塞场景:边境四面的马嘶、风吼、军号声响起。孤城在四周高山的环绕中,落日余晖下,城门紧闭。"边声",即边境上的马嘶、风吼等声音。"角",即古时军中吹的乐器。"千嶂",即如屏障的众多山峰。"长烟",指狼烟。

下阕转向写将士的情感。"浊酒一杯家万里,燕然未勒归无计",写将士们饮一杯浊酒想起了家乡,然而家乡在万里之外。同时,征战无功,归期遥遥。"燕然",古山名,即杭爱山。《后汉书·窦宪传》载:东汉永元元年,车骑将军窦宪领兵出塞,大破北匈奴,登燕然山,刻石勒功,记汉威德。"羌管悠悠霜满地",即悠悠感伤的羌管声,冷冷秋霜满地。"人不寐,将军白发征夫泪",即将士无人能眠,将军愁白头而士兵伤心流泪。"将军白发"与"征夫泪"互文,既是将军的白发和眼泪,也是士兵的白发和眼泪。

此词通过对边塞荒凉、肃杀风景以及将士艰苦生活的描绘,表达了将士对家乡的思念,对功名未就的无奈。

(谢安松)

【吟诵指要】

本篇普通话吟诵源自王更生先生传调。

此词押仄声韵,韵脚"异""意""起""里""闭""里""计""地""寐""泪",吟时需适当拖长,激起音调,表现苍凉悲壮之情。七字句为上四下三结构,在此节奏点上,平声字需拖腔长吟,如"悠悠",要吟得低回婉曲;仄声字需顿挫处理,如"未勒",要吟出悲慨。"千嶂里""人不寐"三字句后宜稍停顿,为吟后一句积蓄充沛感情。注意"不""白发"两处入声字,要吟得短促、着力,传达诗人浓重的悲愁与忧伤。

(杜亚群)

本篇沪语吟诵系须强原创调。

词的上片写边塞的荒凉景况。首句"塞下秋来"四字连吟,"来"字拖腔,"异"字音调下沉,颇为有力,突出边塞之景的与众不同。第二句起,具体描绘边塞景况的独特之处。"千嶂""孤城""长烟""落日"的静景,配上"边声""号角"的声响,动静结合。"去""起""日"是仄声字,吟得短促,顿挫感强;"阳""意""声""烟""城"等字拉长声音,突出边塞一片寒风萧瑟的荒凉景象,吟诵时眼前仿佛出现一幅充满肃杀之气。词的下片借景抒情。吟诵节奏、拖腔曼声与上片基本相同。末句"人不寐"三字声音陡高,转而语音下滑,"征夫泪"吟得有沉重感,听来令人伤感不已。吟诵时,上片"衡阳雁去"的"去"字和下片"燕然未勒"的"勒"字后面,都出现衬字"么",短促而又快速,体现了方言吟诵中常常添加衬字的特点。

(须 强)

雨霖铃

[宋] 柳 永

寒蝉凄切,对长亭晚,骤雨初歇。都门帐饮无绪,留恋处,兰舟催发。执手相看泪眼,竟无语凝噎。念去去、千里烟波,暮霭沉沉楚天阔。

多情自古伤离别,更那堪、冷落清秋节!今宵酒醒何处?杨柳岸、晓风残月。此去经年,应是良辰好景虚设。便纵有千种风情,更与何人说?

【整体赏析】

柳永(约984—约1053),字耆卿,初名三变,崇安(今福建武夷山)人。仁宗景祐元年进士。授睦州推官,官至屯田员外郎。有《乐章集》。

这首词是柳永离汴京,前往浙江时所作。上阕写留别的场景。"寒蝉凄切,对长亭晚,骤雨初歇",点明离别的时间、地点、天气。"帐饮",谓在郊野张设帷帐,宴饮送别。"兰舟催发",表明场景为江边宴饮送别。"执手相看泪眼,竟无语凝噎"则聚焦到人物离别之具体情形,彼此深情跃然纸上。"念去去,千里烟波,暮霭(ǎi)沉沉楚天阔",则由实景送别情景到想象别后情景。

下阕写离别之情。"多情自古伤离别"直抒离别之伤感。"更那堪,冷落清秋节",离别情感递进,意思是怎么经受得住清秋时节的离别。"今宵酒醒何处?杨柳岸,晓风残月",即今夜酒醒之时,晨风轻拂,残月如钩,岸边杨柳依依。后四句写离别后的情感。离别之后,良辰好景也只能是虚设。即使有千种风情,却无人可说。

此词通过对离别之前、离别之时、离别之后场景的描绘,表达出离别的感伤,以及离别之人彼此情感之深。语言上层层铺叙,情感上层层深入,把离情别绪述诸画面,给读者以强烈的艺术感染。

(谢安松)

【吟诵指要】

本篇普通话吟诵源自萧善芗先生传调。

整首词押入声韵,如怨如慕,如泣如诉。上阕注意下"执手"的发声,手是低音,萧老说"手低眼高",这就是依字行腔、依义行调。下阕"冷落"低读,"清秋"高读亦是如此,表突出强调。同是入声韵,最后一个说字必须出口即收,不能如前面的因为是韵字可以适当拖长来表情达意,萧老说戛然而止的感染力更强!

(窦广娟)

本篇普通话吟诵源自孙锡明先生传调,吟调旋律婉转优美,具有浓郁的江南韵味。

此词押入声韵,吴语入声出口短促。下片末字"说",适当用拖腔,以表现欲言又止、难以明了的情绪。吟此词还要注意,"对、竟、念、更、便",这些去声字有转接提顿的重要作用,吟时稍作小顿,可有效增强声情的感染力。

(杜亚群)

望 海 潮

[宋]柳　永

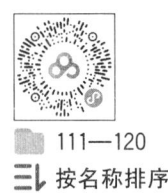

　　东南形胜,三吴都会,钱塘自古繁华。烟柳画桥,风帘翠幕,参差十万人家。云树绕堤沙。怒涛卷霜雪,天堑无涯。市列珠玑,户盈罗绮,竞豪奢。

　　重湖叠巘清嘉。有三秋桂子,十里荷花。羌管弄晴,菱歌泛夜,嬉嬉钓叟莲娃。千骑拥高牙。乘醉听箫鼓,吟赏烟霞。异日图将好景,归去凤池夸。

【整体赏析】

此词为柳永写给两浙转运使孙何之作,孙何时驻节杭州。

上阕整体写杭州的繁华景象。"东南形胜,三吴都会,钱塘自古繁华",开篇便将杭州的繁华定格。接下来具体描绘杭州的繁华景象。"烟柳画桥,风帘翠幕",写街巷河桥的美丽,居民住宅的雅致。"参差十万人家",则表现杭州人口之多。"云树绕堤沙""怒涛卷霜雪,天堑无涯"二句,转向写钱塘江岸的壮阔景象。"市列珠玑,户盈罗绮,竞豪奢"句则表现杭州集市的繁华。

下阕由西湖过渡,转向写人。"重湖叠巘(yǎn)清嘉。有三秋桂子,十里荷花"写西湖秋天桂花飘香、夏季荷花开放的盛景。"羌管弄晴,菱歌泛夜,嬉嬉钓叟莲娃"则转向描绘西湖边的人。即不论白天或是夜晚,湖面上都荡漾着优美的笛曲和采莲女的歌声。"千骑拥高牙。乘醉听箫鼓,吟赏烟霞"则转向对于达官贵人的描绘。末二句"异日图将好景,归去凤池夸",将杭州的美景推向了极致。即官员在回朝的时候,将杭州的繁华绘成图画,向朝廷同僚夸耀。

此词上阕写杭州繁华全景,下阕则落脚到写人,写西湖官民出游的和谐景象,全方位描绘出杭州的繁华盛况。词的描绘层层铺叙,极富画面感,写出了北宋中期的盛世景象。

(谢安松)

【吟诵指要】

本篇普通话吟诵源自陈琴先生传调。

《望海潮》双调一百零七字,上片五平韵,下片六平韵。总的感情基调是喜悦、自豪,起调中等偏高,十一个韵字"华""家""沙""涯""奢""嘉""花""娃""牙""霞""夸"均长吟,以再现柳永笔下那个烟霞、菱女、老翁、西湖、荷花相映成辉的繁华盛况。

(郭繁荣)

浣 溪 沙

[宋] 晏 殊

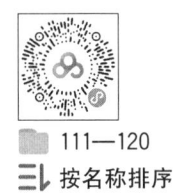

一曲新词酒一杯,去年天气旧亭台。夕阳西下几时回?

无可奈何花落去,似曾相识燕归来。小园香径独徘徊。

【整体赏析】

晏殊(991—1055),字同叔,临川(今江西抚州)人。真宗景德二年赐同进士出身,初官秘书省正字。先后历知应天、江宁、河南府等州,仕至宰相兼枢密使。有《珠玉词》。

上阕由新词、酒引出愁绪。词人听了一曲新词,酒也一杯一杯地饮。还是去年的天气,去年的亭台。夕阳西下,时光匆匆流走,到底什么时候再回来呢?

下阕则具体写愁绪的内涵。"无可奈何花落去",即对于花朵的落去无可奈何。"似曾相识燕归来",即归来的燕子似曾相识。言外之意是又过去了一年。"小园香径独徘徊","香径"指落花满地的小径。此句写主人公惜春伤时,来回徘徊的惆怅情形。

此词在春去春来的思考中,表现出词人面对时光流逝的淡淡忧伤。表面上描写看似平淡无奇,实际上包含了深婉的人生惆怅。晏殊词多有富贵气象,此词可见。

（谢安松）

【吟诵指要】

本篇普通话吟诵源自范敬宜先生传调。

本词虽短,意犹不浅。上阕前两句需用平和的语气吟咏,只是"夕阳西下几时回"略有叹意,可轻吟慢咏。下阕首句就为花落春去而流露惆怅之意,"燕归来"一句的音乐旋律,略有几分上扬,伤情似有减退。可是下句的"独徘徊",吟调转而下沉,一丝惆怅流露其中。

（彭世强）

本篇普通话吟诵源自周秦先生诗词昆唱调,将昆唱转换成了普通话。

词中的入声字"一（两处）、曲、夕、落、识、独"共六个,出口即收。词作抒发的是伤春的惋惜情绪,表达了时光流逝的无情与词人试图追挽的无力。周秦先生的音声设计完完全全传达出了这种缠绵悱恻情怀,值得品味。

（窦广娟）

踏 莎 行

[宋] 欧阳修

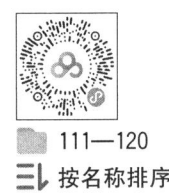

候馆梅残,溪桥柳细。草薰风暖摇征辔。离愁渐远渐无穷,迢迢不断如春水。

寸寸柔肠,盈盈粉泪。楼高莫近危阑倚。平芜尽处是春山,行人更在春山外。

【整体赏析】

此词写离别。上阕写离别之时的情境。"候馆梅残,溪桥柳细",候馆梅花凋落,溪水边柳条初发。"候馆",指接待过往官员的驿馆。"草薰风暖摇征辔。"在香草迷人、风和日暖的时节准备远行。"离愁渐远渐无穷,迢迢不断如春水",直写离愁。随着渐行渐远的马车,离愁无穷无尽,就像那迢迢不断的春水。

下阕写离别后的情景。"寸寸柔肠,盈盈粉泪",寸寸的温柔心肠,满脸的泪水。"粉泪",即女子之泪。"楼高莫近危阑倚",如此感伤便不要到高楼上去倚栏远望。"平芜尽处是春山,行人更在春山外",平芜的尽头是春山,而远行的人更在春山之外,写高楼远望之景。"平芜",即草木丛生的平旷原野。

此词以游子与女子不同的视角写情人别离的情景。以离别时、离别后的情况进行对比,由实景而及想象,层层递进。同时将离情具象化,离愁与春水、春山类比,以凸显其长、其远,表达出无限的离愁别绪。

(谢安松)

【吟诵指要】

本篇普通话吟诵依据陈以鸿先生参照唐调总结的传统吟诵"诗词调"推衍而成。

此词吟咏离愁,由景入情。吟诵时,上阕写景的句子可读得稍快一些,吟出春天的清新、明快。转入咏离愁之后,节奏放缓,"寸寸柔肠,盈盈粉泪"尤其要吟得深沉、顿挫。

(姚　蓉)

临 江 仙

[宋] 晏几道

梦后楼台高锁,酒醒帘幕低垂。去年春恨却来时。落花人独立,微雨燕双飞。

记得小蘋初见,两重心字罗衣。琵琶弦上说相思。当时明月在,曾照彩云归。

【整体赏析】

晏几道(1038—1110),字叔原,号小山,江西临川(今属江西)人。晏殊第七子。至和中,为太常寺太祝。元丰五年监颍昌许田镇。崇宁四年,由乾宁军通判转开封府推官。有《小山词》。

上阕写梦后酒醒的情境。"梦后""酒醒"句写梦后酒醒之时楼台已闭门深锁,重重的帘幕低垂。"去年春恨却来时",想起去年春天别离时节,思绪又来侵扰。"落花人独立,微雨燕双飞",去年雨中分别,落花之中一个人独自站立,微雨之中看到燕子成双成对飞过。

下阕转向写初见的情形。"记得小蘋初见,两重心字罗衣",写初见小蘋时的装扮。"琵琶弦上说相思",则是写小蘋当时与众不同,琵琶拨动,也拨动词人心弦。"当时明月在,曾照彩云归。"当时的明月,曾经映照着小蘋如彩云归去。

此词时间上层层前推,感情上逐渐深入,表达了词人在分别后对小蘋的深切思念。

(谢安松)

【吟诵指要】

本篇普通话吟诵依据陈以鸿先生参照唐调总结的传统吟诵"诗词调"推衍而成。

此词为怀人之作,情感基调婉转纡徐。吟诵时,节奏稍缓。"幕、却、落、独、立、得、说、月"等入声字要读得短促。尤需注意的是,"醒"在此处要读平声。

(姚 蓉)

江城子·乙卯正月二十日夜记梦

[宋]苏　轼

十年生死两茫茫,不思量,自难忘。千里孤坟,无处话凄凉。纵使相逢应不识,尘满面,鬓如霜。

夜来幽梦忽还乡,小轩窗,正梳妆。相顾无言,惟有泪千行。料得年年肠断处,明月夜,短松冈。

【整体赏析】

此词作于熙宁八年(1075)正月,时苏轼知密州。上阕写词人对亡妻的思念。"十年生死两茫茫"三句,从时间上强调对妻子的想念。妻子已经去世10年,即使无法时刻挂念亡妻,也早已铭刻在心,难以忘记。王弗卒于治平二年,至熙宁八年恰好10年。"千里孤坟,无处话凄凉",则从空间上强调不仅生死两隔,连在坟前叙说思念的机会都没有。"纵使相逢应不识"三句,想象相逢的场景。即使再次相逢可能妻子也认不出自己,因为岁月蹉跎自己两鬓如霜。

下阕则转向写梦中见到妻子的情景。"夜来幽梦忽还乡",写自己梦中忽然回到故乡。"小轩窗,正梳妆",描写故乡的妻子在小轩窗边打扮的场景。"相顾无言,惟有泪千行",是二人相见的情景。相对无言,唯有止不住的眼泪。"料得年年肠断处"三句又转回现实。"肠断"一作"断肠"。料得年年令人伤感的地方,就是这明月夜晚的短松冈。"短松冈"为词人妻子埋葬之地,故而令人断肠。

这是一首悼亡词,从时间、空间着眼,再到想象相逢的场景、梦中相见景象的描绘,最后回到现实。在时间与空间,梦境与现实的切换中,表达出对于亡妻的深深思念。此词语言平淡,感情真挚,风格婉约深沉。

(谢安松)

【吟诵指要】

本篇普通话吟诵系彭世强原创调。

全诗的伤感始终如一,但是吟咏时要表现其中的情绪变化。上阕的思念痛彻心扉,语调沉缓,逐渐下行。下阕夜梦惊喜,节奏略有加速,"小轩窗、正梳妆"是个高潮。既喜又悲的些微变化,隐约其中。"相顾无言"后,不妨有个极短的间歇,然后吟出"惟有泪千行",伤感至高潮。末句可反复吟咏。前句低沉下行,后句"明月夜"语音高扬骤止,哽咽而吐"短松冈"三字,凄切之情不绝于余音之中。

(彭世强)

本篇普通话吟诵为王兆鹏先生所传鄂东吟诵调。

此词为悼亡之作,情感至为沉痛,以高亢的鄂东调吟诵之,最宜表达词人生死两隔、无限哀恸的激烈情绪。此词押平声韵,又因饱含伤感,故吟诵时整体语速放缓,韵脚处语音尽量拖长,营造呜咽沉缓的伤悼氛围。词中仄声字,多重读、高读,凸显词人的不平心绪,夜梦亡妻后对往事的追忆、对人生的悲慨、对命运的无奈,于此高低顿挫中得到淋漓尽致的体现。

（姚　蓉）

水调歌头

[宋]苏 轼

丙辰中秋,欢饮达旦,大醉,作此篇,兼怀子由。

明月几时有?把酒问青天。不知天上宫阙,今夕是何年。我欲乘风归去,又恐琼楼玉宇,高处不胜寒。起舞弄清影,何似在人间。

转朱阁,低绮户,照无眠。不应有恨,何事长向别时圆?人有悲欢离合,月有阴晴圆缺,此事古难全。但愿人长久,千里共婵娟。

【整体赏析】

此词作于熙宁九年(1076)中秋,时苏轼知密州。

上阕写中秋之夜宴饮赏月的情形。"明月几时有?把酒问青天",以问句起。明月什么时候就有的?我端着酒杯询问青天。"不知天上宫阙,今夕是何年"继续发问。不知道天上的月宫,到今晚是哪一年了?"我欲乘风归去"三句写对于月宫的向往与犹疑。我准备乘风上月宫,又害怕宫殿太高而不胜寒冷。"起舞弄清影,何似在人间",写词人犹疑之中,选择人间。

下阕则由写景转向怀人,由月亮阴晴圆缺生发人生感慨。"转朱阁"三句写中秋月亮普照人间的情形。月亮升起转过朱楼,映照着雕花的门户,照见无眠的人。"不应有恨,何事长向别时圆",即不应该有怨恨吧,但为什么月亮在分别的时候如此之圆。"人有悲欢离合,月有阴晴圆缺,此事古难全"则转向写豁达的人生感悟。人间有悲欢离合正如月亮有阴晴圆缺,这都是自古如此的事实。"但愿人长久,千里共婵娟"则写词人的愿望。但愿世间别离的人们都能长久地活着,虽相隔千里,都能欣赏这娟娟明月。

此词通过观月,写对月宫的向往与高寒的犹疑,从"高处不胜寒"转入写怀人。从月亮的阴晴圆缺思考人世的悲欢离合,极富哲理。

(谢安松)

【吟诵指要】

本篇普通话吟诵源自唐调。

唐文治先生吟诵此词,音声高低错落起伏,张弛有度。比如首句发问,让人仿佛能看到手里的酒杯。接下来的疑问口吻将人物半醉之态活化欲出,"我欲"一句既是醉话也是现实处境,语气中稍带急切。后句"起舞"就舒缓下来,孤独寂寞扑面而来。特别是尾句的祈祝,感人至深。入声字的处理非常到位,避免了平直,让文气如流水绕石,潺潺跳宕,饶有情味。

(窦广娟)

本篇沪语吟诵源自张翔先生常州方言吟诵调。

本诗吟诵需把握好缓急顿挫。上阕的第一个感情起伏表现在"我欲乘风归去,又恐琼楼玉宇,高处不胜寒"等句,吟完"归去"句后,紧接"又恐"一句,中间有短歇,表现瞬间的情感起伏。下阕的跌宕就在于刚表达完"不应有恨、何事长向别时圆"的埋怨,转而便是"此事古难全"的超脱。前句吟咏有力上扬,显其有怨,后句语气平和舒缓。尾句是高潮,语调平而升起,洒脱吟咏,吐字用力的是"长久"二字。

(彭世强)

念奴娇·赤壁怀古

[宋]苏 轼

大江东去,浪淘尽,千古风流人物。故垒西边,人道是,三国周郎赤壁。乱石穿空,惊涛拍岸,卷起千堆雪。江山如画,一时多少豪杰。

遥想公瑾当年,小乔初嫁了,雄姿英发。羽扇纶巾,谈笑间,樯橹灰飞烟灭。故国神游,多情应笑我,早生华发。人生如梦,一尊还酹江月。

【整体赏析】

此词作于元丰五年(1082),时苏轼谪居黄州。上阕写乘舟游黄州赤鼻矶的情形。"大江东去"三句,写词人在舟上看见长江东流,滚滚浪涛,感慨千古英雄人物、丰功伟业如长江之水流逝了。"故垒西边"三句转向三国时代。听人家说,古迹营壁的西边,是三国周瑜赤壁大战的地方。"乱石穿空,惊涛拍岸,卷起千堆雪"则具体写赤壁的雄奇险峻景象。末二句"江山如画,一时多少豪杰"承上启下,与前"风流人物"照应,启下片周瑜的英雄形象。

下阕转向写周瑜。"遥想公瑾当年,小乔初嫁了,雄姿英发",即当年指挥赤壁之战的周瑜年少有为,正值小乔初嫁之时,雄姿英发。"羽扇纶巾,谈笑间樯橹灰飞烟灭",具体写周瑜指挥赤壁之战的从容。周瑜拿着羽扇,戴着头巾,谈笑间曹军的战船便灰飞烟灭。"故国神游,多情应笑我,早生华发",此与周瑜的雄姿英发作对比,以寄托自己对前贤的无比渴慕。"人生如梦,一尊还酹江月",从怀古归结到伤己,世事如梦,将一杯酒祭永恒的明月。

此词借对历史古迹的吟咏抒发英雄怀抱。借三国时期周瑜的英雄形象,写自己的年老失意形象。在古今对话、人物对比中,表达了词人对人生失意的无奈之感。

(谢安松)

【吟诵指要】

本篇普通话吟诵系彭世强原创调。

本词虽是豪放词作,大气磅礴,但不乏跌宕,吟咏时不宜大吼大喊,而要根据诗情变化。特别注意本词押韵字全都是入声字,依然要遵守"平长仄短"规则,不妨采用短音骤止,而后顿挫,继而延长其音,一抒其情!上阕多激情,吟诵调以高扬为主;下阕有变,"故国神游,多情应笑我,早生华发"等句略显郁愤,吟调徐缓低沉。下句扬起,表达雄心不变之决心。

(彭世强)

本篇沪语吟诵依据陈以鸿先生参照唐调总结的传统吟诵"诗词调"推衍而成。

唐调吟诵要平长仄短,依字行腔。"依字行腔"就是依据文字的声调吟诵。此词怀古抒情,意境开阔博大,感慨隐约深沉,将浩荡江流与千古人事并收笔下。此词押入声韵,运用上海方言进行吟诵,平仄顿挫分明,入声字犹能得到凸显,更加别具韵味。

(张赟华)

满 庭 芳

[宋] 秦 观

　　山抹微云,天连衰草,画角声断谯门。暂停征棹,聊共引离尊。多少蓬莱旧事,空回首,烟霭纷纷。斜阳外,寒鸦万点,流水绕孤村。

　　销魂。当此际,香囊暗解,罗带轻分。谩赢得、青楼薄幸名存。此去何时见也? 襟袖上、空惹啼痕。伤情处,高城望断,灯火已黄昏。

【整体赏析】

　　秦观(1049—1100),字少游,号淮海居士,高邮(今江苏)人。元丰八年进士,授蔡州教授。元祐五年,召为秘书省校对黄本书籍,六年,迁秘书省正字。绍圣元年,因坐元祐党籍,通判杭州。又责监处州酒税。继而编管横州、雷州。徽宗即位,北归至藤州卒。有《淮海集》《淮海居士长短句》。

　　此词作于元丰二年岁暮,时秦观自越州北归。上阕写分别之场景。"山抹微云"三句写远景。远山如同涂抹一层微云,天空尽头连接着衰草,城楼上传出的号角声渐渐消失。"暂停征棹,聊共引离尊",具体写水边离别的场景。暂时停下远行的船,且共同喝一杯离别的酒。"多少蓬莱旧事",写对于昔日美好时光的回忆。"空回首,烟霭纷纷",转写如今分别的感伤。回首蓬莱旧事,只看到烟霭纷纷。"斜阳外,寒鸦万点,流水绕孤村",又转向写远景。以景物写心境,斜阳之外,看到寒鸦万点,流水环绕着孤独的村落。

下阕具体写男女分别之感伤。"销魂",直说离别的感伤。"当此际,香囊暗解,罗带轻分",写男女分别互换信物之情形。"谩赢得、青楼薄幸名存",借用杜牧"十年一觉扬州梦,赢得青楼薄幸名"之典故。"此去何时见也?襟袖上、空惹啼痕",则写别时女子垂泪之情形。"伤情处,高城望断,灯火已黄昏",写女子在高楼上目送男子离去的感伤画面。

此词写男女分别之情景,从离别场景烘托,到离别之时描绘,直到离别后的情形,表达了男女之间的深厚情谊。此词虽写别情,多婉转出之,景中含情,情中见景。在情景不断转换中,将别情写到极致。

(谢安松)

【吟诵指要】

本篇普通话吟诵系窦广娟原创调。

词人的视角一直在船上,停船暂饮,吟诵声音要由中变弱,而不要过响。"多少"到斜阳前,想起往事,到底意难平,声音要紧凑,却也不要太响亮,因为随着离别,一切愁绪都纷至沓来。"斜阳外"的"外"字甩开腔,如同甩开前尘往事,眼前只剩下寒鸦流水绕孤村,如同船上只有我一人。"流"字"村"字拖长,突出其寂寞孤独,为下文销魂的感情作铺垫,引出分赠礼物的深情画面。"谩赢得"乃激愤之语,需高读,突出"薄幸名存"本就是自己对抑郁不得志的控诉。而"何时见也"语义双关,一为眼前相送人,二为心中"蓬莱旧事",所以"见也"高读,"伤情"长读。"高城望断",是视角变化,暗示船又重新出发,读时要依义行调,不可拘泥平低仄高。"灯火已黄昏"暗示心情,所以长读,突出此情绵绵。

(窦广娟)

如 梦 令

[宋]李清照

昨夜雨疏风骤,浓睡不消残酒。

试问卷帘人,却道海棠依旧。

知否?知否?应是绿肥红瘦。

【整体赏析】

李清照(1084—约1156),号易安居士,历城(今山东济南)人。建中靖国元年(1101),嫁赵明诚。建炎三年,明诚知湖州,途中病卒。李清照流寓浙东各地,年七十余卒。有《漱玉词》。

此词是李清照早期作品,表达惜花之情。"昨夜雨疏风骤,浓睡不消残酒。"昨晚雨虽小风却很大,睡眠很深却不能消除醉意。"雨疏",即雨稀疏,雨小之意。"风骤",即风大。"浓睡",即酣睡,沉睡,形容入睡很深。"残酒",犹残醉,醉意。"试问卷帘人,却道海棠依旧。"我问卷帘的侍女海棠花如何了,她却说还是如同之前一样。"卷帘人",即卷起窗帘之人,此处指侍女。"知否?知否?应是绿肥红瘦。"你知道吗?你知道吗?应该是海棠叶子生长而花瓣凋落。"绿肥",即绿叶茂盛。"红瘦",即花瓣凋落。

此词描绘酒醉醒后让侍女看海棠花的情形。在主仆二人的一问一答中,流露出淡淡的伤春之情。

(谢安松)

【吟诵指要】

本篇普通话吟诵源自萧善芗先生传调。

吟诵时尤需注意问答几句。"试问"一句平直延伸,"却道"一句,低婉下行,略带一丝急切。答语暗含埋怨,因怨侍女不解其心。两个"知否,知否"更是深化了此怨,力度逐一增加。吟"绿肥红瘦",建议用滑音吟"肥",用长低音吟"瘦",以表达主人公对叶肥花残之叹惜。

(彭世强)

声 声 慢

[宋]李清照

　　寻寻觅觅,冷冷清清,凄凄惨惨戚戚。乍暖还寒时候,最难将息。三杯两盏淡酒,怎敌他、晚来风急?雁过也,正伤心,却是旧时相识。

　　满地黄花堆积。憔悴损,如今有谁堪摘?守着窗儿,独自怎生得黑?梧桐更兼细雨,到黄昏、点点滴滴。这次第,怎一个愁字了得!

【整体赏析】

　　此词大概作于绍兴十七年(1147),时词人寓居浙江。

　　上阕写乍暖还寒时节词人饮酒之情形。"寻寻觅觅"三句,连用七个叠字,最为后人称道。在冷冷清清的初秋时节寻寻觅觅,不禁令人感伤。叠用七词,更见感伤情韵。"乍暖还寒时候,最难将息",点明了前面行为的原因。"乍暖还寒时候",即忽暖忽冷之时,此当为初秋。"三杯两盏淡酒"句,写词人即使喝了几杯淡酒御寒,却不能抵挡傍晚的急风。"雁过也,正伤心,却是旧时相识",笔锋一转。正伤心的时候,看到大雁飞过。三句表明词人伤感的原因在于看到大雁南飞,自己却不能回到北方的故乡。

下阕则直接写自己的感伤情绪。"满地黄花堆积",点明季节。"黄花",当指菊花。"黄花堆积",即黄花盛开。"憔悴损,如今有谁堪摘?"将盛开的黄花与憔悴的容颜进行对照,突出人独憔悴。"守着窗儿,独自怎生得黑",感情进一步升华。词人独自一人,守在窗边,怎么才能等到天黑。"梧桐更兼细雨,到黄昏、点点滴滴",时间置换到黄昏。好不容易熬到了黄昏,然而却下起了秋雨。雨水滴在梧桐上,滴滴答答,不禁让"北人"极不习惯。"这次第,怎一个愁字了得",似说非说,欲说还休,词人的秋愁达到极致。

　　这首词描绘在秋天傍晚饮酒抵御秋寒,看着黄花、听着雨滴梧桐等待天黑的情景,表达了无穷无尽的悲秋情绪。此词妙在连用叠字,似说非说,将悲秋情绪渲染到极致。

（谢安松）

【吟诵指要】

　　本篇普通话吟诵系彭世强原创调。

　　此词通篇押入声韵,吟咏韵字,需间歇停顿,然后延长,并要充分把握入声韵字在表现人物悲凉心情时的起伏变化。全诗节奏徐缓,在"怎敌他,晚来风急"时,应急切递进。又如"守着窗儿"是轻慢节奏,而"独自怎生得黑",则取急促的节奏,表现内心的跌宕。结尾句"点点滴滴"四字,应顿挫有力,"这次第"不仅顿挫,还应加快语速,最后的"怎一个愁字了得",要强音突出"了得",进而又第二遍吟咏"愁字了得"时以下行低音,余音不绝,结束全篇。

（彭世强）

卜算子·咏梅

[宋] 陆 游

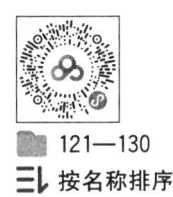

驿外断桥边,寂寞开无主。已是黄昏独自愁,更着风和雨。

无意苦争春,一任群芳妒。零落成泥碾作尘,只有香如故。

【整体赏析】

　　此词咏梅花。上阕写梅花的生长环境。"驿外断桥边",表明梅花的生长地点。"寂寞开无主",写梅花孤独绽放。"已是黄昏独自愁",则将梅花拟人化。黄昏之中梅花独自发愁,既是梅花也是词人自己。"更着风和雨",写梅花显露在风雨之中。

　　下阕写梅花的品性。"无意苦争春,一任群芳妒",写梅花无意争春,被群花忌妒。"零落成泥碾作尘,只有香如故",就算梅花落到地上被车辙碾成泥土,香气仍然和以前一样。

　　这首词为咏梅之作。表面上是咏梅,实际上深含寄托,表达了词人品性如同梅花一样高洁。

(谢安松)

【吟诵指要】

本篇普通话吟诵系彭世强原创调。

这首词借梅花明志。押仄声韵,建议吟诵每句尾字时,韵字处理一是短促有力,如"妒"字的读音,表达作者对群芳的不屑和鄙夷;其他则作由响渐轻的长音处理,如"主、雨、故",以体现梅花的洒脱、坚毅和对高洁人格的自信。非押韵句处理,如"边、愁、春、尘"则用响音延宕,形成和押韵字的轻响对比,以求较好的音乐效果。

(彭世强)

本篇普通话吟诵基本系窦广娟原创调,只开头两句借鉴了王昊先生的吟诵调。

这首咏梅词托物言志。上阕突出生存环境恶劣,下阕强调个人的精神品貌。吟诵突出了落寞感伤的情怀。品读时除了关注入声字的处理,还要理解依字行腔和依义行调,比如"尘"字的处理,按照吟诵规则应该低读,但"尘"是飞扬貌,必须高读;还有"故"字,拖长吟方能表现香气在形散后的绵延不绝。

(窦广娟)

水龙吟·登建康赏心亭

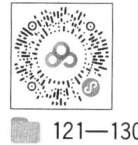

[宋]辛弃疾

楚天千里清秋,水随天去秋无际。遥岑远目,献愁供恨,玉簪螺髻。落日楼头,断鸿声里,江南游子。把吴钩看了,栏杆拍遍,无人会,登临意。

休说鲈鱼堪脍,尽西风,季鹰归未?求田问舍,怕应羞见,刘郎才气。可惜流年,忧愁风雨,树犹如此!倩何人唤取,红巾翠袖,揾英雄泪!

【整体赏析】

辛弃疾(1140—1207),字幼安,号稼轩,历城(今山东济南)人。绍兴三十一年(1161),投忠义军耿京部为掌书记。三十二年奉表归宋,高宗劳师建康,授天平军节度掌书记。历任湖北、江西、湖南、福建、浙东安抚使等职。开禧三年召赴行在奏事,未受命卒。有《稼轩词》。

此词作于淳熙元年(1174),时词人再官建康,为江东安抚司参议官。上阕写登楼之情形,借景抒情。"楚天千里清秋,水随天去秋无际",写登楼所见秦淮河之景。"遥岑远目,献愁供恨,玉簪螺髻",则写远眺之山如玉簪如螺髻一样，给人带来忧愁。"落日楼头，断鸿声里，江南游子"，即在落日楼头，断鸿声里有一个登楼的江南游子。"把吴钩看了，栏杆拍遍，无人会，登临意"，写游子之行为。游子在楼上端详吴钩，拍遍了栏杆，却无人知道他登临的情绪。

下阕则直接言志。"休说鲈鱼堪脍，尽西风，季鹰归未"，用张翰的典故，表达自己不是思乡之意。"求田问舍，怕应羞见，刘郎才气"，用《三国志》中许汜与陈登的典故，表达自己不会像许汜一样求田问舍，而是像刘备一样胸怀天下。"可惜流年，忧愁风雨，树犹如此"，用桓温的典故，表达对自己年岁渐增而北伐功业未就之担忧。末三句"倩何人唤取，红巾翠袖，揾英雄泪"，以绮丽之语写出英雄的无奈。

这首词通过描绘登建康赏心亭所见、所感，表达了词人虽胸怀大志却无人领会的孤独之感。词上阕写景，如同白描；下阕则频繁用典，十分贴切地表达自己的情志。词风豪放而内蕴深悲，是稼轩早期的代表词作。

（谢安松）

【吟诵指要】

本篇普通话吟诵系彭世强原创调。

全词充满着辛弃疾壮志难酬、报国无门的忧愤。吟诵时要在忧愤的基调中，突出几处：一是上阕中"把吴钩看了，栏杆拍遍，无人会，登临意"几句，要字字顿挫有力，并用快节奏吟出"无人会，登临意"，将一腔愤恨加以强调！二是下阕中，"倩何人唤取，红巾翠袖，揾英雄泪"是感情高潮处，吟诵"英雄泪"不妨高音升扬，加强力度，表现求知己、图报国的强烈愿望。

（彭世强）

本篇普通话吟诵源自包文仆先生传调。

词作开头两句传达出开阔意境,接下来三句以景传情,抑郁不平溢于言表。"落日"句环境烘托,突出抒情主体是"江南游子",凸显其始终不得重用的处境,接下来几句,激愤之情充斥字里行间。下阕交代上文感情起伏的缘由,语气稍平,到"树犹如此"一句感情抒发达到高潮,"倩"字大多数人都会读"欠"音而非"庆"音,要注意,一个动词,将忧愤难抒的情绪和泪托出,言有尽而意无穷。

(窦广娟)

永遇乐·京口北固亭怀古

[宋] 辛弃疾

千古江山,英雄无觅,孙仲谋处。舞榭歌台,风流总被,雨打风吹去。斜阳草树,寻常巷陌,人道寄奴曾住。想当年,金戈铁马,气吞万里如虎。

元嘉草草,封狼居胥,赢得仓皇北顾。四十三年,望中犹记,烽火扬州路。可堪回首,佛狸祠下,一片神鸦社鼓。凭谁问,廉颇老矣,尚能饭否?

【整体赏析】

此词作于开禧元年(1205)二月前后,时辛弃疾知镇江府。词题名《京口北固亭怀古》,为词人登镇江北固亭所作。

上阕写登北固亭怀古所见所思。"千古江山,英雄无觅,孙仲谋处",想到千古江山依旧,寻不见英雄孙权当年的亭台。"舞榭歌台,风流总被雨打风吹去",经过千年时光的洗礼,当年的舞榭歌台早就被雨打走,风吹走了。"斜阳草树,寻常巷陌,人道寄奴曾住",转向写南朝宋武帝刘裕。刘裕,字德舆,小名寄奴。三句意谓:这斜阳映照的草树,这寻常的街巷,听说是刘裕住过的地方。"想当年,金戈铁马,气吞万里如虎",转向怀古想象。想象当年的刘裕金戈铁马,北伐声势气吞万里,如同虎啸。上阕赞扬孙权与刘裕的功业,表达自己为国立功的愿望。

下阕则具体写对南朝刘宋北伐的反思。"元嘉草草,封狼居胥,赢得仓皇北顾",写宋文帝刘义隆元嘉时期北伐失败之史实。"四十三年,望中犹记,烽火扬州路",转向借古讽今。绍兴三十一年,金主完颜亮南侵。隆兴元年(1163),宋孝宗启用张浚北伐,由于准备不充分,亦以失败告终。隆兴元年至开禧元年恰好四十三年。而开禧元年,韩侂胄又在准备不充分的情况下意欲北伐,词人深感担忧。"可堪回首,佛狸祠下,一片神鸦社鼓",则用北魏太武帝拓跋焘的典故表达词人对北伐的担忧,拓跋焘小字佛狸。佛狸祠在长江北岸六合东南的瓜埠山。元嘉二十七年,刘宋军队北伐惨败,拓跋焘趁势反击刘宋,兵临长江北岸,修建行宫,后称"佛狸祠"。末三句"凭谁问,廉颇老矣,尚能饭否",则表达自己年老在北伐中不受重用的无奈。

这首词为借古讽今之作。词中描绘刘义隆元嘉北伐的准备不充分,而使得北魏饮马长江。这其实正影射韩侂胄北伐的好大喜功,不能用人。以历史而写时事,典重而情隐,表现词人的悲慨。

(谢安松)

【吟诵指要】

本篇普通话吟诵系彭世强原创调。

吟诵时,需吟出词中强烈的悲愤。开篇"英雄无觅",应以铿锵高音吟咏,"风流总被"句,则转入低沉音域,高低相应,更显一腔愤懑。

"想当年,金戈铁马,气吞万里如虎",又需高升的语调,将"虎"字推至高点。下阕"元嘉草草",转用低音回旋的诵读,些微变化利于表达其内心深处的痛楚。尾句的"凭谁问"要字字顿挫,以引出感慨万千的一问:"廉颇老矣,尚能饭否?"尽显词人自问自叹的悲怆。

(彭世强)

　　本篇普通话吟诵源自萧善芗先生传调。

　　上阕的前三句由一个声音由高到低的旋律组成,"千古江山"起调略高,"孙仲谋处"声音下滑,既赞扬建功立业的孙权,又表示英雄难觅的可惜。"处"与后面的韵脚字"去""住""虎"均拖腔。次三句的声音旋律是"低—高—低",要吟出物是人非的感慨。下三句是一种回忆,旋律较平,有娓娓道来的意思。末三句,声音上抛,略显激越,体现刘裕北伐时气吞胡虏的气场。下阕"元嘉草草"三句叙述历史,吟诵的语气平稳,"北"发吴语音,显得急促,表示北望追兵仓皇逃命的急切。"四十三年"六句由怀古转入伤今,吟诵语气稍显苍凉,表达词人追思往事、壮志难酬的悲凉。末三句"凭谁问"吟声陡升,表示心有不甘,而"廉颇老矣,尚能饭否"吟声由高下滑,表示报国无门的忧虑。总体而言,萧先生吟词的调子较为委婉深沉,与这首词豪壮中尽显悲愤的格调比较契合。

(须　强)

扬 州 慢

[宋]姜　夔

　　淳熙丙申至日,予过维扬。夜雪初霁,荠麦弥望。入其城,则四顾萧条,寒水自碧、暮色渐起,戍角悲吟。予怀怆然,感慨今昔,因自度此曲。千岩老人以为有"黍离"之悲也。

　　淮左名都,竹西佳处,解鞍少驻初程。过春风十里,尽荠麦青青。自胡马窥江去后,废池乔木,犹厌言兵。渐黄昏,清角吹寒,都在空城。

　　杜郎俊赏,算而今、重到须惊。纵豆蔻词工,青楼梦好,难赋深情。二十四桥仍在,波心荡、冷月无声。念桥边红药,年年知为谁生!

【整体赏析】

　　姜夔(约1155—约1221),字尧章,号白石道人,鄱阳(今江西鄱阳)人。夔幼随父宦游,往来沔、鄂近二十年。孝宗淳熙间客湖南,识萧德藻。德藻以其兄女妻之,携之同寓湖州。晚年寓居临安。有《白石道人歌曲》《白石道人诗集》。

此词作于淳熙三年(1176)过扬州之时。上阕写入扬州城所见所闻。"淮左名都,竹西佳处,解鞍少驻初程",为词人进城情景。"淮左名都",即扬州,扬州为淮南东路安抚使治所。"过春风十里,尽荠麦青青",春风十里,只见荠麦青青。昔日"春风十里扬州路,卷上珠帘总不如"之繁华景象已不可见。"自胡马窥江去后,废池乔木,犹厌言兵"三句转向写原因。此句将废池乔木拟人化,极言对战争之厌恶。"渐黄昏,清角吹寒,都在空城",从视觉、听觉着眼,时已黄昏,听到清越的号角在空城中吹起,写兵燹后情景,更显凄凉。

下阕转向怀古伤今。"杜郎俊赏,算而今、重到须惊",就算是杜牧有卓越的鉴赏力,假如重到扬州也应该会感到惊奇。"杜郎"即杜牧,曾为扬州幕官。"纵豆蔻词工,青楼梦好,难赋深情",就算杜牧的"豆蔻"诗、"扬州梦"诗好,面对如今的扬州,也再写不出深情的诗句。"二十四桥仍在,波心荡、冷月无声",将杜牧诗中二十四桥热闹和现在的寂静进行了对比。杜牧诗云:"二十四桥明月夜,玉人何处教吹箫。"如今二十四桥没有玉人吹箫,只有湖波荡漾,冷月高挂。末二句"念桥边红药,年年知为谁生",转向深思。这桥边的红芍药,年年为谁盛开呢?

这首词写入扬州所见所感,今昔对比,表达出对战争后扬州残破的深切痛心。萧德藻以为此词"有黍离之悲"。词援引杜牧诗句,妥帖自然。

(谢安松)

【吟诵指要】

本篇普通话吟诵依据陈以鸿先生参照唐调总结的传统吟诵"诗词调"推衍而成。

《扬州慢》抒发"黍离之悲"。感悟词人的沉痛心情,想象杜牧重游故地的震惊和悲哀。词中"竹""十""麦""木""角""月""药"为入声字,声音短促。词的吟诵节奏与诗大体相同,两个字为一个节奏点,不同之处在于词有豆(停顿)、领字,要单独吟。"自""渐"是"一字豆","算而今"是"三字豆","纵""念"既是"一字豆"又是领字,吟诵时要略作停顿。词人深谙音律,词作极富声韵之美,边吟诵边细细品味抑扬之美。

(张妍群)

浣溪沙·五更

［明］陈子龙

半枕轻寒泪暗流,愁时如梦梦时愁。角声初到小红楼。

风动残灯摇绣幕,花笼微月澹帘钩。陡然旧恨上心头。

【整体赏析】

此词题作《五更》,为半夜难眠所作。上阕写半夜梦醒的情形。"半枕轻寒泪暗流",描绘夜清寒,睡梦中醒来,泪流满面的情形。"愁时如梦梦时愁",则写词人梦中、现实中都充满愁绪,足见愁之繁多。"角声初到小红楼",写梦醒时所闻。词人梦醒时分,闻角声,恰好为五更时分。此处便贴合词题。

下阕则写对于旧事的怀念。"风动残灯摇绣幕",风吹动残灯,帘幕也跟着摇晃。"残灯",即将熄的灯,暗指夜深。"绣幕",即绣花的帘幕。"花笼微月澹帘钩",本自杜牧"烟笼寒水月笼沙"。即花笼着新月,弯月高挂,月色澹澹。"微月",犹眉月,新月,指农历月初的月亮。末句"陡然旧恨上心头",突然之间,旧恨涌上了心头。则说出旧恨,而又似说非说,与前面之愁形成映照。

这首词写半夜梦醒,泪水默默流淌,而在风动残灯、花笼微月之时旧恨涌上心头。愁恨为何,词人不明说,欲说还休,使得愁绪变得无穷。写闺阁情景,以丽语出之,含情无限。

(谢安松)

【吟诵指要】

本篇普通话吟诵依据陈以鸿先生参照唐调总结的传统吟诵"诗词调"推衍而成。

《浣溪沙》上下阕各由三个七字句组成,吟诵时旋律与七言律诗相近。根据此词的情绪节奏,最后一句要重读且顿挫,体现旧恨陡然涌上心头之百般滋味。

(姚 蓉)

点绛唇·夜宿临洺驿

［清］陈维崧

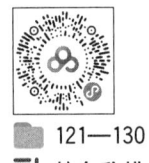

晴髻离离,太行山势如蝌蚪。稗花盈亩,一寸霜皮厚。

赵魏燕韩,历历堪回首。悲风吼。临洺驿口,黄叶中原走。

【整体赏析】

陈维崧(1625—1682),字其年,号迦陵,江苏宜兴人。康熙十八年举博学鸿词,授翰林院检讨,参与修《明史》。有《湖海楼全集》。

此词题中"临洺驿",在广平府永年县,今河北省邯郸市永年区。

上阕四句写临洺驿所见景。"髻",即在头顶或脑后盘成各种形状的发式。"离离",即盛多貌。"晴髻离离",形容太行山像女子的发髻。"太行山势如蝌蚪"则直写山势。词人在临洺驿看太行山,山势就像蝌蚪一样。"稗花盈亩,一寸霜皮厚",则转向写近景。"稗花"即稗子花。开花在秋季。稗子,一年生草本植物。"霜皮",即苍白的树皮。此二句写稗子长满了稻田,苍白的树皮有一寸之厚。此处表达出临洺驿之荒凉。

下阕转向怀古之思。"赵魏燕韩,历历堪回首",写战国赵魏燕韩争战场景历历在目。春秋末期韩赵魏三家分晋,赵国以邯郸为都城。长平之战后,燕赵又展开战争。"悲风吼,临洺驿口,黄叶中原走",又转向现实所见。"悲风",即凄厉的风。词人站在临洺驿口,吹着凄厉的秋风,看着黄叶在中原大地飘落。

这首词为纪行怀古之作。词人经过广平府临洺驿,看到太行山,想起战国韩赵燕魏争夺之场景,不禁生发出无限的历史沉思。

(谢安松)

【吟诵指要】

本篇普通话吟诵据钱仲联先生所传诗词吟调推衍而成。

词中入声字"一""历""驿""叶",吟得短促。此词境界阔大苍凉。上阕凝望山河。"离离"长吟,音声高而有气势;"盈""一寸"呈现萧瑟悲凉之景,重吟。下阕怀古,"悲风吼",要吟得低沉有力,用下行尾腔,强化千回百转的惆怅情怀。

(杜亚群)

卖花声·雨花台

[清] 朱彝尊

衰柳白门湾,潮打城还。小长干接大长干。歌板酒旗零落尽,剩有渔竿。

秋草六朝寒,花雨空坛。更无人处一凭阑。燕子斜阳来又去,如此江山。

【整体赏析】

这首词写游览金陵雨花台。上阕写金陵的整体风貌。"衰柳白门湾,潮打城还",写所见白门湾之景象。"白门",南朝宋都城建康宣阳门的俗称。"潮打城还"用刘禹锡《石头城》"山围故国周遭在,潮打空城寂寞回"之意。"小长干接大长干",转向南京街道。"长干",古建康里巷名,故址在南京市南。"歌板酒旗零落尽,剩有渔竿",写街巷的凄凉情景。昔日的歌板酒旗零落殆尽,剩下唯有渔人之钓竿。"歌板",即拍板,歌唱时用以打拍子。"酒旗",即酒帘,古代酒店外面挂的幌子。

下阕转写雨花台,吊古伤今。"秋草六朝寒,花雨空坛",六朝繁华不在,秋草凄寒,只留下空空的雨花台。"雨花台",在江苏省南京市南中华门外。相传梁武帝时,云光法师在此讲经,落花如雨,故名。"更无人处一凭阑",即在雨花台上无人处凭栏远望。"燕子斜阳来又去,如此江山",写远望之景色。在这江山之下,燕子和斜阳来来去去没有变化,而人世间早已历经沧桑。

这首词在六朝繁华与如今破败的今昔对比中,寄寓了词人淡淡的故国之思。南京为明朝前期都城,后为南都。清初,南京遭遇战争而破败不堪。作为明清之际的词人,经历了鼎革之变,故有此感。

(谢安松)

【吟诵指要】

本篇普通话吟诵为王兆鹏先生所传鄂东吟诵调。

此词上下阕格律相同,五句中有四处句尾押韵,平声字多,吟诵以舒缓为主,适于表达故国之思。但其中又隐含亡国之愤懑,不宜过于低沉。上阕第三句"接"为入声字,吟得短促。结尾"如此江山"感慨无穷,故而重复吟之。

(姚 蓉)

木兰花令·拟古决绝词柬友

[清] 纳兰性德

人生若只如初见，何事秋风悲画扇。等闲变却故人心，却道故人心易变。

骊山语罢清宵半，泪雨零铃终不怨。何如薄幸锦衣郎，比翼连枝当日愿。

【整体赏析】

纳兰性德(1655—1685)，字容若，初名成德，号楞伽山人，满族正黄旗人。康熙十四年(1675)进士，授三等侍卫，后晋一等。多次随康熙出巡塞外之地。工诗文，尤长于词。有《通志堂集》《纳兰词》。

词题中"决绝词"，即断绝关系之词。"柬"即信件、名片、帖子等的泛称。"柬友"，即写信给友人。

上阕写女子因故人心变之感伤。"人生若只如初见，何事秋风悲画扇"，人生如果是初次相见该多么美好，那样就不会在秋天将至之时悲叹画扇。二句用班婕妤之典故。班婕妤《团扇歌》："常恐秋节至，凉风夺炎热。弃捐箧笥中，恩情中道绝。"班婕妤失宠于汉成帝，作赋自伤,以秋扇自比。"等闲变却故人心,却道故人心易变",无端地变化了对故人之心,反而却说故人心容易变。"等闲",即无端地。

下阕则写女子之痴情。"骊山语罢清宵半,泪雨零铃终不怨",写杨贵妃与唐明皇半夜诀别,泪雨零铃而不怨恨。用杨贵妃之典故。"骊山",在今陕西临潼东南。白居易《长恨歌》谓:"骊宫高处入青云,仙乐风飘处处闻。……行宫见月伤心色,夜雨闻铃肠断声。""何如薄幸锦衣郎,比翼连枝当日愿",那薄幸的贵族子弟还不如当年的唐明皇,至少比翼连枝也是他当日所愿,则转向词人评价。"薄幸",用于形容对爱情不专一的男人。"锦衣",即文采华贵的衣服。"锦衣郎",指贵族子弟。"比翼连枝当日愿"亦语出《长恨歌》"在天愿作比翼鸟,在地愿为连理枝"。

这首词为读古人男女诀别词有感而作。其中涉及汉乐府《白头吟》、班婕妤《怨诗》、白居易《长恨歌》,表达了词人对于女子不幸命运的同情,以及对女子坚贞爱情的歌颂。

(谢安松)

【吟诵指要】

本篇普通话吟诵系窦广娟原创调。

这首词吟诵时把握中心句"人生若只如初见,何事秋风悲画扇",旋律平缓,有娓娓道来的意思。三四句是说理,语气平稳。下阕以唐玄宗、杨贵妃事实为例,吟诵以舒缓、沉静为主,七八句是反诘,声音上抛,略显激越。

(窦广娟)

散 曲

南吕·一枝花·不伏老(节选)

[元]关汉卿

我是个蒸不烂、煮不熟、捶不扁、炒不爆、响当当一粒铜豌豆。恁子弟每,谁教你钻入他锄不断、斫不下、解不开、顿不脱、慢腾腾千层锦套头。我玩的是梁园月,饮的是东京酒,赏的是洛阳花,攀的是章台柳。我也会围棋,会蹴鞠,会打围,会插科,会歌舞,会吹弹,会咽作,会吟诗,会双陆。你便是落了我牙,歪了我嘴,瘸了我腿,折了我手,天赐与我这几般歹症候,尚兀自不肯休!则除是阎王亲自唤,神鬼自来勾,三魂归地府,七魄丧冥幽,天哪,那其间才不向烟花路儿上走。

【整体赏析】

关汉卿(1225?—1300?),号已斋叟,大都(今属北京)人。生于金末,身历金元,沉沦社会底层。关汉卿是"元曲四大家"之一,其杂剧颇多佳作,如《窦娥冤》《救风尘》《单刀会》等均是千古传唱的名篇。作品总体风格上是雅俗并举,反映了元代多元融合的文化氛围。

【南吕·一枝花】《不伏老》为套数,是关汉卿散曲的代表作,运用第一人称进行自我解嘲,塑造了流连于"折柳攀花""眠花卧柳"的风流浪子形象,也是对元代书会才人人生状态的概括和反映。

节选为此套数之"尾",首两句大量使用衬字,将短句扩写成长句,一连串的排比增强了语句的气势,让"我"这一形象的特质生动凸显。"铜豌豆"句显示出"我"的坚韧、顽强、泼辣和豪放,同时表达了对社会的愤懑不平之情。"谁教你"句表达了关汉卿对风流浪子沉迷玩乐、游戏人生行径的同情和反诘。"我玩的是梁园月"至"尚兀自不肯休"用浓墨重彩的笔调渲染"我"放荡不羁、玩世不恭的享乐人生。"梁园"即西汉梁孝王建造的园林,规模宏大,为羽猎游赏之所。"东京"即北宋都城开封。"洛阳花"即牡丹花。"章台"代指妓女聚集之所。"你便是落了我牙"至"那其间才不向烟花路儿上走",显示出"我"敢于反抗社会黑暗现实的叛逆精神、抗争精神。全曲用戏谑、通俗和富于变化的语言凸显出"我"这一形象坚毅、不羁的性格特征。曲中既有对社会现实的关怀,又表达了对及时享乐人生态度的认可,也有对社会的不满和反叛的宣言,是元代特定历史环境中士人心态和生活的写照。

(郭雪颖)

【吟诵指要】

本篇普通话吟诵系彭世强原创调。

吟咏前务必读懂全文,体悟作者不伏老,与黑暗现实抗争的刚毅个性。首句就要吟咏出鲜明的"铜豌豆"般个性!节奏感要强。"锄、斫、解、顿、慢"连续十五字的排比,也要顿挫有力,掷地有声。中间九个"会",有快有慢,徐疾有致地吟咏,语气略有缓和,表现其"风流浪子"的一面。紧接的几句"落牙、歪嘴、瘸腿、折手"四句的吟咏,则可一泻而出！至于后面的"则除是"四句又回复到明显的顿挫节奏。尾句"天哪"一个长音咏出，高音飙升，全句在下行音调中结束，但是"才不向"三字的有力突出，便重回开篇的坚定不屈的性格表现。

（彭世强）

天净沙·秋思

[元] 马致远

枯藤老树昏鸦,

小桥流水人家,

古道西风瘦马。

夕阳西下,断肠人在天涯。

【整体赏析】

马致远(1250?—1321?),号东篱,大都(今属北京)人。马致远热衷功名,青年时"写诗曾献上龙楼"(《女冠子》),但仕路坎壈,沉沦下僚,只任过江浙行省务官等职,因此颇多反映黑暗社会的作品。周德清《中原音韵》将其与关汉卿、郑光祖、白朴四人并称为"元曲四大家"。马致远有"曲状元"之美誉,其散曲风格以豪旷、疏宕为主。著有《破幽梦孤雁汉宫秋》《西华山陈抟高卧》等杂剧。

马致远《天净沙·秋思》为小令,仅用 28 字的篇幅勾勒出一幅萧瑟苍凉的秋野夕照图,达成"言有尽而意无穷"的艺术效果。这首小令前三句连用九个名词,虽是对景物的铺排,但暗含了作者羁旅天涯、辗转奔波的孤独无依之感。末两句用明白晓畅的语言道出作者坎坷的人生遭际和郁结的心绪。作者沿着宋玉《九辩》构建的悲秋传统，将羁旅漂泊、仕途不顺等情绪寓寄在衰飒的秋景之中，全曲情景相生、含蓄隽永，被周德清称为"秋思之祖"（《中原音韵》）。王国维亦评道："寥寥数语，深得唐人绝句妙境。"（《人间词话》）可见马致远此曲的艺术成就和跨越时空的感染力。

（郭雪颖）

【吟诵指要】

本篇普通话吟诵系彭世强原创调。

这首二十八字小令，字字珠玑，句句情浓。前三句六言，取以沉缓节奏，并把握双数字工整的平长仄短对应去吟咏，就格外显出游子思乡的伤感。尾句"断肠人在天涯"是诗眼所在处。"断肠人"语音上升，间歇之后，慢慢吐出"在天涯"三字，整句语调下沉延宕，伤感之情似显于不绝之音中。

（彭世强）

本篇普通话吟诵源自陈以鸿先生传调。

吟诵时可加重"枯""老""昏""古"等修饰词，以表现秋日的衰败萧瑟之景象。"断肠"高音凄苦，"天涯"低音缓缓下坠，饱含乡愁情思，在拖长的尾音中涵咏游子愁之深、情之切。

（郭繁荣）

文

论语(四则)

子曰:"学而时习之,不亦说乎?有朋自远方来,不亦乐乎?人不知而不愠,不亦君子乎?"(《学而》)

曾子曰:"吾日三省吾身——为人谋而不忠乎?与朋友交而不信乎?传不习乎?"(《学而》)

子曰:"三人行,必有我师焉;择其善者而从之,其不善者而改之。"(《述而》)

曾子曰:"士不可以不弘毅,任重而道远。仁以为己任,不亦重乎?死而后已,不亦远乎?"(《泰伯》)

【整体赏析】

《论语》是记载孔子思想学说的重要资料。孔子(前551—前479),名丘,字仲尼,鲁国陬邑(今山东曲阜)人。鲁定公时官至司寇。因政治主张不被采纳,去鲁而周游卫、宋、陈、蔡、齐、楚等国,皆不为所用。晚年聚徒讲学。为儒家学派创始者,其学说以"仁""礼"为核心。

以上选《论语》四则，为孔子及其弟子曾子的言论。第一则中"子曰"，即孔子说之意。"不亦说乎"，"说"同"悦"，即高兴、喜悦之意。"学而时习之"，"学"即学新的内容；"习"即温习旧的知识。"人不知而不愠"，"愠"（yùn），怨恨之意。此则意思，孔子说："学习新内容的同时温习已学的内容，不也很喜悦吗？有志同道合的人从远方来，不也很快乐吗？别人不了解自己却不怨恨，不就是君子吗？"

第二则中"曾子"，即曾参，字子舆，南武城（今山东平邑）人。孔子弟子。"省"（xǐng），反省之意。"三省"，即多次反省。"为人谋"，即为人办事。"传不习乎"，"传"即传授，指老师对学生的教导。这则的意思是，曾子说：我一天三次反省自己——反省自己为人办事是否尽心竭力？与朋友交往是否讲信用？老师传授的知识是否时时温习？

第三则中"三人行"，即三个人行走。此则意思是：三个人行走，必定有我可以学习的人。选择他们之中好的地方学习，不好的地方则改正自己。

第四则中"士"，即读书人。"弘毅"即"强毅"，刚强而有毅力。"仁"即仁德。此则意思是：读书人不可不刚强而有毅力，因为他们担负沉重而道路遥远。他们以实现仁德为己任，这难道任务不沉重吗？到死的时候才停止，这难道不遥远吗？

（谢安松）

【吟诵指要】

本篇普通话吟诵源自陈以鸿先生所传唐调。

唐调吟诵上古散文，较为古朴，读法也比较庄重而拘谨，标志性尾腔，可用简谱记为216。《论语》四则，均按此规则吟诵，虽为散文，亦颇具韵律感。

（姚　蓉）

劝学(节选)

[战国] 荀子

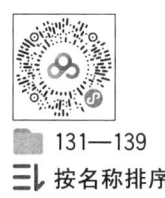

君子曰:"学不可以已。"

青,取之于蓝,而青于蓝;冰,水为之,而寒于水。木直中绳,𫐓以为轮,其曲中规。虽有槁暴,不复挺者,𫐓使之然也。故木受绳则直,金就砺则利,君子博学而日参省乎己,则知明而行无过矣。

吾尝终日而思矣,不如须臾之所学也;吾尝跂而望矣,不如登高之博见也。登高而招,臂非加长也,而见者远;顺风而呼,声非加疾也,而闻者彰。假舆马者,非利足也,而致千里;假舟楫者,非能水也,而绝江河。君子生非异也,善假于物也。

积土成山,风雨兴焉;积水成渊,蛟龙生焉;积善成德,而神明自得,圣心备焉。故不积跬步,无以至千里;不积小流,无以成江海。骐骥一跃,不能十步;驽马十驾,功在不舍。锲而舍之,朽木不折;锲而不舍,金石可镂。蚓无爪牙之利,筋骨之强,上食埃土,下饮黄泉,用心一也。蟹六跪而二螯,非蛇鳝之穴无可寄托者,用心躁也。

【整体赏析】

荀子(约前313—前238),名况,又称荀卿(一作孙卿),战国时赵国人。游学于齐,后至齐、秦、赵、楚国,楚春申君任命他为兰陵令。后家于兰陵,著书授徒。著有《荀子》(一作《孙卿子》)三十二篇。

此文为《荀子》卷一第一篇。篇名《劝学》,即劝慰世人学习之意。

此文可分为两部分。前半部分论述为何要学习。文章开篇便点出"学不可以已",即学习不可以停止。接下来则论述原因。作者通过譬喻青与蓝、冰与水、木材与车轮、金属与利剑之关系,进而指出"君子博学而日参省乎己,则知明而行无过矣"。也就是说只有通过不断地学习反思,才能变得聪明而没有过错。

文章后半部分主要论述如何学习。首先是借助他物学习。作者通过论述登高而见者远,顺风而闻者彰,假舆马而致千里,假舟楫而绝江河,进而指出"君子生非异也,善假于物也"。也就是要善于借助他物学习,如此则事半功倍。其次是要平心静气、不懈努力地去学习。积土成山、积水成渊、积善成德等都需要一步步积累。"故不积跬步,无以至千里;不积小流,无以成江海。骐骥一跃,不能十步;驽马十驾,功在不舍。"这正说明不断努力去学习从而达到成功的重要性。

此文主要通过譬喻论述为何学习,如何学习,对于后人学习指明途径,意义深远。

(谢安松)

【吟诵指要】

本篇普通话诵读源自萧善芗先生所传唐调。

唐调吟诵先秦散文调尾调为216,用平读法读,风格质朴中正。此篇为说理文,注意把握好文章结构脉络,读出条理层次。文中重点句,如"学不可以已""善假于物也",宜用重读缓读加以突出。论证部分,多用排比句法,句式整齐,语气一贯,读文需注意体察文气变化,协调高低、轻重、疾徐,使诵读疏密得当,抑扬顿挫,富有层次感和节奏感,避免单调呆板。

(杜亚群)

出师表

[三国] 诸葛亮

先帝创业未半而中道崩殂,今天下三分,益州疲弊,此诚危急存亡之秋也。然侍卫之臣不懈于内,忠志之士忘身于外者,盖追先帝之殊遇,欲报之于陛下也。诚宜开张圣听,以光先帝遗德,恢弘志士之气,不宜妄自菲薄,引喻失义,以塞忠谏之路也。

宫中府中,俱为一体,陟罚臧否,不宜异同。若有作奸犯科及为忠善者,宜付有司论其刑赏,以昭陛下平明之理,不宜偏私,使内外异法也。

侍中、侍郎郭攸之、费祎、董允等,此皆良实,志虑忠纯,是以先帝简拔以遗陛下。愚以为宫中之事,事无大小,悉以咨之,然后施行,必能裨补阙漏,有所广益。

将军向宠,性行淑均,晓畅军事,试用于昔日,先帝称之曰能,是以众议举宠为督。愚以为营中之事,悉以咨之,必能使行阵和睦,优劣得所。

亲贤臣,远小人,此先汉所以兴隆也;亲小人,远贤臣,此后汉所以倾颓也。先帝在时,每与臣论此事,未尝不叹息痛恨于桓、灵也。侍中、尚书、长史、参军,此悉贞良死节之臣,愿陛下亲之信之,则汉室之隆,可计日而待也。

臣本布衣,躬耕于南阳,苟全性命于乱世,不求闻达于诸侯。先帝不以臣卑鄙,猥自枉屈,三顾臣于草庐之中,咨臣以当世之事,由是感激,遂许先帝以驱驰。后值倾覆,受任于败军之际,奉命于危难之间,尔来二十有一年矣。

先帝知臣谨慎,故临崩寄臣以大事也。受命以来,夙夜忧叹,恐托付不效,以伤先帝之明,故五月渡泸,深入不毛。今南方已定,兵甲已足,当奖率三军,北定中原,庶竭驽钝,攘除奸凶,兴复汉室,还于旧都。此臣所以报先帝而忠陛下之职分也。至于斟酌损益,进尽忠言,则攸之、祎、允之任也。

愿陛下托臣以讨贼兴复之效,不效,则治臣之罪,以告先帝之灵。若无兴德之言,则责攸之、祎、允等之慢,以彰其咎;陛下亦宜自谋,以咨诹善道,察纳雅言,深追先帝遗诏,臣不胜受恩感激。今当远离,临表涕零,不知所言。

【整体赏析】

诸葛亮(181—234),字孔明,琅琊阳都(今山东沂南)人。幼随叔父至荆州,隐居邓县(今河南邓州)隆中。建安十二年(207),向刘备提出夺取荆、益二州。刘备称帝后,拜丞相,刘备死后,受遗命辅佐后主刘禅。曾五次出兵北伐。有《出师表》《诫子书》等文章。

此文作于建兴五年(227)三月。时诸葛亮欲率军北伐魏,上表后主请求出师。此表主要分三部分。第一部分从"先帝创业未半而中道崩殂"到"可计日而待也"。此部分主要论述北伐的必要,同时交代出师后官员任用情况。对于用人,诸葛亮提出"亲贤臣,远小人"的总体方针。

第二部分,从"臣本布衣"到"则攸之、祎、允之任也"。此部分主要陈述北伐的原因与可能性。先帝"临崩寄臣以大事"。所谓"大事",即北伐统一中原。

第三部分,从"愿陛下托臣以讨贼兴复之效"到"不知所言"。此部分则是恳请出师,以及对外兴复、对内兴德的承诺。末三句"今当远离,临表涕零,不知所言",感情尤为真挚。

此文为诸葛亮出师北伐的上表。作者通过对北伐原因及可能性的陈述,对外兴复、对内兴德的承诺,表达了深切的爱国之情与忠君之心。

(谢安松)

【吟诵指要】

本篇普通话吟诵源自陈以鸿先生所传唐调,运用普通话和沪语两种语言进行吟诵示范。唐调吟诵后世散文的标志性尾音,参考简谱为 6̣1̣5̣。

据唐文治先生《国文经纬贯通大义》所述,本篇读来沁人心脾,乃真性情文字:"余谓读此文当得一咽字诀。惟其沁人心脾,故处处咽住,切忌读之太速。"因此吟诵时要特别注重语气情绪的变化。

文章首段劝戒君主"亲贤臣,远小人",此论暗含着作者对君主现在行事方式心怀不安之虑,但又要顾及君臣之礼,所以语气上"劝"多"戒"少,既要恳切,又不能缺乏尊敬。吟诵时语速平缓,不徐不疾,结句尾音可拖长。

第二段回顾了自己身受三顾茅庐之恩,因此感激回报,在追忆中体现先帝礼贤下士之风,同时也表达了作者自己的忠诚。表达时注重叙事的流畅性,吟诵时语句力度可适度降低,为下文做铺垫。但此段"今南方已定,兵甲已足……而忠陛下之职分也。"需急读,语速加快,慷慨高亢,一气呵成。

第三段表达了作者夙夜殚精竭虑以兴复汉室的决心,抒情之处真挚恳切。故吟诵时要有顿促感,结尾声中带有呜咽之感。

以上三部分吟诵时要注意感受的变化及分寸的把握。

(张赟华)

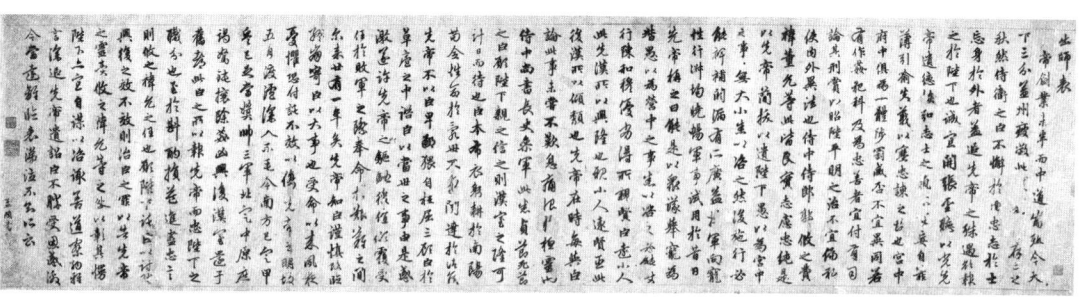

五柳先生传

[晋]陶渊明

先生不知何许人也,亦不详其姓字,宅边有五柳树,因以为号焉。

闲静少言,不慕荣利。好读书,不求甚解;每有会意,便欣然忘食。性嗜酒,家贫不能常得。亲旧知其如此,或置酒而招之。造饮辄尽,期在必醉,既醉而退,曾不吝情去留。环堵萧然,不蔽风日;短褐穿结,箪瓢屡空,晏如也。常著文章自娱,颇示己志。忘怀得失,以此自终。

赞曰:黔娄之妻有言:"不戚戚于贫贱,不汲汲于富贵。"其言兹若人之俦乎?衔觞赋诗,以乐其志,无怀氏之民欤?葛天氏之民欤?

【整体赏析】

此文约作于晋武帝太元二十年(395),在陶渊明出任江州祭酒之前。文章可分为三个部分。第一部分,即"先生不知何许人也"到"因以为号焉"。此段引出五柳先生的来由。

第二部分从"闲静少言,不慕荣利"到"忘怀得失,以此自终"。此部分主要描绘五柳先生的性格、喜好,描绘出一个狂放自由而又有林泉高致的人物形象。

第三部分为赞语。此部分则深化五柳先生的志趣。"黔娄之妻"一句,典出汉刘向《列女传·鲁黔娄妻》。春秋时期黔娄贫而不仕,终以穷死。曾子往吊,而其妻以"不戚戚于贫贱,不汲汲于富贵"答之。而这也正是陶渊明的追求。"衔觞赋诗,以乐其志,无怀氏之民欤?葛天氏之民欤?"数句直接表达作者的志趣。无怀氏、葛天氏皆上古善待百姓之帝王。而陶渊明正想做一个在贤德明君治下的普通老百姓。

此文是陶渊明的自传。作者通过对五柳先生形象、性格、志趣的描绘,表达了对于清明政治及闲适生活的向往。

(谢安松)

【吟诵指要】

本篇普通话吟诵源自唐调。

这个调子讲究一字一拍,一字一顿。而且有特殊的尾调用以表示句群的停顿。陶潜此文假托五柳先生自喻,将个人遭际和内在情操展露无遗。读时要注意入声字出口即收,还有"字字如立危石之上,而气翔于虚无之表"的特点。丹田运声,高低起伏张弛舒缓都要随着文气流动而设计,这样才能铿锵有力,气韵绵长。

(窦广娟)

本篇普通话吟诵源自张家港邢烈先生的沙洲古文吟诵调。

(杜亚群)

陋 室 铭

[唐] 刘禹锡

山不在高,有仙则名。水不在深,有龙则灵。斯是陋室,惟吾德馨。苔痕上阶绿,草色入帘青。谈笑有鸿儒,往来无白丁。可以调素琴,阅金经。无丝竹之乱耳,无案牍之劳形。南阳诸葛庐,西蜀子云亭。孔子云:何陋之有?

【整体赏析】

铭是古代的一种文体,往往刻于青铜、石头之上。铭有两种:一是纪念功德的,一是作警戒的。《陋室铭》属于后者。

开篇四句为起兴,引出陋室。山不在于有多高,关键在于有仙则为名山;水不在于有多深,有龙则为灵水。"斯是陋室,惟吾德馨"则引入主题,虽然是陋室,但是我品德馨香。"苔痕上阶绿,草色入帘青"则写陋室的自然环境。

接下来主要写主人在室内的活动。"谈笑有鸿儒,往来无白丁",写主人的人际交往。"鸿儒"为博学多才之人;"白丁"指目不识丁、知识浅薄的人。"可以调素琴,阅金经"几句则写主人的高雅日常生活。"南阳诸葛庐,西蜀子云亭",则是将陋室与诸葛亮的茅庐、扬雄的子云亭作对比。最后引用孔子的话点出陋室不陋。《论语·子罕第九》载:"子欲居九夷。或曰:'陋,如之何?'子曰:'君子居之,何陋之有?'"即有德行的人居住,不在乎地方的偏僻和房子的简陋。

此文通过对于陋室环境、生活的描绘,表达了作者虽身处陋室而志节不易之意。

(谢安松)

【吟诵指要】

本篇普通话吟诵系彭世强原创调。

本文虽短,寓意却深。吟咏者必须把握层次变化中的语气情绪之变。开篇"山不在高……惟吾德馨",以"仙、龙"喻人,突出室主之人品之馨。不妨以高音长调开篇,又以长音结束"德馨"二字。而后从"苔痕上阶绿"到"无案牍之劳形",前四个五言句,上下对称,吟咏时要流畅而有分寸感。在"可以"之后的四句,依然要突出其对称感。结尾几句则用悠然语气吟诵,特别强调"何陋之有",以高音拖长,以显强调。

(彭世强)

本篇普通话吟诵源自陈以鸿先生所传唐调后世散文调。

读韵文时注意把韵字读饱满,归韵到位。"斯是陋室,惟吾德馨"为全文主旨所在,宜用高调,"德馨"点睛之笔,重读,突出陋室不陋的原因。"谈笑有鸿儒,往来无白丁","无丝竹之乱耳,无案牍之劳形",

这两句都要读高,节奏都处理成前快后慢,一显作者交往之高雅,一显作者内心的恬淡、洒脱。结句"何陋之有"是反问语气,重读,表明志向高洁、陋室不陋的道理。

(杜亚群)

岳阳楼记

[宋]范仲淹

庆历四年春,滕子京谪守巴陵郡。越明年,政通人和,百废具兴,乃重修岳阳楼,增其旧制,刻唐贤今人诗赋于其上,属予作文以记之。

予观夫巴陵胜状,在洞庭一湖。衔远山,吞长江,浩浩汤汤,横无际涯,朝晖夕阴,气象万千,此则岳阳楼之大观也,前人之述备矣。然则北通巫峡,南极潇湘,迁客骚人,多会于此,览物之情,得无异乎?

若夫淫雨霏霏,连月不开,阴风怒号,浊浪排空,日星隐曜,山岳潜形,商旅不行,樯倾楫摧,薄暮冥冥,虎啸猿啼。登斯楼也,则有去国怀乡,忧谗畏讥,满目萧然,感极而悲者矣。

至若春和景明,波澜不惊,上下天光,一碧万顷;沙鸥翔集,锦鳞游泳,岸芷汀兰,郁郁青青。而或长烟一空,皓月千里,浮光跃金,静影沉璧,渔歌互答,此乐何极!登斯楼也,则有心旷神怡,宠辱偕忘,把酒临风,其喜洋洋者矣。

嗟夫!予尝求古仁人之心,或异二者之为,何哉?不以物喜,不以己悲,居庙堂之高则忧其民,处江湖之远则忧其君。是进亦忧,退亦忧。然则何时而乐耶?其必曰"先天下之忧而忧,后天下之乐而乐"乎!噫!微斯人,吾谁与归?时六年九月十五日。

【整体赏析】

此记作于庆历六年九月,乃范仲淹应岳州知州滕宗谅之请而作。此记分为三个部分。第一部分为"庆历四年春"至"属予作文以记之",主要写作《岳阳楼记》之缘起。"滕子京谪守巴陵郡"句,"滕子京"即滕宗谅,时贬谪出知岳州。岳州古称巴陵郡。滕宗谅知岳州的第二年重修岳阳楼,增大其规模,并刻唐贤今人诗赋于楼上。因此,请求范仲淹作记。

第二部分为从"予观夫巴陵胜状"至"其喜洋洋者矣",主要写岳阳楼之景色与迁客骚人"览物之情"。此部分从岳阳楼的地理位置、淫雨霏霏、春和景明三个方面展开论述。

作者首先概括洞庭湖之壮观景象:"衔远山,吞长江,浩浩汤汤,横无际涯,朝晖夕阴,气象万千。"然而作者不重写景,随后笔锋一转。作者结合洞庭湖及岳阳楼的位置,指出"迁客骚人,多会于此,览物之情,得无异乎?"

随后作者便从不同人物、不同时间所见来写岳阳楼之景与情。首先是"淫雨霏霏,连月不开"之时。在这个时候登岳阳楼就会"则有去国怀乡,忧谗畏讥,满目萧然,感极而悲者"。天气的不好实际还指政局的风云变化。"淫雨霏霏"之景,恰好与政治失利的贬谪文人心境相符合。其次则是"春和景明,波澜不惊"之时。此时"登斯楼也,则有心旷神怡,宠辱偕忘,把酒临风,其喜洋洋者矣"。当然,春和景明同样暗示政治的清明。而此时登楼之人亦非迁客,故而欢乐无限。

第三部分则在前面两种"览物之情"基础上展开议论。作者怀古仁人之心,与前面因天气变化而情感随之变化的两种人不同。而具体的不同则是"不以物喜,不以己悲,居庙堂之高则忧其民,处江湖之远则忧其君"。而其最高境界便是"先天下之忧而忧,后天下之乐而乐"。

此记应滕宗谅所作,目的是规劝他不必以贬谪为意,而应心忧庙堂心系百姓。同时也表达了作者心忧天下、积极入世的情怀,为宋文之杰作。

(谢安松)

【吟诵指要】

本篇普通话吟诵源自唐文治先生传调。唐门弟子范敬宜是范仲淹第 28 世孙,他吟诵的《岳阳楼记》深情并茂,自然流畅,可谓青出于蓝胜于蓝,吟者以他的吟诵录音为蓝本,学吟本篇。

用唐调读散文,最为人称道的是标志性尾调"２ １ $\dot{6}$ １ ２ $\dot{5}$ － －",一波三折,非常动听。而吟者认为,标志性尾调固然重要,而唐调吟诵最突出的特点是在于读文气势的通畅,表情达意的到位。例如,同样是写景的段落,吟诵风格可以完全不同。例如"若夫淫雨霏霏"一段由天气的恶劣写到人心的凄楚,要吟出迁客骚人"去国怀乡"之慨,"忧谗畏讥"之惧,"感极而悲"之情。而"至若春和景明"一段,则吟得明快轻松,喜气洋洋,体现作者"宠辱偕忘"的超脱和"把酒临风"的挥洒自如。再如"衔远山,吞长江,浩浩汤汤,横无际涯,朝晖夕阴,气象万千"几句,吟速渐快,语气激昂,把洞庭湖气象万千的景象很好地体现出来;

而结句"微斯人,吾谁与归",吟速趋缓,声音下沉,音色悲凉,力图体现作者心中如怨如慕、如泣如诉的呼号、诘问。

(须　强)

　　本篇普通话吟诵是彭世强原创调。沪语吟诵源自陈以鸿先生所传唐调。

　　普通话吟诵需处理好段落间的转换。第一段应以舒缓中速,徐徐道出"作文之由"。第二段略带兴奋地吟洞庭湖概貌。三、四两段的吟咏,应注意把握由景而生的心绪之变。第五段先是顿然一问"何哉",而后加速吟出"不以物喜……则忧其君",最后用坚定而逐渐升高的语音,吟出名句"先天下之忧而忧,后天下之乐而乐"。尾句"微斯人,吾谁与归"是感情抒发最高点,应饱含真情地吟出此问。

(彭世强)

爱莲说

[宋]周敦颐

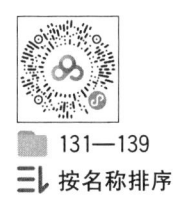

　　水陆草木之花,可爱者甚蕃。晋陶渊明独爱菊。自李唐来,世人甚爱牡丹。予独爱莲之出淤泥而不染,濯清涟而不妖,中通外直,不蔓不枝,香远益清,亭亭净植,可远观而不可亵玩焉。

　　予谓菊,花之隐逸者也;牡丹,花之富贵者也;莲,花之君子者也。噫!菊之爱,陶后鲜有闻;莲之爱,同予者何人?牡丹之爱,宜乎众矣!

【整体赏析】

　　周敦颐(1017—1073),原名敦实,字茂叔,号濂溪,道州营道(今湖南道县)人。初以恩荫任分宁主簿,复为南安军司理参军、郴县县令、合州判官、虔州通判、广东转运判官等职,多善政。周敦颐是北宋著名理学家,"濂洛关闽"之"濂"即指周敦颐,有《太极图说》《通书》。

　　这篇散文作于北宋嘉祐八年(1063)周敦颐任虔州通判期间。文章可分为两个部分,第一部分铺叙莲花高洁出尘的外形,第二部分作者借物抒情,借莲花之高洁喻自身。

文章首先指出世人对菊花、牡丹的欣赏和喜爱,并言明自己欣赏莲花之审美取向的独特之处。紧接着作者通过描述莲花的高洁之姿说自己为何独爱莲花,即出于淤泥之中却不染纤尘、经清水的洗涤却不妖艳,根茎笔直而不枝蔓,且香气远播,突出了莲花表里如一、不与世俗同流合污的美好品质。进而作者以物喻人,将莲花与君子遗世独立的品格相比,表明了他对君子人格的追求。

文章托物言志,周敦颐此文正显示其人品高洁,胸怀洒落的志趣。

(郭雪颖)

【吟诵指要】

本篇普通话吟诵依据唐调后世散文调的吟诵规则推衍而成。

吟诵本文,一要注意散文调的结句规则,二要注意文中颇多的入声字,三要注意作者情感态度的表达,以及由此衍生的吟诵节奏的变化,四要感受散文吟诵因声求气、声气相谐的特点。

(徐　静)

本篇普通话吟诵源自张家港邢烈先生的沙洲古文吟诵调,用普通话诵读。

(杜亚群)

附 录

谈谈大学课堂上的吟诵教学

姚 蓉 王天觉

引 言

作为非物质文化遗产的吟诵,近些年来越来越多地受到了党和政府的重视。其表现之一是 2016 年,吟诵被教育部、国家语委列入"十三五"工作规划,受到政府的高度重视。而吟诵作为一门课程重回教育体系,则起步更早。吟诵进入教学体系的过程,离不开老一辈学者的大声疾呼,其中叶嘉莹先生厥功至伟,她曾于 1994 年和 1998 年分别致信赵朴初先生和时任国家主席的江泽民同志,呼吁让儿童和小学生学习吟诵。吟诵从娃娃抓起的观念,促使新时期以来的吟诵教学率先在中小学校扎根,再向大学延伸。据统计,目前全国共有 500 多所中小学开展了吟诵教学,约有几万名学生学习过吟诵[①],其人数远远多于大学生和研究生。高校中,南开大学的叶嘉莹,南京师范大学的陈少松,首都师范大学的赵敏俐、徐健顺等学者长期致力于吟诵课程的教学和研究。但就全国范围而言,大学里的吟诵教学仍任重而道远。

---

① 南开大学"中华吟诵的抢救整理与研究"课题组:《知音如见赏,雅调为君传——关于传统吟诵的调查与思考》,《光明日报》2013 年 5 月 28 日,第 15 版。

2014年,笔者在执教的上海大学开设"吟诵"课程。面向全校新生、中文专业本科生及汉语国际教育专业硕士生等不同群体,设计了不同类型、不同层次的吟诵课程。并于2017年、2018年和2019年成功举办了三届中华古典诗词吟诵大会。2018年11月13日,参与申报的上海大学"中华古诗文吟诵和创作基地"成功入选教育部第一批中华优秀传统文化传承基地。上海大学成为国内名副其实的吟诵教学、推广和研究重镇。在长期的教学中,笔者积累了一些教学经验,希望与教育界同仁分享,以期推进大学课堂上的吟诵教学。

一、转变观念与激发兴趣

吟诵课教学的难点在于如何提高学生对其重要性的认识。与其他课程不同,吟诵属于一门古老的艺术,在我国有着三千多年的历史,过去曾以口耳相传的形式在私塾或家学中传承,20世纪中叶后猛然式微。叶嘉莹先生说吟诵衰微的原因在于人为割裂,而非自然淘汰[1]。然而,新时期成长起来的学生对此并不了解,先入为主的观念使他们一开始就把吟诵归入陈旧的、落后的文化行列。所以,改变学生旧的思想观念,提高他们的学习兴趣是解决这一难题的两个关键。

如何改变学生的思想观念呢?陈少松先生的看法是让学生试听两节课,如果学生不满意,再让他们改选其他课程[2]。他执教的南京师范大学文学院刚好有此项规定。但据笔者了解,大部分高校,学生选

---

[1] 叶嘉莹、张静:《遗音沧海如能会,便是千秋共此时——浅议中华吟诵传承的重要性与紧迫性》,《光明日报》2012年4月26日,第11版。
[2] 陈少松:《从事吟诵教育二十四年感言》,《中国诗歌研究动态》第16辑,学苑出版社2015年版,第45页。

课之后很难退选或改选。这时,带给学生希望、让他们看到吟诵的价值,就考验着老师的能力。毋庸置疑,前两节课很重要,起着拨乱反正、定调定性的作用。第一印象树立好了,以后的教学就很顺利,第一印象差了,以后的教学就颇多掣肘。同时,授课教师也要认识到改变学生旧的观念不应该只是前两节课的任务,而应贯穿于教学过程的始终。原因是吟诵课教学一般遵循由简入难的规律,课程开展到中间环节,老师会适度加重授课的分量和难度,压力一大,学生会再次萌生吟诵是"老古董"、没必要学的想法。所以,前两节课一定要给学生讲明吟诵的断裂史和复兴史,让学生从理性上认识吟诵的价值和意义:吟诵是我国古代独有的读书方式,它不但是古人创作诗文、推敲诗文的重要手段,还是读者学习诗文、欣赏诗文的重要途径,它对提高个人修养、复兴传统文化都有帮助。除此之外,还要现身说法。笔者常把自己学习吟诵时经历的趣事、萌生的困扰、取得的成绩和心得体会分享给学生,往往能引起他们的共鸣、坚定他们的信念,这比单纯说教效果要好。还要重视互动。互动包括师生互动和生生互动,它在"培养学生能力、增进师生交流、实现教育公平等方面"发挥着积极的作用[①]。吟诵课的实践性质决定了它的课堂互动要比其他理论课多得多。

初学吟诵的大学生一般会经历这样的心路历程:从最初的害怕,到接触后的欣喜,再到熟悉后的厌倦,终至结束时的回味。因此,在授课过程中,要极力扫除学生的三种心理:怀疑心理、畏惧心理和倦怠心理。大部分学生对吟诵都有过怀疑心理,他们会怀疑吟诵是精华还是糟粕?授课老师的吟诵与他们从其他地方听到的吟诵有何不同?

---

① 姚蓉:《谈如何搞好大学教学中的课堂互动》,《中国大学教学》2018年第7期,第71页。

当代人学习古人的吟诵有必要吗？吟诵会不会只是一时的风气？吟诵是个别学者在鼓吹，还是得到了国家层面的认可？这些思想负担不解除，学生就不会全身心投入学习吟诵，更不要说学好它。我教过的一个学生在作业里说吟诵带给她的第一感觉是"奇怪"，另一个学生则坦言自己听惯了流行音乐，很难接受吟诵，内心排斥而不想学习。可谓说出了年轻一代的真实想法，值得教育者反思。还有些学生对吟诵持畏惧心理。一名学生说自己五音不全恐怕学不了吟诵。显然，这名同学把吟诵误认为唱歌。大多数学生学习了一段时间后会产生倦怠心理，神秘感消失、学习兴趣跟着下降。在这种情况下，教师首先应丰富授课内容。笔者在授课时，以唐调为主，不时穿插其他吟诵调与之调剂，以增长学生见闻、提高学生兴趣。一名学生学期末回忆道："在老师的指导下，我们通过一篇篇精妙的诗文，走过由四言诗、五言诗、七言诗、宋词和元曲搭建的小桥，踏过由唐调、宜兰调、龙游调铺成的小路，逐渐走进吟诵的世界，感悟人生的悲欢离合，领略吟诵的魅力和精彩。"可见，丰富教学内容确能发挥很好的效果。另外，教师在教学中要让学生体会到汉语的音韵之美。笔者在授课时，结合古诗词的创作、汉语的四声规律、汉语的音乐性等内容，让学生们不仅学习吟诵技巧，也同时体悟到中华民族语音文字之精妙，从而大大提升了学生们的学习兴趣及文化自豪感。

  提高学生兴趣的教学法还有很多，笔者授课时，常用的方法有比赛法和奖励法。比赛法是指组织学生参加本校或兄弟院校举办的吟诵大赛或交流活动。开课之初，我就为同学们树立了"学而优则赛"的目标，鼓励他们积极参加各类比赛。我指导的学生中常有脱颖而出者。2018年6月28日，罗容韬、王硕等7名同学联袂吟诵的《九歌·

湘夫人》荣获"雅韵华章——上海大学第二届古典诗词吟诵大会"一等奖。2018年11月15日,杨春妮、郭繁荣、张媛颖等同学赴上海中原中学参加"唐调吟诵古诗文交流研讨活动",她们的展演赢得了与会专家的青睐。比赛不仅为同学们赢得荣誉,还极大地激发了他们的想象力和创作力。第二届古典诗词吟诵大会上,苏静茹、李登瑾等5名同学吟诵了《论语》中的"子路曾皙冉有公西华侍坐"一章。他们身着汉服,一人扮演孔子坐于舞台中央,其余4人扮演孔子弟子环坐于夫子两侧。他们的吟诵集节奏、旋律、动作、情感于一炉,以自己的理解重新演绎了古代经典的韵味,赢得了现场评委的高度评价。吟诵演出可以增进交流、扩大影响,它对大学吟诵教学的拉动不容忽视。奖励法也在吟诵教学中时常用到。真正高明的奖励应化奖励于无形之中,激励所有人进步。例如,吟诵课快要结束时会进行当堂考核。为此,笔者特意购置了精美的"中国风"书签,并用小楷在其背面写上考题。同学们抽到书签后,根据题目现场吟诵。所抽书签则归他们所有,留作纪念。这样,每位同学考试时就获得了一份奖励,这就是一种无等差的奖励。它不为奖励而奖励,却起到了调适心态、提升兴趣、激励学习的作用。

二、以生为本与教法改革

大学吟诵课还要坚持以生为本的原则。以生为本指的是大学课堂上的吟诵教学应以学生为主,教师为辅。这不意味着抹杀教师的重要性或教师地位的缺失,而是将授课的效果作为评价课程是否成功的标准:不在于教师教了多少知识,而在于学生掌握了多少知识。以生为本强化了教师领路人、服务者的身份,是教育方法的改革,和填鸭式、灌输式教学不同,它变教师主动教、学生被动学为学生主动学、教师主动引导,它有利于激发学生的学习兴趣、培养师生共同的创造力。那么,如何做到以生为本呢?

首先,教学要围绕学生的技能训练展开。吟诵是一门实践性很强的课程,空谈理论、不会吟诵,到头来都是一场空。上海大学将"吟诵"课列为"中华文化技能"之一,就是看到了这门课的实践性。就此而言,吟诵课与英语课、音乐课等课程有异曲同工之妙,它强调学生开口读、发声练,反对教师从头讲到尾,学生从头听到尾。以一节课45分钟计算,笔者的时间分配是:教师讲解篇目大意、讲授吟诵方法10分钟,领诵10分钟,同学集体吟诵10分钟,同学单独吟诵10分钟,教师点评5分钟。这个时间安排仅供参考,授课时要灵活得多,但总体上体现了以实践为主的思路。

主张实践,并不意味着不要理论。大学吟诵教学与中小学吟诵教学的一个主要区别就在于理论教学的深入。大学生由于具备了诗词格律等方面的知识,他们的理论素养会更高,学习吟诵时决不甘于停留在像唱歌一样模仿重复的阶段,他们不但要知其然,而且要知其所以然。只要掌握了吟诵的规律,他们就会举一反三,大胆探索。所以,对他们开展理论教学一定要有深度,要准确无误。理论教学要循序渐进,不要想着一次性或一节课将所有的理论知识讲完,否则对学生的接受能力是个挑战。徐健顺先生提出吟诵有十条规则[①],我授课时先讲其中三条:依字行腔、平长仄短、情通古人,至于更为复杂的腔音唱

[①] 徐健顺:《吟诵的规则初探》,《吟诵经典、爱我中华——中华吟诵周论文集》,2009年,第39—57页。

法、腹式呼吸等,则留到他们有了一定基础后再讲。归根结底,理论教学应为实践训练服务,只有在活学活用中理论才能焕发出光彩,吟诵课的教学才能落到实处。

其次,进行教育方法的改革。吟诵课为什么要进行改革?——在古代,吟诵仅凭口耳相传即可习得,其教学过程相对简单。可是,经过一个世纪多的变化,吟诵从传统私塾走进现代学校,其接受方式已经发生了翻天覆地的改变。作为一门系统的学问,吟诵必须遵循教学规律、符合教育精神,做到规范化、科学化、合理化。就此而言,进行吟诵教法的改革势在必行。吟诵教法的改革,因人、因时、因地皆有不同。笔者在执教的上海大学尝试过如下改革:

一是教材的改革。古人吟诵没有专门的教材,授课的书本即吟诵的教材。而今天的吟诵课则必须有专门的教材,因为教材是教法的蓝本,是所授内容的直观体现,是学生课堂学习与课后自修的第一参考资料。教材可以选用公开发行的图书,也可自编。叶嘉莹的《古典诗歌吟诵九讲》、陈少松的《古诗词文吟诵》都是经典教材,但考虑到自编讲义更有针对性,我还是选择了后者。自编的讲义不宜太厚,但要条理清楚、覆盖面广,所选篇目要有代表性、典型性,适用于规定的课时和接受的对象。笔者编写的讲义名为《吟诵:对中国式读书法的研讨》,内容分"基础篇"和"吟诵篇"。"基础篇"选取陈以鸿、叶嘉莹、徐健顺等先生有关吟诵的代表性文章,涵盖了吟诵的现状、特点、方法、意义和唐调吟诵等诸多内容,是初识吟诵的几篇深入浅出的理论文章,易于对吟诵形成一个相对全面的认识。"吟诵篇"是作品的选录,分四言诗、楚辞、五言诗、七言诗、词、曲、文,共计40篇。个别作品还附加了乐谱,以展现当代学者用乐谱记载吟诵的现象。授课前,我将讲义打印成册，免费发给学生，供他们使用。

二是教学环节的改革。提起教改，人们想到多是课堂教学的改革，然而课堂教学课时有限，加上吟诵是一门实践性很强的课程，这决定了要想让学生把吟诵学好，一定要突破课堂的局限。作为教师，则要为学生创造课堂以外学习的机会。将课堂教学延伸到社团活动、工作坊建设，是我在教改方面的一大探索。具体方法是：倡导爱好吟诵的同学成立了"锵鸣吟诵社"，又借助上海大学"中华古诗文吟诵和创作基地"的优势建立了"吟诵工作坊"，从而实现了课堂教学与课外实践的完美对接。"锵鸣吟诵社"成为吟诵课的"第二课堂"，加入社团的同学志同道合，通过传、帮、带，为课堂教学提供了强有力的补充。"吟诵工作坊"定期聘请吟诵界、声乐界的专家学者开展学术沙龙、讲座和培训。通过音准、节奏、语感、乐感、气息、节拍、速度、音值、旋律、情绪、情境等内容的专业训练，同学们的吟诵水平得到了质的提升。

三是教学内容和方法的改革。笔者以为大学吟诵课要坚持以"名篇"为主的教学内容和以启发为主的教学方法。选择"名篇"的好处很多，名篇的思想、内容、艺术人所共知，教师不必占用太多时间讲授内容方面的知识。"名篇"脍炙人口，一般会有多种吟诵调存世，更易拓宽讲授的范围，像王维的《阳关三叠》、范仲淹的《岳阳楼记》皆是如此。吟诵课还要坚持启发式教学。首先，不要急于启发，一定要确保学生有一定基础后再进行启发。其次，要有教师的全程参与。比如，学生学习四言的《关雎》容易，可一接触字数不工整的《伐檀》《鹿鸣》就捉襟见肘，此时就需要教师及时跟进，纠错辅导。此外，古今音不同、入声字的问题都是需要教师重点把关的地方。最后，不同吟诵调之间不能启发、不同文体之间不能启发，这是吟诵的一个特点，教学中必须恪守。

四是课程测试的改革。即将采用单一指标或闭卷考试的测试方法变为综合性、全面性的测试方式。其内容有二：一则强化课堂复习。每节课开始后，都按照个别学生抽查、学生集体吟诵、老师领诵的步骤对上一节课所讲的内容进行复习。两周后，再进行一次复习。一月后，再进行一次规模更大的复习。每种复习，侧重点都不一样，所安排的时间长度也不一样。旨在夯实学生的基础，使他们温故而知新；二则加强课后测试。内容有：(1) 学术论文。要求每位同学在课程结束时上交一篇规范的学术论文，无固定的题目，但要围绕"吟诵"展开。论文可考查学生查找资料的能力、阅读文献的能力、结撰文章的能力，并据此了解他们的理论水平、学术水平、困惑与心得。(2) 视频作业。要求每位同学录制一个视频，形式可以是个人吟诵、也可以是多人吟诵。视频作业给学生留下了充分准备的时间，往往能把同学们最擅长、最优秀的一面展示出来。(3) 期末面试。最后一节课，以现场抽签的方式检验同学们的吟诵能力。课堂抽签重在测试同学们的临场发挥能力、随机应变能力和基本功，它和视频作业可以互补。综合考查可以倒逼学生自发学习，它比单一考试更科学、更全面，也更稳妥，可测试出学生真实的理论水平和实践能力。

最后，对教学实践的效果进行评估。吟诵课教学还要重视学生的意见，听取意见就是进行摸底工作。听取意见时，既要听取全体同学的意见，也要听取个别同学的意见，包括外国留学生的意见，以做到兼听则明。学期末，学生上交的作业集中反映了他们的心声，从中可解读到学生的心灵世界。除了收集意见，还要回应学生，只有及时回应学生，才能让学生感受到他们的意见受到了重视。吟诵课上，学生提出的一些意见给我提供了思路和灵感,使我教学相长。例如,有同学认为短期内连续讲授多种吟诵调式学生容易混淆,如能调整讲授顺序,将差异较大的调式放在一起讲解,则有利于学习和记忆。有同学认为老师在带领大家吟诵时,边吟诵边做手势提醒学生注意抑扬顿挫的方法非常有效。这些都是我未曾注意而经学生提醒方才意识到的地方。

以上教改取得了良好的效果,越来越多的同学喜欢上了吟诵。有些同学除了参加校内外的吟诵表演,还将自己的吟诵录音和视频公开分享。2016级汉语国际教育专业的尹清同学说:"在吟诵视频中,除了投入感情,我和小伙伴还一起加入了剧情和台词,不仅使情感更加饱满丰富,还增添了趣味和情致。而在整个吟诵表演和视频制作的过程中,我们全然享受其中,获得了满足和愉悦,我想这便是中华传统文化的魅力。"

三、传统文化与信息化教学

吟诵是中国式的读书法,它"读诗写诗最懂诗"。近些年来,古典诗词借着"中国诗词大会"等节目重新热了起来,吟诵也跟着热了起来,各类吟诵比赛和表演此起彼伏。大学作为吟诵教学和研究的前沿阵地和专业机构,一定要保证吟诵传承的正宗、正规和正确。一方面要坚持百花齐放的方针,另一方面要坚持以传承为主的思想。众所周知,吟诵有不同的流派和吟诵调,大学课堂上的吟诵教学应兼容并包,否则不利于学生全面、客观地看待传统文化遗产。讲授吟诵,贵在传承,把从前辈学者那里学到的吟诵调原汁原味地教给学生。

吟诵课真正的创新应是设备和方法的创新,是信息化教学的开展。我们所处的21世纪,是一个信息化、科技化、智能化蓬勃发展的时代。手机、电脑、投影仪、录音笔等电子设备几乎成了人类肢体的延伸,不利用这些现代化的技术手段开展教学,教师就会被时代抛弃,被学生抛弃。上海大学的吟诵课教学从一开始就奉行信息化教学的理念,其主要内容有以下三个方面:

一是PPT。也就是人们常说的幻灯片。吟诵课不用PPT,宛如珍珠失去了光泽。PPT可以代替板书、腾出更多时间进行实践教学,可以呈现更多图文并茂的内容、提高学生的学习效率。PPT在制作过程中要美观、有条理、有重点、有创意,要能体现教师的"匠心"。内容上,PPT可补讲义之不足。讲义一旦装订成册就不易改动,PPT则易于随时调整、及时改进授课内容。笔者读清代诗话时,偶然发现一则与吟诵有关的材料:"黄山谷有友人,善诵诗。一日作诗一首,诵与山谷听,问曰:'有几分好处?'山谷曰:'有十分好。'友人曰:'真正何如?'山谷曰:'诗三分,诵七分,岂非十分乎?'予亦善诵诗,无论好诗、恶诗,一经予诵,便是有声、有调,人皆悦耳喜听。予自作之诗固必自诵,然则他人之诗,若要十分好,岂可不出予之口诵哉?"[1]这则材料反映了清代人对吟诵的态度,十分重要,迄今为止,似无人用过,笔者看到后立刻将其补入PPT中。陈少松先生的《古诗词文吟诵研究》一书引用过《齐东野语》中一则苏东坡的材料[2],与此类似。两条材料可以对读,以观宋、清两代人对吟诵所持的态度。形式上,PPT具有插入图片、音

---

[1] (清)释明理:《梅村笔记》,嘉庆十六年狮林寺刊本,卷一。
[2] 陈少松先生引用的是南宋周密《齐东野语》卷二十中的一则材料:"昔有以诗投东坡者,朗诵之,而请曰:'此诗有分数否?'坡曰:'十分。'其人大喜。坡徐曰:'三分诗,七分读耳。'"参见《古诗词文吟诵研究》,社会科学文献出版社1997年版,第23—24页。

频、动画等优势。其中,动画效果对授课可以起到设置悬念、启发教学的作用。众所周知,吟诵有一条规则叫"平长仄短",为了强化同学们对平仄规律的认识,笔者把平仄符号标在每首诗歌下面,利用PPT中的"动画"功能,使其延迟出现。如讲《送元二使安西》时,PPT上先飞入"渭城朝雨浥轻尘"一句,笔者让同学们试着先吟,然后再飞入平仄符号"◎○◎●●○○",以检验他们的对错。

二是音频。吟诵课需要录制音频,以供老师和同学课后使用。笔者授课时,往往会将一篇作品吟诵若干遍,课后对录制的音频进行处理、筛选,建立"吟诵音频资料库"。讲义上胪列了40篇吟诵篇目,留下的音频材料就有40个之多。一般情况下,一篇作品对应一个音频材料,但个别篇目采用了两种以上的吟诵调,一篇作品就对应有多个音频。用多种吟诵调吟诵同一篇作品,学生极易混淆,录制音频则解决了这一难题。

三是视频。包括播放吟诵专家、授课教师、往届学生的视频。前些年教学,笔者习惯播放名家的吟诵资料,名家吟诵的优点在于权威性,缺点是多以音频为主,观赏性不足,与学生存在代沟。这两年,笔者改用了上海大学历届吟诵大会录制的视频。由于参赛的学生经过了严格训练、水平较高,且多身着汉服、合作表演,具有很强的视听冲击力,能使学生直观了解学习效果,因此比单纯的口头讲解要生动形象得多。例如,我在第一节课上,教同学们用唐调吟诵《关雎》,随后放映了我校第一届吟诵大会上哈萨克斯坦留学生DINA与中国学生合作吟诵的《关雎》,极大地激发了同学们的民族自豪感和自信心。有时,笔者还会在课堂上展示往届同学提交的吟诵视频作业,同学们看到师兄师姐们吟诵诗文的各种场景,一下子就拉近了他们与"吟诵"的距离。

可以预见,吟诵课的未来必然是朝着信息化、电子化、科技化的方向发展。微课、慕课、翻转课堂、线上教学等教学方式将很快对现有教学方式展开新一轮的革新。大学教师要紧跟时代潮流,突破旧的思维,勇作信息化教学的先锋。

综上所述,只要授课教师善于探索教学规律、总结教学方法,大学课堂上的吟诵教学就大有所为。"周虽旧邦,其命维新",当老一辈学人曾担忧吟诵将成《广陵散》的时候,笔者欣喜地发现吟诵在青年一代中已焕发出了新的生机。作为古代士大夫雅致生活的一部分,吟诵将悠扬的旋律、绵长的韵文与端方的君子之风融为一体,展现出中华文化独有的魅力,它对提升大学生的气质、培养大学生的情操、完善大学生的人格产生着潜移默化的影响,千载之下,令人动容!

(基金项目:本文为教育部中华优秀传统文化传承基地"中华古诗文吟诵和创作基地"建设阶段性成果。原刊于《中国大学教学》2020年第2—3期。本书收录时略有修改。)

后记

我与吟诵结缘,要追溯到二十多年前。当时,我为写作博士论文到上海图书馆查资料,在图书馆的餐厅用餐时,与一位耄耋老人闲聊了起来,从而得以结识唐文治先生的弟子洪长佳先生。我讶异于先生如此高龄(时已八十七岁)还奔波于图书馆,洪先生解释说,是为了将上图藏唐文治先生吟诵灌音片转化为当时颇为流行的录音带,以便于流传。这是我首次听说"吟诵"和"唐调",当即产生了浓厚兴趣。在我为期近两月的论文资料搜罗工作接近尾声时,洪先生及其无锡国专校友一直进行的唐文治先生吟诵录音带制作工作也圆满完成,洪先生专门送了我一套作为纪念。虽然录音带音质并不是很好,且唐先生的方言吟诵还要对照着诗文原文才能听懂,但已经让我大感惊奇,沉浸在这充满旋律感的读书声中了。

查资料的工作结束了,与洪先生的交往却一直不曾中断。并在他的引荐下,认识了唐文治先生的另一位亲传弟子陈以鸿先生。陈先生是上海交通大学的退休编审,心心念念以传承唐调为己任,不顾年长、不辞辛劳,完全义务地进行唐调吟诵培训、宣讲。他见我热爱吟诵,对我指点颇多。尤其是2005年我到上海工作以后,但凡他开吟诵培训课或参加吟诵活动,都会通知我。我也就腆颜跟着他学习唐调,并得以结识刘德隆先生、徐健顺老师等吟诵界的师友。我常想,若没有与洪、陈二位先生相识、相交的机缘,也就没有我与吟诵的故事了。如今,洪先生已经仙逝多年,陈先生亦常年住在医院疗养,但他们为我点燃的吟诵之火种,已散发出璀璨的光芒。

学习和了解吟诵之后,我深刻意识到,我国的吟诵文化历史悠久,意蕴深远,对之进行推广和弘扬,应成为我们当代诗词研究者义不容辞的责任。2014年春季学期,我在上海大学首次面向大一本科新生开设"吟诵——关于中国式读书法的研讨"课程,迄今已经连续开课10个学年。2018年,上海大学"中华古诗文吟诵和创作"基地成功获批教育部优秀传统文化传承基地,这大大鼓舞了我继续推广和传承吟诵文化的底气和士气。2019年,我进一步建设了"中华古典诗词吟诵"线上慕课,开始了上海大学吟诵教学在全国范围内的传授。而且,我们将吟诵推广从课内延伸至课外,2017年至今,连续七届举办中华诗词吟诵大会,吸引了全国高校大学生积极参与,已经成为具有全国影响的一张文化名片。此外,我们在江浙沪皖赣等地中小学及文化单位建立实践基地,入学校、走基层,广泛而深入地弘扬吟诵文化,可谓实现了教学成果的创造性转化。

如果说,十余年耕耘让我精心浇灌的吟诵之根芽终于开出了芬芳的花朵,那么,首先要感谢上海大学为它的萌生和成长提供了丰沃的土壤。学校对弘扬吟诵文化持之以恒的重视,教务部对吟诵这类创新型课程一以贯之的支持,各部门一呼百应联动举办诗词吟诵大会……可以说,是我们校园文化中浓厚的人文情怀,呵护着吟诵这一中华优秀传统文化焕发出新的活力。

这本吟诵教材的面世,亦是各方支持的结果。感谢上海大学出版社、尤其是责编贾素慧老师的动议和谋划;感谢上海大学教务部予以经费支持;感谢吟诵界和学界诸多师友的参与和指导;感谢东西部高校课程共享联盟智慧树运营服务平台提供技术支持。没有这多方联动,就没有这本耳目一新的有声教材的诞生。

最后,谨以此书向挚友刘勇刚教授致敬。从2022年策划这本教材开始,我就力邀勇刚兄合作,他亦欣然应允。对诗文的选目,他给予了许多建议;对诗文的吟诵,他也提供了自己的吟诵音频作为示范。

犹记2023年12月15日,我还在微信上跟他商量教材的推进事宜,他当时回复道:"下周就结课了,可以全力以赴了。"孰料17日勇刚兄竟遽归道山。噩耗传来时难以置信之惊痛,至今犹存心中。当时写下挽联一幅,以致哀悼之情,今缀于篇末,以表对勇刚兄的敬意和怀念:

  缘起云间,前日尚闻高论,不意维扬惊跨鹤;

  痛怀知己,今朝凄断牙琴,可怜吟诵未终篇。

勇刚兄博士论文为《云间派文学研究》,而我的博士论文为《明末云间三子研究》,不约而同研究云间之文学,可谓同道;2008年我二人于云间(今上海松江)词学会上一见如故,遂订交,故谓"缘起云间"。治学之余,勇刚兄亦精于吟诵,持续多年为我们举办的中华诗词吟诵大会担任评委,之后更全力支持这本吟诵教材的编撰。事业未竟而中道悲歌,岂不痛哉!

  今此书初成,或差可告慰勇刚兄在天之灵。

姚 蓉

2024年9月30日于上海大学